屋　缘

杜艾洲　著

艾洲民俗小说集

时代出版传媒股份有限公司
安徽文艺出版社

图书在版编目（ＣＩＰ）数据

屋缘/杜艾洲著. —合肥：安徽文艺出版社，2020.1
（2022.7 重印）
ISBN 978-7-5396-6847-5

Ⅰ．①屋… Ⅱ．①杜… Ⅲ．①中篇小说－小说集－中
国－当代②短篇小说－小说集－中国－当代 Ⅳ．
①I247.7

中国版本图书馆 CIP 数据核字 (2019) 第 290965 号

出 版 人：姚 巍
责任编辑：汪爱武　　　　　　　封面设计：吴 艳

出版发行：安徽文艺出版社　　www.awpub.com
地　　址：合肥市翡翠路 1118 号　邮政编码：230071
营 销 部：(0551)63533889
印　　制：山东百润本色印刷有限公司　(0635)3962683

开本：700×1000　1/16　印张：16.25　字数：280 千字
版次：2020 年 1 月第 1 版
印次：2022 年 7 月第 2 次印刷
定价：58.00 元

灵感,来源于家乡情结

——致读者的话兼为小说集代序

在我看来,灵感也罢,才华也罢,都不足以成为小说创作的基础。特别是民俗小说创作,经历像是盖一处房子所需要的建筑材料。

自从相继出版了民俗散文集《磨剪子戗菜刀》和民俗随笔集《乡村梆子声》之后,一段时间以来,许多熟人见到我,自然就谈到写作问题,大家几乎众口一词:老杜,你的家乡情结真重啊!

一方水土养育一方人。家乡那片贫瘠的土地养育了我。像是在饥饿死亡线上得到一块馍的人,永远都忘不了那份救命之恩一样,我忘不了我的家乡。从这点来说,我是一个有良心有良知的人。

岁月牵着手走,弹指一挥间,不经意间离"甲子堂"越来越近,抬头可见堂门在夕阳里焕发着绚丽色彩,正在向我招手。

我从家乡那片土地上一路走来,于顽皮中弓腰捡起一颗麦穗,偶尔得到一支"新华"牌螺丝帽钢笔也以此争得一个商品粮户口本。奋斗过,劳累过,疲倦过;岁月洗尽铅华的永恒,不觉已是白发满头。

村北的陇海铁路比我大五十八岁,村南的省际界河比我长十三岁。火车仍在轰隆隆奔跑,河水仍在潺潺流过,我有什么理由不随着时代脉搏共行呢?提起笔,拾起流年遗韵著于字里行间,对得起那段风雨里的岁月。

我工作那年，生产队退地，退了我六分地。其实，我们生产队每人还不到半小亩地，生产队退多了。我的家不在城里郊区，而在县际最偏远的农村，人均不到半亩薄沙地，对于面朝黄土背朝天、不做生意不买卖的农村人来说，日子能好到哪去？在集体经济时期，有一年午收后，生产队每人才分到三十斤小麦。每人每年三十斤小麦啊，就是用竹篾子拨着吃也吃不到过年。

就是这样一片故土，我生于斯长于斯。在我眼里，家乡就是一片圣土，是全世界最风光无限的乐园。家乡每故去一位长者，我都伤心难过，历数其身上一二三四五的优良品德，并反复品味年幼记忆里对我的帮助和教诲。

从我父亲的父亲算起，我家祖祖辈辈都是农民。我是20世纪60年代出生的人，我的家乡情结不单来源于童年记忆和年轻时亲身劳作经历，更多的是遗传了农民质朴、勤劳因子，传承了每天往返不辍地把日头从东山背到西山的田亩人的那份执着。鉴于此，我才有这份恒心，笔耕文苑，从点点滴滴的细流中去寻找感动的源头。

我的创作，源于岁月馈赠我的一羹一糊。带着感恩之心看世间万物，到处都有耀眼的光泽。

我结婚后将近十年时间里，母亲跟我在城里一起生活，有时我们夫妻俩与母亲两代人之间会因为观念上的冲突、生活习惯上的差异和管理孩子方式上的不同而不愉快。母亲病逝多年了，多年来我常因此而纠结，在那份血浓于水的亲情里始终找不出她或我到底是谁错在哪里？

那年过年回老家，看隔壁二大娘牵着城里小孙子撵鸡，小孙子嘴里噙着棒棒糖，衣服上粘了一块块鸡屎。儿媳妇气得嘴撅老高，二大爷握着烟斗只顾哈哈地笑。于是，我有了创作《烟斗遇上棒棒糖》的灵感。

当年我就像是那个拿着刀片剔除烟斗里油渍的女孩，我怕烟斗里的油渍伤害老人家身体，且看着也不卫生。殊不知，那油渍结痂的烟斗炭壁却是他们那一代老年人走过风雨一甲子的岁月沉淀，他们会敝帚自珍。

年轻一代不理解老一代人的心思；同样的，老一代也不理解年轻一代人的想法。"棒棒怎么就变成糖了呢？""漂漂亮亮的女孩怎么穿条露肉烂裤子？"小说里的古爷对现今社会一些人一些事同样感觉匪夷所思。

在现代社会高速发展变化的时代，环境在变，主流文化在变，审美观也呈现多样性，代沟是必然产生的。烟斗遇上棒棒糖，就是古老与现代的碰撞，是民俗与时尚的交融。

写民俗，弘扬民俗，在民俗里融入新思想、新理念，这是民俗小说的一大特色。我在民俗小说集里的每一篇拙作中，都尽可能地揉进民俗元素。但由于成长经历简约，村子小，视野窄，站得低，看不远，我仍逃不出"圈子"民俗的制约。

《秋葵地里飘歌声》这篇小说写农业民俗，写"洋芝麻""洋辣椒"，写薅草、写"拔青头"、翻红芋秧子；看似土得掉渣，实则暗藏玄机。

同一种庄稼，在不同年代用途不同，价值也不同。像二妮在黄秋葵地里薅草时唱的那首歌，从被人嬉笑为"嚎得聒死人"到若干年后唱同一首歌一举成名，成为明星，对应了黄秋葵的价值变迁。

单就以上这些描写，已经把文章的主题思想提高到一个高度，而小说的后半部分却又笔锋一转，转向"我"一个打工族开发秋葵酥，竞选企业主管上来，与二妮出名后回乡种植黄秋葵，带领乡亲成立农业合作社相呼应，不但批判性地直击那些出名忘本、飘飘然不落地者，也为论证斯蒂德曼、斯威齐的《价值问题论战》抹上浓重一笔，从"下里巴人"走向"阳春白雪"。

人生的价值在哪里，如何实现人生价值？《秋葵地里飘歌声》给出了最好诠释。实现人生价值，首先要有一个自己热爱的明确目标。二妮追求唱歌，在那个年代，她唱歌被人视作和黄秋葵的价值等同，就是高高的秸秆可以用来夹篱笆墙。但她坚持不懈，最终实现自己的价值；小说里的"我"把成功作为一种选择，而不是一种结果，同样也实现了人生价值。

其实，《秋葵地里飘歌声》与《柽柳树下碗碴子留言》就是一对姐妹篇。看过《柽柳树下碗碴子留言》的人肯定会问我：碗碴子留言的事是不是你上学时干的事？我坦然承认。

那年我们三个邻村的三位同窗好友同时考取高中，每星期回学校时，我们三人分别背着馍篮子从各自的村庄穿过大田地里的羊肠小道朝着一棵大柳树下集聚。大柳树下是一处先祖的老坟，有石桌、石凳；先到的同学不愿在坟墓前久等，就在约定的石凳下一块碗碴子上留言，写上在前方等待的地点。只要不是天气过于炎热，我们大都会选择在前方不远处一条小河堤上等候，那里有不少人为挖掘的洞穴，钻进里面，冬暖夏凉。

只是很多人不明白，我为什么要把大柳树写成柽柳树？因为柽柳树是家乡盐碱地里一道美丽风景线，有极强生命力，冬不怕冻，夏不怕旱。河堤上一墩墩、一簇簇，婀娜多姿，红花漫舞，那是一曲生命与抗争的赞歌！

小说里写了一位漂亮的高中生女孩，我是把柽柳树的美借代在女孩身上，把爱情、把理想播散在家乡那片希望的田野上。仅仅如此吗？不，柽柳树坚忍不拔的习性，正代表我们迈出的人生每一步。

我的那两位同学先后都考上了军校，入了伍，做了军官。我们从那片少之又少的瘠薄盐碱地里背着窝窝头走出来，成为一名国家有用之才，靠的就是柽柳树精神。"咬定黄土不放松，立根原在盐碱中。千磨万击还坚韧，任尔东西南北风。"

出生于20世纪60年代的人，比起七八十年代出生的人又多出许多记忆。历史在改革开放的浪潮中跨越一道坎，60年代出生的人记住了坎前一些事，这就是我自以为的"经历"。

虽然所谓"经历"优势仅停留于儿时的记忆，但记忆却很清晰。这部民俗小说集里的一事一景、一人一物皆来自生活：锻磨师傅的一锤一錾，打夯的号子声，剃头的诸多禁忌等等，与故事、与人物珠联璧合，还原一个时代画卷。

民俗小说，写的是民俗里的故事和故事里的民俗。三百六十行，行行出状元。《锻磨情缘》和《理发店里话满堂》展示了两个古老行当里的民俗大观。

自从盘古开天地，就有石磨的传说，可惜锻磨这一古老行业随着社会的进步却渐行渐远。《锻磨情缘》借马石头和王婆子一段娃娃亲经历衬托被国民党拉壮丁的一对患难兄弟的真切情谊，写婚姻，写友情；虽然时间跨度大，故事情节跌宕起伏，却巧妙地把锻磨民俗展现给读者，留给人一段难忘的锻磨画面。

我把《锻磨情缘》文稿推荐给一名爱好文学的朋友看，这位朋友看后，认为小说的结尾有点过于理想化，甚至挑战了人性底线。

理想的东西总是美好的。凭这点，我不会修改，这正是我向善人格的体现。

古希腊苏格拉底认为，美和善是一个东西，就是有用和有益。任何一件东西如果它能很好地实现它在功用方面的目的，它就同时是善的又是美的，否则它就同时是恶的又是丑的。

我从事检察工作三十多年，办理过形形色色案件，与人世间丑与恶打几十年交道。我写的法制题材的文学作品都是从唤起人的良知入笔，弘扬正义，宣传法制，传播的是不折不扣的正能量。由此，也就不难理解我理想化的缘由了。

《理发店里话满堂》且避开故事情节不说，在这篇小说里，丰富多彩的理发民俗，运用得顺其自然，水到渠成。

我"认死窝子"、拧劲头，从1986年在南关盖了房子，几十年都是在不远处一家理发店里理发，与理发师傅相处很好。后来我调离了，仍然回来理发；理发店换了地方，我满处打听满处找，最后终于找到了。小说里的那些理发民俗都是我费了好大劲从理发师傅那里求教来的。

中篇小说《屋缘》是这部小说集的重头戏，也是我的中意之作。

老家至今还保留着那栋土坯房，可这处房子已经不是我出生的地方了。原有的房子只有三层砖头底碪，全是土墙，每年秋冬之交，砖碪上长出一层毛茸茸的白碱，被称为"霄"，与草木灰混杂在一起，可以制作所谓的"烟花"。原来的房屋是茅草房，四个墙角都裂开口子，不能住人了，在我十几岁那年扒掉重新盖了现在的房子。

现有的土坯房在砖头底碴下铺一层石头,砖头不再起"霄"了;屋山头的土坯外镶砌一层砖头,茅草换成水泥瓦,是那个时代最时尚的"腰子墙"瓦房。

虽说那时我只有十几岁,但在农村已经顶大人用,拉土、脱坯、和泥的活样样都干。唯有亲身经历,方能领悟盖屋过程蕴含的民俗思想内涵。

我是经历了"土挑墙、茅草房"到"腰子墙、水泥瓦"的变迁过程,才对农村建造房屋有深刻印象;确切地说,是才对土坯房有深厚感情。所以,不经意间我竟然把一套盖房程序洋洋洒洒地写了近八万字。

《屋缘》里的故事是一个大时代的缩影,那段淳朴的爱情从初始到结束,来得悄无声,走得寂静肃穆,虽有悖情理却又于情于理都让人能够接受。

是悲剧还是喜剧?显然有喜有悲,是悲的成分多了点。特别是两位男主角先后死去,尽管一个死于无辜,一个死于舍己救人的英雄壮举,但却是大多数读者都不愿看到的结局。应该说,以此落笔,也是无奈之举。故事情节随盖屋民俗的延伸而发展,不觉间,就走进了"死胡同"。不以此落笔,也是进退两难:故事似乎没完,还有下集、下集、再下集……为不脱离民俗定位,也不留给读者太多悬念,我只有自己委屈自己了。

理解归理解,总觉结局有点锥心。也许,这是小说的不足之处;也许,这就是民俗小说的局限性。

"为人不睦,劝人盖屋。"这是那个时代的一项大民俗,也是这篇小说的主题民俗。由此可见百姓盖屋之艰难,盖屋之不易。不然,也不会衍生出这一段故事来。

故事里的民俗支离破碎、东拼西凑,如同老和尚的百衲衣,捡来的是赤橙黄绿青蓝紫的碎片,缝制起来后是一件花花绿绿的衣体。这正是我想说明的民俗小说与其他小说的不同之处:怎么都脱不净"拼凑"中的水分,略显挤兑主题。

——说白了，就是小说里的信息量有些多了。

这部民俗小说集《屋缘》和之前出版的民俗散文集、民俗随笔集共同成就了我创作民俗系列作品的夙愿。

民俗，像生生不息的人类长河在缓缓地流淌，滋养人类繁衍生息。随着时代发展，有些民俗已消失，有些新生民俗在出现。消失也好，出现也罢，都是一个时代的符号。

民俗精神长存，民俗精髓永在！

恕我絮絮叨叨写下这些文字，我只希望有一天，后来的人能够对再后来的人说："来，让我告诉你那时的事，还有那时的民俗。"

是为序。

2019 年 3 月

目 录
Contents

中篇小说

短篇小说

更夫夜话

说更夫，显得文化一点；其实，老井村里人并不这样称呼，只说是夜晚打更的人。

除了更夫，他还有一个古人给他起的学名，叫鳏夫。更夫做鳏夫之后，有人提议，他是一个丧妻无子女的人，让他夜晚打更最合适。于是，鳏夫就成了老井村一名专职更夫。

仓库里留有老辈人及近辈人用过的打更器具，队长带更夫去挑选。

他拿起铜锣轻点一棒槌，"镗"的一声，余音缭绕。更夫想：这强烈的震撼力回响在宁静的夜空不得把屋檐下的麻雀也惊得乱飞，更不要说新生儿了？他虽然喜欢铜锣轻巧方便又威风，可还是咬咬牙拿起又放下。

更夫捡起梆子敲打几下，"梆梆"的闷响与混沌的夜晚倒是十分相配。梆子的把手浑圆而滑润，镂空的开口像孩子虎头鞋上缝制的虎嘴，不用时别在裤腰里不增加负重。他本想选中这把梆子陪伴行走夜路，可转念一想，要是敲梆子报时正巧赶到马大炮家门口，这梆子声哪能压住马大炮的呼噜声呢？于是，他再次怏怏地把梆子放在地上。

剩下的最后一件打更器具是一副沉重的破旧铁犁铧，更夫捡起铁锤轻轻敲打一下，铁犁铧发出的声音清脆悦耳，既没有铜锣声惊悚也没有梆子

短篇小说 Duan Pian Xiao Shuo

声沉闷。他心满意足，就选择这件！

队长摇头。心想：你不会死了老婆也丢了魂吧，脑子是不是进水了？你就准备一年四季每晚背着十几斤重的铁家伙在村子里游荡？

从那晚开始，更夫真的背着十几斤重的铁犁铧开始了他的更夫生活。

戌时一更，农户人家张罗吃晚饭时候，铁犁铧第一次在村庄响起。"铛！——铛！""铛！——铛！""铛！——铛！"第一更叫打落更，一慢一快，连打三次。每敲打完一个节拍，更夫扯着嗓子喊："天干物燥，注意火烛！"

老井村子居住了两百多户人家，是一个不大不小的村落。更夫从村子中间两间茅草房里走出来，沿街心那条垫碎砖头废炉渣的路向右走，走到西口转向村庄外围折而左走，到东口顺街心路返回，再到西口，再折而右走。

不是故意绕弯子，其实村子结构并不复杂，是更夫怕走漏地方，才变得复杂了。

村子形状像一颗仰面朝上的麦粒，两瓣圆润麦粒唇中间那条凹缝就是街心路。街心路东西两头各有一口老井，深邃深邃那种，打水的汉子永远都想探寻它的深度却又永远不知道它到底有多深。

村因井而起名，井因村而甘冽。两口老井不但潮湿了汉子的心田，也滋养了全村人的性命，是村子的生命之源。

只有老井还不够，老井村两口坑塘的水清澈明亮，像张开双臂的胸膛，是一片宽广而无私的爱。妇女们在此举棒槌衣，男人们在此挑水浇灌，孩子们在此光身洗澡。

两口坑塘首尾相连，坐落在村子西北角。西北角是村子下首，是西北风进村的通道。每年的西北风总是呼啸的、冷冽刺骨的、寒冷干燥的，甚至是猛烈的。

这里是村子最冷清的地方！坑塘周围长满芦苇和茅草，还有一处长着既不是芦苇也不是茅草的植物，秆笔直而坚硬，根盘旋而错节，只筷子粗细却一米多高；秋天长出的白樱一条一条，像少数民族少女头上编的一束束细辫……

有人叫它"笛苇"。

笛苇旁边那处房屋的男主人就是在傍晚收割笛苇时不慎跌入坑塘里，淹死了。

坑塘处，住户不多。确切地说，只住一户人家；再确切一点，只住着一个女人。

据说，女主人是大户人家的闺秀，男主人是大户人家的长工。至于他俩是怎样结合在一起，怎么流落在这个村庄的，随着男主人淹死在坑塘里，这段鲜为人知的故事也被埋在笛苇根盘里，错综复杂，无人知晓。

更夫的脚步踩着村落走到坑塘处，脚步放缓慢了；脚步随心而动，是心在犹豫。要不要绕过坑塘走进笛苇旁房屋，那也是一处有人间烟火的地方呀？

那处房子像是一片禁区——一片无人管制却被某种潜意识自觉地约束村民行为的禁区。

更夫为难了，抓耳挠腮。

脚步不听大脑指挥，竟然不自觉地迈动起来，沿坑塘边缘走到可以看到房屋的地方。房子里没有亮光，黑乎乎的，没一丝生机，听不到人呼吸声，也听不到牲灵躁动。

更夫知道，他的职责不单是夜间报时，还担负着村庄安全巡逻的重任。他不再犹豫了，迈开脚步，绕过坑塘，走向那处房屋。

"铛！——铛！"房屋前，更夫的铁犁铧再次重复着在一更时段上画下的标记。

"不用喊了，我这里没有火烛。"女人的声音，细细的、柔柔的。

更夫在夜幕下寻找，女人穿一身染黑棉布衣，所以很难找到。根据声音方位判断，女人就在不远处，是笛苇旁那棵藤花树下。许多年了，藤花一直爬在四根木棒搭起的棚架上，没谁在意那棚架是女人搭建的还是女人的男人死前搭建的。

短篇小说 *Duan Pian Xiao Shuo*

"嫂子，是你吗？"更夫小心翼翼地询问，他不敢再向前迈动脚步，应该说是在这黑夜里他不敢更靠近女人。

"这鬼地方，不是我还能有谁？"

更夫遇到人生中一道难题——要不要迈进藤花架下？彷徨中，他突然发现棚架下燃起一明一暗的亮光。亮光忽明忽暗地映衬出女人的脸，那是一张村里同龄女人所不具备的白肤色脸。兴许是亮光下看美人的缘故吧。

"来，坐下歇歇。"女人说。

哪怕女人是从聊斋里走出来的人物，更夫也要壮着担子迈过去；不然，他哪有脸面担当起守护村庄安全巡逻的重任。

更夫借着亮光看清楚女人是坐在一张笛苇秆子编织的凉席上，亮光下有一个陶罐。他明白了，女人是把火媒子埋在陶罐草灰里，让它始终处于不燃不息状态。

"嫂子，外面凉，你咋还没进屋歇息呢？"更夫站在笛苇凉席一头，没有坐上去，因为女人坐在另一头。

"我等着看你敢不敢到我这偏僻地儿来，你还真来了。以前打更的人都不敢来。"

更夫嘿嘿笑两声，安然而平静。

女人接着又说："我家那口子活着时，轮到他打更，五更算时办法还是我帮他想出来的呢。你打算用什么法子分辨五更时段呢？"女人说完，抖起粉唇，轻轻呼气，吹一下火媒子。

更夫说："第一夜我肯定敲不准。二更在熄灯时敲，熬到三更四更就估大约敲吧。我心里盘算着，从第一更起，我不停地沿设定路线走，走到五更天，记下总共走多少圈数，明天把总圈数再平分五段，每一段走出的圈数不就是每更时间吗？以后我就会敲得很准。"

说这话时，更夫很自信，脸上挂着笑容。可惜女人没有抬头看他的脸。

"你还是快走吧，别在我这耽搁时间，算不准圈数。"

更夫拿摸不准女人是真心怕他耽搁时间算不准圈数才这样说，还是故意嘲笑他。但他是真心不想待在这，因为待得时间一长，真会导致他算不准圈数。

更夫就是呆板，呆板到脑子不开窍。明明那女人示意他有更精准便捷的计时方法，他就是听不明白。

女人似乎喜欢不开窍的男人，这样的男人脑子一根筋，没有花花肠子，做事执着、认真。女人没办法，只好收回那句赌气话。

她叹口气说："唉！说你笨，你还真笨。今夜就算你不在我这耽搁时间，明夜说不准又会在哪儿遇事耽搁时间，你那法子掐不准时段。"

"那……？"经女人一提醒，更夫明白过来。女人的话有道理，但他不知道还有什么更好办法。

女人说："我卷的这枚火媒子正好能燃四个更时，你只要记住分出四段来就行。一更时你点燃它，带在身上，黑天走路，遇到啥不测事，也能拿出来吹一口，照照亮。"

更夫很感动，想接过女人手里火媒子却不敢直接跨前一步，怕万一碰到女人的脚。他绕到女人身后，接火媒子的手微微发抖。

火媒子已经在更夫手里，女人的话还没交代完。

女人让更夫歇会，说火媒子再燃两指宽就进入亥时二更，该出去敲二更犁铧了。女人说这话时，手不自觉地伸出去在火媒子两指宽的地方划拉一下，手指不经意间滑进更夫手心里。更夫的手一抖动，火媒子不慎掉落地上。

女人伸手去捡，更夫也去捡，更夫的手摁在女人手上。他连忙把手收回，女人也把手收回，只有火媒子躺在地上忽闪着一缕淡淡的暗光。

更夫捡起火媒子走人。

不大会，街心路回荡起"铛铛！""铛铛！""铛铛！"打二更的铁犁铧声，随后响起更夫不知是激动还是紧张而略带颤抖的吆喝："关门关窗，防偷防盗！"

女人的火媒子卷得真是准时准点，更夫按照交待敲完三更四更之后，在火媒子快要燃尽时,马大炮趿拉着鞋挎个粪箕子出门捡粪,与更夫撞个正着。更夫说:"我还没敲五更,你这么早就起了?"

马大炮揉着眼说:"睡不着,起来转转,转长就能拾坨粪。"

更夫心想:肯定是呼噜打得媳妇不能睡,被捏住鼻子憋醒,从床上踢下来的。

火媒子燃尽,到寅时五更,更夫"铛——铛!铛!铛!铛!""铛——铛!铛!铛!铛!""铛——铛!铛!铛!铛!"一慢四快,连敲三遍铁犁铧,吆喝着"早睡早起,保重身体!"。

第一夜打更就这样结束了,更夫回去关起门睡大觉。中国有句俗语叫"打更人睡觉,做事不当事",更夫终于熬到大白天可以蒙头睡觉分上了,白天不用出工,村里也不会有人说他偷懒。

一觉睡过晌午。更夫爬起来拉起风箱点火,沿锅贴一圈锅饼,就着咸菜填饱肚子。剩下锅饼就留在锅里,锅底余温保持到一更前还能吃上热乎乎的馍馍。

更夫一边啃锅饼一边想:女人今天还会卷火媒子吗?是一更后再转到她那去,还是一更前就到她那儿拿火媒子呢?想着想着,更夫脸上一阵发烫,他想到那女人的手,感觉比他手里的锅饼还热乎呢。

按讲,更夫午饭后应该接着再睡一觉,两个锅饼下肚后他却睡意全无,只好坐在门前看太阳,想心思。

他能想什么呢?一个人的生活容易习惯于满足眼前欲望,他不敢顺着瓜秧找马泡,那一瞬间的愉悦仅仅停留在手的温度上。

女人的男人活着时,女人出工干不了重活,生产队安排她干些看庄稼之类的轻活;活虽轻巧,可她只拿半个劳力的工分。他俩没有另外负担,她拿半个劳力的工分也能保障年底分红不透支。男人死后,她不得不在没有庄稼可看时也随妇女们出工,拿女劳力整工分,只是每场劳动都落在其他女人后面,磨磨唧唧,也不和女人们调侃嬉闹,俨然是个局外人。

看来,她拿女劳力整工分是占便宜了,单从她的手就能说明这点。她的手不像村里其他女人的手那样布满老茧和裂口，而是滑滑润润，不粗糙。因此，更夫忘不掉仅仅是一划拉间留给他的那种温度。

更夫不知道德国的威廉弗里斯，不知道维也纳的赫乐曼斯沃博达，自然就不知道人体生物钟理论。他今儿似乎正赶在人体生物三节律高潮上，不但精神焕发，而且体力充沛，最起码是情绪及体质双重叠加的高潮期，从而也带动了他思维的变化。

——他竟然想到晚上没必要再按设定路线走圈了！有那女人给他卷的火媒子，他可以随意走进每一个需要他提醒和守护的村庄角落。

更夫盼着天快点黑下来，盼着每家炊烟在夜幕里袅袅升起，盼着早点去坑塘处低矮房屋里拿火媒子。

他从屋子里提出铁犁铧，剔除斑斑锈迹。铁犁铧上错落无致而密布的红褐色铁衣已经在空气中氧化许多年，更夫的铁铲子刮得铁犁铧吱吱作响。不知是哪位先祖最先想起用敲响铁犁铧来打更？兴许先祖们也只是想想而已，并没有真正地背起它走街串巷，这一原始发现力或者是想象力在更夫这里才得以实现？

吃完锅里存留的锅饼，更夫听到街坊邻居家涮锅时锅铲子戗住锅底的唧唧吱吱声及喂猪饮羊的吆呼声，便背起铁犁铧与昨晚行走路线反其道而行之，去村子西北方向——那片坑塘与房屋同在、芦苇与茅草共生的地方。

老远就看到房子屋山一侧顺墙用玉米秸搭建的厨房里亮着微弱灯火，更夫没有直接走进去，在藤花架下徘徊。

豆大的灯火跳跃着橘红的火苗散发出慵懒的光，映衬出女人低头做作的身影。更夫可以尽可能地欣赏这灯下美人，他却不敢凝神贯注，偷看一眼马上把头转开，像是偷了人家东西，犯了罪。

藤花棚架距离厨房屋门只有二十米距离。不错，就是二十米；更夫等急了，他向灯火处走十步，感觉正好走一半。他不再向前迈步，他相信她应该能够看到他，可她仍然没有抬头。

更夫只知道灯下黑，不知道明失明。他不知道眼睛从明亮环境中不能瞬间看到黑暗处,像走进一个人心房,需要时间。无奈,他只好站在那儿干咳两声。

女人好像做好一切准备,就等着这两声干咳。她从灯光下站起身来,伸个懒腰;显然,她已经坐很久了。

"等你呢。"女人说。

更夫走进厨房。女人的男人个头没更夫高,两口子都没更夫个子高,那淹死的男人当初没想到更夫会走进厨房来,不然就会把厨房夹高一些。

更夫只能贴着屋山墙一面站立,女人手里拿一根新卷火媒子,用白色棉线扎三个节,把火媒子平均分成五段。更夫明白,每段就是一个更时。刚才他看到女人专心致志的样子,原来是在用她那双纤弱而带着温度的小手在给火媒子扎线。

火媒子很长,不像农户家放在厨房风箱上用火镰打火引燃火绒吹出火苗烧火做饭的那种。这是用两张火裱纸对接在一起而卷出来的,所以才能在暗火悠然地慢燃中熬过五个更时。

略显粗壮而紧实的火媒子哪像是出自那双小手的力气所能完成?更夫本想从她这索要一些火裱纸日后自己卷,他却没有这份自信。

一叠火裱纸就放在油灯不远处的擀面案板上,女人的男人淹死虽过了三个年头却还不到三整年,火裱纸是她男人出殡时亲邻吊唁带来的,没用完的她都保留了下来。前三年悼念亡灵就兴用出殡剩下的火裱纸,这是冥钱,是死者留在阳间的存款。

更夫打消了要火裱纸自己卷火媒子的念头,引燃火媒子就要走,村里第一更铁犁铧还没敲响。

女人说:"转到肚子饿了,你就自己到厨屋来,掀开锅盖,锅里有吃的。"

女人很平淡地说出这句话来,更夫心里热乎乎的,却又不好意思当面掀开锅盖看。更夫很随意地"嗯"了一声,看似无所谓,心里很在意。他在想:即便锅里一样是锅饼,那双有温度的小手做出的锅饼也一定比我做得好吃。

更夫背着铁犁铧转到三更，一快两慢，"铛！——铛！铛！""铛！——铛！铛！""铛！——铛！铛！"他敲响三更铁犁铧，低沉地吼着"子时三更，平安无事"！尽管更夫的声音压得很低，吼声仍然在村庄上空回荡。

时间归零，回到新起点。包括更夫在内没人在意三更是新一天开始，人们只知道五更起床，东方泛起鱼肚白时，开始新一天生活。

人最难抵抗的就是诱惑，特别是来自女人的诱惑。更夫从没有子时吃东西的习惯，此时，女人嘱咐他的那句"锅里有吃的"在他肚子里翻江倒海起来，胃不听话地咕咕乱叫。

更夫的脚步不自觉地迈进女人厨房，吹一口火媒子，借一丝亮光，更夫掀开锅盖，看到锅底倒扣着一尊海碗。

"火媒子怎么像小时候听人讲的仙人魔杖一样神奇，吹一口，就能变出吃的来？"更夫心想。

两只海碗倒扣一起，加上锅底温度，更夫手伸向碗边时，感觉碗还是热的。拿掉上面空碗，端出下层盛放食物的碗，碗很有分量。

更夫看不清里面盛放的是什么，把碗端到鼻子下闻闻，香喷喷的。他没有去找筷子，筷子放在哪里也不好找，索性把一只手在衣角上来回搓搓，下手抓着吃起来。

更夫吃出来了，是蒸的面鱼子。这是村里很流行的一种"改样饭"。虽然流行，自从老婆死后他却没再吃过。同样用的是贴锅饼、做窝窝头的红薯面，妇女们发明一种全新吃法，把和好的面团在刮擦板上刮，刮出的"面鱼"再放篦子上馏，馏熟放盐放油拌。这是一种功夫饭，味道全在功夫里。

一连月余，更夫每天过着黑白颠倒的生活，在这黑白世界里，夜是如此美好。

他白天不用和人讲话，把自己关在屋里睡觉，睡醒了自己做点吃的。更夫天生不爱说话，现在把所有话都放在夜间。随着铁犁铧喊出打更语，寄托他对乡邻老少爷们的一份深切关爱；每晚在坑塘女人那收获一份温暖，收获一份感恩，便像吃夜草的马儿，变得温顺而乖巧。更夫话虽不多，却是他这辈子和他老婆之外的女人说得最多的话。

这是一个风雨交加的夜晚,更夫没有来女人这拿火媒子。女人那里的火媒子照例在第一更时被点燃,放在厨房案板上的陶罐里。

女人睡不着,黑暗中坐在床帮上,眼睛直直地盯着窗外,听风声,听雨声,看闪电,听雷鸣。

她隐隐约约看到一个黑影在窗外一闪,她对着黑影说:"那口子,你不用担心,我会尽力照顾好你的亲人。"

一道闪电划过,女人看到窗户外是更夫身着雨衣的身影,她听到更夫对着窗户喊:"刮风下雨,关窗插门!"

她来不及与更夫隔窗对话,起身去开门。她想对他说:"下雨天,你不用一家一户跑着提醒,进屋来避避雨吧。"她打开门,更夫的身影已消失在风雨里。

女人似乎看到院子里还有黑影,是时聚时散的无数个黑影,她对着电闪雷鸣下的夜幕高声喊:"你别在这晃悠了!我这不用你担心,一会他来拿火媒子吃饭,你别吓着他了。"那是一个只有她自己才能看得到的黑影,黑影在她心里总是挥之不去。

女人心疼更夫。可能不是更夫,今晚换成另一个人能在风雨里专门跑到她这偏僻地儿来关切一句,她也会心疼。以前村里轮流打更时,除非轮到他男人,没有哪个打更人专门跑到她房屋前敲响过更声。

已是清明时节,下雨的夜晚,天气不是凉而是充满冬的寒意。这晚,更夫马不停蹄地四处张罗着喊更,他喊的是乱更,没按更时,打更语也是临时编的。什么"寒潮来临,关灯关门!"、什么"猪羊在圈,不用担心!"等等。总之,他每跑进一家门口,看到这家人最需要什么,最关心什么,他就查看后喊给人家。更夫想:我一个人淋雨,总比让大家都跟着淋雨强。

风停了,雨住了,女人和更夫一样没有睡觉。在这风雨夜,村子里没早早躲进被窝的人可能只有他俩。

女人在风停雨住后打开屋门,走进厨房,从陶罐里摸起火媒子看,已经快到四更天。更夫还没来拿火媒子,她心里不免担心起来。

棚架上有些心急的藤花骨朵已经挣开毛茸茸的青紫薄皮而伸展开来,女人在午后摘下几朵最大的花骨朵,面煎后做了今年第一顿藤花菜饭。满满一碗,她只尝一口便放在锅里。

更夫没有来吃,女人掀开锅盖,藤花菜饭还在。

更夫怎么没来拿火媒子?风雨已过,他还准备继续敲乱更吗?那哪行,牛屋饲养员不得把牲口喂乱套?眼下正值耕地播种时节,牲口吃完夜草来不及反刍会生病的。

更夫也该饿了,胃是人身上会撒娇的一个零部件,吃惯夜食就会形成习惯,到时就会饿。更夫今夜跑得路多,他不会饿晕在哪里吧?女人因担心而胡思乱想起来。

女人突然听到屋后有隐隐约约声响,像是有人趴在她屋顶上捯饬东西。

女人骂她那口子:"今夜你咋就不消停一会,是不放心我还是不放心他?"她不怕那口子给她捣乱,将近三年时间里,她常常在漆黑夜晚坐在笛苇地里陪他说话,他一次也没从坑塘里爬出来显灵,给她亲热亲热。为此,她没少骂他忘恩负义。

那口子既然爬出来了,她要和他理论理论。女人大胆地走出厨房屋门,绕到屋后,她真的看到一个黑影正趴在屋上塞屋草。

屋草被风掀开了,她怎么就没想到呢?她家是顺风口,风卷屋草的事也不是一次了。

她不禁哑然失笑,笑她到底还是没有杜甫聪明。杜甫知道"八月秋高风怒号",她怎么就没想到四月的春风也能"卷我屋上三重茅"呢?她识字,读过私塾。

屋上的人不是她那口子,是更夫。女人提醒更夫小心行事,掖掖就行,熬过今夜,天明再弄。天明谁来帮她弄?更夫自从做了更夫,就变成夜行者,白天他不关门在家好好睡觉,爬起来给她倒弄屋草别人又该怎么说呢?

大概更夫心里就是这样想的，所以他才连夜扛来耙具，爬上屋顶。被风卷起的屋草已被更夫倒弄得差不多了，就算没有倒弄差不多他也倒弄不下去了。他看不见哪儿还没有摊平，眼前一片漆黑，浑身一阵阵寒战。他一直强打精神硬撑着，想下去却找不到下去的耙具放在哪儿。

女人站在黑暗里时间长了，视网膜已经适应在黑暗中探索光明的路径。她看到更夫伸着腿却不在耙具位置，便噌噌几下爬到耙具上，握住更夫脚腕，一点点挪动着把他托下来。

更夫双腿发软，她摸一把他的额头，滚烫滚烫。更夫受了伤寒！她扶着他一步步走到屋内，三下五除二扯下已被雨水淋透的衣服，把他弄进被窝里。

已过四更天，女人给更夫灌一碗红糖水，掖紧被角，关上门，从屋后找到更夫的铁犁铧还有敲犁铧的小铁锤，便走出去。

村子里响起四更铁犁铧声，一快三慢，"铛！——铛！铛！铛！""铛！——铛！铛！铛！""铛！——铛！铛！铛！"连敲三遍，稍事平息后，铁犁铧在村子另一个角落再度响起。

哑更！村子里第一次响起哑更。听不到更夫沙哑的吆喝声，打更也成了残缺的更。

女人敲完铁犁铧，匆匆赶回家，她对床上的更夫放心不下。窗户里口挂着一袋晒干的婆婆丁，那是早几天她才从坑塘周围挖下来晾晒的。不是特意给更夫准备的，她男人没死时她每年也晒，在她男人头疼发热时给他熬水喝，也给自己伤风感冒时熬水喝，今儿她用婆婆丁给更夫熬水喝。

女人舍不得浪费一根火柴，手里有现成火媒子。吹燃火媒子点着柴火，锅灶里燃起膛火。当然，她要先把锅里给更夫留的那碗藤花菜饭端出来。

给更夫熬婆婆丁水，没忘把更夫的湿衣服也抱来。婆婆丁水熬好后，撑在锅门口把湿衣服煴干。

女人把第一剂婆婆丁水盛出来，端到床前，腾出一只胳膊托起更夫的头。更夫从头到脚都有反应，还没有喝婆婆丁水，昏沉沉的头一下轻松许多。

灶膛里的火熄了，草木灰里的火星像雨后五更天夜空的星辰，眨巴着眼睛渐渐隐去。没有火星，灶膛里仍然是温暖的，那份温暖像女人熬的水也像女人胳膊留给更夫的温度，足够烘干他的湿衣服。

女人找几根木棒扎出三脚架立在灶口，把湿衣服撑开挂起来。她突然想起母亲在寒冬里给婴幼儿熥烤尿湿的棉裤，女人笑了，不知是怨地还是怨种，死去的男人没有让她生出一男半女。这也无妨，没有吃过猪肉还能没见过猪跑吗？疼男人和疼孩子一样，是女人的天性。

火媒子燃尽即是五更。火媒子已经燃尽了，但它被燃柴火时吹出过火苗，再以此判断时辰有偏差。女人望向夜空，那三颗并排的星星正在东南方位，她知道此时已到寅时五更。

不能再等了，饲养员听到五更的更声才起来给牲口喂头货草，才不影响赶犋的人天一亮给牲口套犋出工。

女人安顿好更夫去敲五更的铁犁铧。更依然是哑更，一慢四快，她没有学着更夫吆喝"早睡早起，保重身体"，只是把铁犁铧敲得更响，遍数增多。

马大炮是个夜猫子，人都说"吃人参不如睡五更"，他老婆就是不让他睡五更觉，总是在五更前捏他鼻子，憋醒他，自己睡个安生觉。马大炮自知理亏，谁让自己的呼噜声打得那么响呢？他吭哧吭哧地清理完留在嗓眼里还没打完的半截呼噜，磨磨唧唧穿上衣服，挎上粪箕子，钩上粪巴子，沿街转悠。

五更的铁犁铧声响起时，马大炮正转悠在坑塘旁。村里的狗和夜晚跑出来觅食的家猪都爱在坑塘边拉屎，那里能捡到粪。他不会跨越到坑塘那边去，那边只住一个女人，是一片是非之地。

马大炮正欲离开，抬头看见一个黑影跨越坑塘，迈着零星的碎步走进那处房子。铁犁铧声没有再度响起，他判断黑影一定是更夫。

这个闷头货，竟然吃起夜食！

"孤男寡女，干柴烈火！"马大炮脑海里立马浮现出一连串动感画面。上半夜刚下过一场大雨，路滑；马大炮稍不留神，脚下打滑，差点滑落到坑塘里。

马大炮像被喂了催情药的老母猪一样兴奋而烦躁，他想去抓更夫现行或者说去听一场酣畅淋漓的新房，但他不敢，怕逮不住狐狸惹一身骚。他在队长家门口搔首踟蹰，等着队长开门。

终于忍过最难熬的一个时辰。队长打着哈欠出来，马大炮马上向队长报告这一重大发现。队长沉吟半晌，看看天已大亮，拽住马大炮说："走，和我一起看看去。更夫一定有情况，你没听到今夜后两更只有更声响没有吆喝声吗？"

两人绕过坑塘，老远就看到女人屋后墙面斜搁的耙具及被昨夜风雨掀开的屋草，屋顶一片凌乱。队长默不作声地顺着耙具爬上屋墙，马大炮帮着打理地面乱草，将顺了，爬上耙具递给队长，重新掖进凌乱的屋草里。

早晨清静，屋后的动静惊动从厨屋端碗出门的女人。女人端着一碗婆婆丁水直接走过来。马大炮摆手说："不渴，不渴，等会把屋顶的草缮好再喝。"

女人说："这是给更夫熬的药，他中了风寒。"

队长站在屋墙上接草，狠狠瞪马大炮一眼。马大炮自知告错状，忙退下来埋头打理地面乱草，不再言语。

"更夫病得严重吗？"队长问。

"已经喝过一次药了，出出汗就会好的。"

队长试探性的询问，求证了更夫病倒在女人屋子里的疑虑。他不再刨根问底是不是女人帮更夫敲的更，毕竟，深更半夜一个女人家背着铁犁铧在村子里走街串巷敲更的情况对任何一个女人来说都是不可思议的事。

这女人真能替更夫敲更？队长想不明白，马大炮更想不明白。

远处的事想不明白，近处的事却看得清楚。耙具肯定是更夫搬来的，更夫夜里一定爬上屋顶缮过草，更夫在帮女人打理被风掀翻的屋草后病倒了。

"谢谢您照顾了更夫,给您添麻烦了。"队长对女人说。

"老嫂比母,应该的。"女人说话很淡然。

队长把屋草弄好,退下耙具,女人没有像村里其他女人那样感恩不尽地说一堆好话,她甚至没有主动招呼队长和马大炮去屋里坐,却也没有离开站立的地方。一副去不去随你便的姿态,倒让两个大男人不知如何是好。

女人那句"老嫂比母"的话像是钻进马大炮心里看过他心思后故意说给他听的,让马大炮心怵也让队长不得不打心里佩服这个女人不简单,有嘴有心有胆量。

队长在前,马大炮随后,扛走了生产队牛屋里的耙具。

女人敛声屏气倾听晨风吹拂开蝴蝶般的藤花骨朵发出错落有致的悦耳的回响,她为自己和自己男人悉心培育的藤花感到欣慰。

碗里的婆婆丁水凉了,女人端回去重新加热。之后再加热藤花菜饭,端给更夫吃。

更夫经过一日的休息和调养,身体恢复过来。普天下没人比这个女人更了解婆婆丁这玩意清热解毒的效果了。

更夫拿着火媒子出去敲第一更,女人照例在锅里给他留饭,只是外加叮嘱一句:"五更敲过后你到我这来,我有话给你说。"

女人预感到昨夜的雨势必带来的明天的风,是一阵比西北风还刺骨的风。她不怕,她是担心更夫抵过了昨夜风雨带给他的伤寒未必能应对白天的风。趁微风不燥,掀开梦境般尘封的往事,了却一桩心愿,也算对死去的那口子有个交代。

于是,在五更之后晨曦来临之前,在黎明前的黑暗中,更夫和女人有了一段凄凉而美丽的并非司空见惯的夜话。

女人问:"我对你好,昨晚让你睡我床上,你有啥想法吗?"

更夫面红耳赤,好像五更最后那一锤敲错了位置,没有敲在铁犁铧上,而是敲在了他心口,心在咚咚跳。

更夫是个男人。一个一段时间以来游离在坑塘边自我春心荡漾遐思悠悠的男人，一个心里装着一份渴望的男人，一个想探知老井深度却又不敢轻易下井的男人。终于，女人的话像有人在井口固定一根绳索，给了他攀缘下井的机会。

更夫说："我……我想睡不是这样的睡，是两人知冷知热、知渴知饿的那种睡。"

更夫的话，女人一点没惊讶，平淡得像是就着大葱咬口锅饼。

女人突然转变话题，像随手丢弃吃剩的葱根，把更夫的退思扔出门外。

女人说："那种睡属于他，永远只属于他。夜深人静时，他经常来，就那样睡在我身边，陪伴我。"

更夫问："他是谁？"

女人说："他是你弟弟。"

更夫惊讶："我没有弟弟，就我弟兄自己。"

女人说："你有，只是你不知道。"

更夫一脸茫然。

女人问："你有父亲吗？"

更夫有些生气："谁能没有父亲呢，没父亲自己哪来的？虽然我没有见过父亲，但也知道我不是从北大坑刨出来的，那是大人哄小孩的话。"

女人扑哧一笑。之后，一本正经地说："你父亲在你不满一岁时，为了抵债，立了卖身契，去一家大户人家做长工，从此再没回来过。"

更夫无语，他突然想起自己的奶名。多少年来他一直不明白：为什么他的奶名叫"笛崽"，记工员却在他的工分本上给他写上"抵债"？

他相信女人了，相信女人比他还熟悉父亲。

女人说："你父亲后来和女佣人生了私生子，也在那家大户人家做长工，那不是你弟弟吗？"

更夫如坠入十里烟雾中，转了向，分不清东西南北。他只好信其有，不解地问："你认识我弟弟？"

女人说："认识，他也是一名更夫。他打更不用那么费劲卷火媒子，是燃香;大户人家有钱,香烛随便用。"

更夫问:"我弟弟是……"

女人说:"你弟弟就是淹死在坑塘里的我那口子,那个撇下我走了的狠心男人。"

更夫扑通一声跪在女人面前,忏悔地说:"嫂子,不,弟妹。我该死,我不该有那种想法。"

女人笑了:"男人嘛,有那想法也是正常的,没有就不正常了,只是以后别再有了。"

女人拉更夫坐起来。"以后仍然喊我嫂子吧,我都给人说过'老嫂比母'的话了,喊嫂子也好遮人耳目。"

更夫怯懦地问:"弟妹,你是……"

女人不满地瞟更夫一眼,更正说:"怎么又喊弟妹,多难听呀!以后就喊嫂子。"

更夫继续问:"嫂子,你是……"

女人说:"我是那大户人家的闺女。"

更夫弄不明白,他弟弟哪来这么大本事,一个打更的长工竟然娶了千金?

女人掐根秫秸篾子,拨掉油灯芯上结痂的火花,望一眼更夫傻里巴叽像孩子期待大人讲完故事结局一样的神情,她第一次讲出了那段伤感的往事。

在那处深宅大院里,生活着一位正值碧玉年华的姑娘,她就是这家的闺女。那年,闺女十八岁,花一样的芳龄也有着花一样的美貌,待字深闺却还没意中人。

老天爷故意捉弄她,让她莫名地得了乳疮。母亲悄悄地把她长乳疮的事告诉老爷,老爷听后如蒙奇耻大辱:还没出阁的闺女长了乳疮,这话要是传出去,颜面往哪放?老爷不问青红皂白,下令不得问病寻医,让她自生自灭。

尽管老爷不让请郎中，姑娘长乳疮的事还是没有瞒住女佣人，当然也就没有瞒住做长工的父子。做更夫的小长工私下里听到女佣人与老长工耳语："其实这也算不得什么，用婆婆丁捣烂敷在上面就能治好，只是老爷有令，谁也不敢在这个家胡言乱语。"

小长工那年十五岁，他的活是夜间在院子里打更报时，白天出去帮忙跑跑掂掂。小长工把听来的话记在心里，正值春天婆婆丁开花季节，他挖来婆婆丁揣在怀里，夜间洗净捣烂，打更报时时悄悄塞进姑娘门缝里，并在姑娘门前敲更吆喝："关紧门缝，防止风吹火烛！"

姑娘平日里把小长工看作小弟，一起在高墙大院里长大，虽然身份悬殊，并不歧视他，彼此相处无间。

小长工突然在门前吆喝新编的打更语，姑娘自然心生疑窦，就到门缝去看。看到婆婆丁膏，明白小长工的意思，自己偷偷敷用。

姑娘每晚敷小长工送来的婆婆丁，乳疮日渐好转，为不让母亲发现秘密，白天装作病情加重。母亲来时，常常看到她处于昏迷状态，迷迷糊糊。

那晚，小长工正往门缝塞婆婆丁膏，门猛地一下拉开，小长工一头跌进姑娘屋里。

姑娘听了小长工的叙述，心生感激。她不愿再待在这个封建保守的家庭城堡里，她要小长工带她私奔，跑进大山里，陪她治好乳疮。

小长工不敢造次，把姑娘的话说给老长工听，老长工又说给女佣人听。女佣人坚决支持儿子，支持儿子在深夜把姑娘带走，救她一命。

女佣人教儿子如何隐藏在深山里挖婆婆丁给姑娘贴敷乳疮，并安排他坚持挖婆婆丁的根熬水给她喝。老长工临行交代："在深山里熬出头，躲过这一灾，如果不能回来，你俩就去老井村落户，那里是家。"

老长工说这话时很伤感，说自己对不住老井村里一家人，反复安排小长工，要是你哥还活着，一定要续上这份骨亲。

姑娘和小长工在深山老林里躲藏几年，乳疮痊愈了，按照老长工嘱咐，落户在这个村子里。

老井村离大户人家并不远，老爷明知闺女没死，也没来相认。姑娘比小长工大三岁，是抱金砖的婚配，没有举行任何仪式，两人在村子西北角、在坑塘旁，安安静静过日子。

更夫当初喊她嫂子，是因为没人知道她和她死去男人的年龄，他只是从岁月留在她脸上的印痕中估摸着这样喊了。

一白遮百丑，女人白净的脸庞却没有掩饰住随内心忧伤而流转的时光。她的神态不是因劳累而疲惫，而是长时间睡眠不足造成的苍白以及濒临心理崩溃的前兆。

——看来，女人的心是疲惫的。男人的死给她留下太多遗憾，她在梦境里延续着没有爱完的爱，始终生活在现实生活和梦境生活两个世界里。

女人说："这些年，我的身世不连累你就是万幸，所以始终没敢与你相认。你弟弟死得这么突然，我欠他一份骨肉相认的债，也欠你。"

更夫说："村里人都把你看成另类，没人接触你，也没人知道你们这段经历。"

女人叹口气："明天，也许是后天，村里就会有人拿咱俩说事，到底还是没补上这份情却连累你背黑锅。"

更夫心里很矛盾，有许多恨，不知从谁恨起。是恨父亲还是恨那大户人家？他还没理出头绪，一种莫名的爱怜又在滋生蔓延。这世界终于有了水火相容的一天，像一个人命里缺火却被太多水包养了。

更夫不再说"想要那种睡"的话。不是他内心里不想，也不是古有小叔可以娶寡妇嫂、大伯哥不娶弟媳妇的风俗的缘故。此刻，女人在更夫眼里就是一段神话，是一尊卓立而不可玷污的女神，他配不上她，宁愿背黑锅。

村里的妇女们出工时指着坑塘窃窃私语，一下把更夫和女人埋进闲言碎语里。

更夫白天睡觉，听不见；女人出工时仍然落在其他女人后面，懒得理会。更夫每晚照例去拿火媒子，照例去吃女人留在锅底的饭，只是在走出去敲第一更和来吃锅里饭时总会在笛苇地里伫立一会。

他问他："你在那边过得还好吗？"

他也会告诉他："放心吧，我不会碰你女人，因为她的心永远只属于你。"

"铛！"更夫每次离开时，都会站在笛苇地里猛地敲一声铁犁铧，打声招呼，也顺便告诉他："我去敲更了，你上来吧，女人等着你呢。"

更夫就是做鳏夫的命。

锻磨情缘

村里磨面坊砌在王婆子家西屋里,碾盘支在院子里。

王婆子家院子大,有空房,家里坐了磨和碾,自然就成了村里的人场。

夜晚磨面坊里常常油灯长明,话语不断。一日三餐碾盘周边也围满了吃饭的男男女女、大人小孩。海碗、饭盆、小馍筐,把个碾盘摆放得满满腾腾。农村人就兴这样,扎堆吃饭。

若是哪个往日里常来扎堆吃饭的人今儿不再摇晃着碗或盆过来,不是因为他家饭孬,怕人笑话端不出门,一定是他家来客人,做了好吃的。

也有扎堆不入群的,马三就是一例。马三是与王婆子一墙之隔的邻居,单门独户,光棍一个。马三做饭不入谱,红芋稀饭里也能放猪油,自己吃着香别人看着心里堵得慌。

想必是马三饭碗往碾盘上一放,没人蹭他饭,别人的饭他蹭也不好不蹭也不好,为了免得尴尬,索性自己端着碗就蹲在磨面坊屋檐下,早饭晒太阳午饭能避阳,听着别人拉家常,有时也跟着"嘿嘿"笑上两声。

磨面坊屋檐下有块石头,经年立在那儿。石头的眼系儿磨得光洁滑润,那是过去拴马的石墩,连王婆子都说不清是哪年哪月埋在那儿的。石头正对着王婆子家厨房门, 王婆子唯一的女儿小莲从不在吃饭时赶这番热闹,

短篇小说
 Duan Pian Xiao Shuo

她端着碗坐在锅门口木墩子上吃饭。偶尔抬头，不是看到坐在石头上吃饭的马三的脸就是看到他的脚。

马三像"一夜飘零"而至，却不知"北雁南飞离乡日"。他是被捡来的遗弃孤儿，靠吃百家饭穿百家衣长大，被村里视为"官人"。生产队散工后谁家的脏活重活他都做，蹭顿饭吃；没有人家叫他干活时，他就自己捯饬点吃的，萝卜辣椒一锅炖，有啥吃啥。

村里来了锻磨匠，生产队让马三帮着打下手。一来二去，马三不但对锻磨略知一二，还与锻磨匠论上本家，都姓马。

其实，马三到底姓不姓马没人能说清。村里没有姓马的，当初被遗弃时，他才一两岁，问他是哪庄的，他哭着说马庄。问遍周边方圆一二十里的村子也没有叫马庄的，有人就调侃喊他"马仔"。

马仔长大了，能出工干活了。生产队在挨着王婆子屋墙那片空地上给他盖了两间房，算是独立门户。记工员嫌马仔不土不洋不像个正式名字，就在工分本上给他写上"马三"两字，于是，马仔便改名马三了。

马三不笨，做事用心。第一次给锻磨匠打下手时，他就认定锻磨这门手艺适合他。锻磨既是技术活也是力气活，需要的工具少，没多大成本，有一把铁锤、一把錾子就行。

马三挑着王婆子家一副水筲去村头老井里打水。别说是锻磨匠锻磨需要水，就是锻磨匠不来，王婆子家的水缸，马三每天一早也都给挑得缸满沿流。

连续挑两趟，缸满了。马三去磨坊拿锻磨匠盛水的缸子换水。这是锻磨匠干活时经常要用的家什，噙一口水喷洒在磨盘上，潮湿后的磨盘锻起来省力，鼻孔也少吸进一些粉尘。

马三伸手拿缸子，不经意间发现锻磨匠师傅脖子上的汗道子没了，脖子擦得干干净净。大裆裤子卷起的裤腰里塞进一条新棉布，不至于锻起的石屑落入裤腰里硌得人难受。

锻磨匠一脸甜甜笑容，掩饰不住的幸福写在脸上。笑意并不是因马三而起,他压根儿没发现马三站在面前。

王婆子男人死后那年,外地来的锻磨匠主动承担了给村里免费锻磨的活计,至此,村里就再没有换过锻磨师傅。哪怕再过十年村里也不会主动提出来换掉他另请高明,因为不可能有哪位锻磨师傅能把条件降低到这标准。

锻磨不收钱,只要一天管三顿饭就行。用锻磨匠老马自己话说,周边有一二十个村子锻磨活都是他干的,他是在每年不搭茬的空闲时才来这干几天,目的就是找个歇脚吃饭的地方,不嫌他饭量大就行。

说是趁着空闲,其实老马师傅比专门定下的锻磨匠还规矩。正常锻磨是两年来一茬,老马师傅每年都来。锻起磨来有板有眼,不温不火,不急不躁,齿和膛严丝合缝,板缘齐整。

村里没人知道锻磨匠是哪里人,问起他,他总是笑而不答,最多说句"北边沂蒙山区的"。师傅话语很少,说话的尾音与从"西乡"远嫁而来的王婆子很相像,让没出过远门的村里人不得不认为世界真小,北边的和西边的说话的尾音都一样。

每年锻磨匠来了,生产队支给王婆子五斤小麦,十斤杂粮,老马就在王婆子家吃饭。虽然生产队不支给王婆子家马三的口粮,这几天马三也在王婆子家混吃。只是村里扎堆吃饭的人来得少了,这是礼节,再有那么多人在外嚷嚷叫,王婆子蒸的一锅"花老虎卷子"是端出来还是不端出来?

马三吃完饭,习惯性地赤脚盘腿而坐。小莲帮忙洗刷完毕,掂起马三一双前面已裂开口子的布鞋就往碾盘走,借锻磨师傅和马三饭后歇息时间,把裂开的鞋口子给缝起来。

马三不知所措,涨红脸,连连说:"不用了,好好的呢,还能穿。"

王婆子走进来,斜马三一眼,再瞟一眼马师傅,说道:"她愿意给你掂饬,就让她给你掂饬着缝缝呗。"

马师傅只顾低头往烟锅子里装烟丝,俨然什么也没听见。

小莲拿起铁锤一遍遍在碾盘上敲打鞋子前头裂口处。一是敲打掉鞋底泥土；二是把变形的鞋底鞋帮敲平整，好用锥子扎眼绱鞋。她把敲打干净的鞋子提到厨屋，坐在锅门口木墩子上，每扎下一锥子，使劲拉动绳子就发出吱啦啦的声响，把小脸庞憋得通红。

马三穿着缝补好的鞋子走路，跟脚多了；脚底板抬得老高，从里到外都精神。

锻完面坊面磨，再锻院子里石碾，需要七八天时间。马三看锻磨马师傅快大功告成，转着圈儿流露自己想拜师学艺的想法。马师傅装作没听见，只顾低头锻打。

石碾不用锻打沟槽，碾盘外高里低，碾压苞谷、高粱时间长了，倾斜度不均衡，费力不赶趟，撵平不但面积大，还是细活。师傅头上勒个白羊肚子毛巾，马三认出来了，那是王婆子挂在屋子内间擦脸的，平时舍不得拿出来用。黑大带子扎在卷起的裤腰上，裤腰挨肚皮处依旧塞着那条棉布。他右手提个铁锤子，左手扶着铁錾子，蹲在碾盘上，手腕斜向用力；每锻凿一锤，都会火星飞溅。每锻凿几錾子，马三就俯下身来，用嘴吹去锻碎的石沫。

马三极力讨好师傅，錾子顺着碾盘每錾平一段，他就使尽吃奶力气来回滚动碾磙子，让师傅观察调试。

大约半后晌光景，村里人都出工干活了，整个村庄里显得空荡荡的。老马师傅让马三在已经锻錾好的碾盘上反复滚动碾磙子，以便再修补锻錾。

马师傅拿茶缸子去王婆子屋里倒水喝，迟迟没有回来。马三感觉碾磙子磙压还有不平处，就拿起师傅的铁锤和錾子沿着碾盘锻打起来。叮当作响的敲击声并没有惊动王婆子和锻磨师傅出来干预，马三锻打完后，师傅才慢悠悠地从王婆子屋里走出来。他认真审视马三的杰作，满意地点点头。

王婆子斜着半身倚靠在门框上，招呼马三进屋来。马三去了，王婆子问他："马三，你真想拜师学锻磨吗？"

马三说："是的，我想学。"

王婆子说："那好，你就认老马做师傅吧。师傅从父，以后你做他干儿子，他做你干爹，你愿意吗？"

马三点头。

王婆子把手伸进对襟褂子里，摸索一会，掏出一只手绢叠成的布包，一层层取开，把内里所有毛票都塞到马三手里说："去南集镇上买些猪头肉、炒花生，打两瓶酒来。晚上把村里问事大老知、村干部请到你家，让老马也去，当面鼓对面锣把话说清，请他们网开一面，放你随着老马一起走吧。"

马三不好意思接钱，不接又办不了王婆子安排的事，最后也只好忸怩不安地把钱装进口袋里。

晚上，马三那两间房里第一次响起猜拳行令的吆喝声。估计饭时已差不多，该说的话也说完了，王婆子让小莲提着暖瓶去送水。

小莲老远听到大老知略带几分酒意的大嗓门在讲话："老马，既然马三是你干儿子，马三的婚事就由你做主。我家外甥女虽不是一表人才，但高高大大，将来是持家过日子一把好手。明天我托人做媒，先把这婚事给定了，你们再走。"

小莲一步跨进屋内，给每人满上一碗水。暖瓶落地，她扯扯马三衣襟，不紧不慢地说："大爷大叔都在，我把话挑明了吧。我和马三哥早就好上了，我俩是自由恋爱。我不嫌他穷，他不嫌我家是孤女寡母。"

"你这孩子是疯了还是傻了！哪有女孩子家这样讲话的？"大家几乎是众口一词。

话虽是这样说，但所有人都被小莲的举动惊呆了。稍事冷静后，大家不再言语，几双眼睛齐刷刷地瞪着马三看。

马三的脸涨红了，像是刚从灶膛里扒出的一块热红芋，滚烫滚烫。他语无伦次地摆手摇头，牙缝交替着，仅能挤出一个字来："别别别……不不不……"马三结结巴巴，一片慌乱，不敢抬头看小莲。

锻磨匠老马毕竟是走南闯北经过场面的人。他一边拽小莲出门，一边招呼大家说："天不早了，大家各自回家歇息吧。"

王婆子知道事情原委后，恨不得提起小板凳砸在小莲头上。要不是老马劝说，她非得拉着小莲一同跳井去不可。

明天村子里会是一番怎样的热闹景象,王婆子能想象到。事情到这分上,老马也不再顾忌什么,当着小莲面把王婆子拉到内间,两人低声耳语。

磨和碾已锻好,天还没黑,老马的锻磨工具就早早打了包,和铺盖一起放进牛屋睡觉草棚里。既然和马三已成师徒关系,马三理应听从师傅安排。

老马从王婆子家出来,让马三把屋子里能带的东西都带上,明天和他一起到外地溜乡锻磨去。

天一亮,草棚里空空如也。没人知道锻磨匠师徒俩是什么时候离开村子的。

出早工时,已有人爆出"王婆子闺女被锻磨匠拐跑了"的话来。有人说:"早看着锻磨匠是黄鼠狼给鸡拜年,没安好心。"也有人说:"没利不起早五更,原想着老马是想啃富农婆这棵老草,没想到啃起嫩草来了。"

到下工时,事情渐渐明朗,人物也对上号。村里人开始改变说法,马三和小莲私奔了。

不知是一段时间锻碾原因,还是王婆子家出了闺女私奔事所致,午饭时,干干净净的碾盘周围,没有端碗扎堆吃饭的人,王婆子家院落里了无声息,分外萧条。

家族里年岁最大的长者扶着一把木凳子一挪一挪地挪到碾盘前,撩起黑袍子,擦掉碾盘上的浮土,手指在碾盘边缘来回划动,嘴里不停称赞道:"好活! 有一把锻磨好手艺,只怕是以后再也不会来了。"

长者孙子和孙媳妇悄悄地跟过来,长者仰天哀叹:"该走的都走吧,该走的都走吧!"

西屋磨面坊里传出"呜呜"的推磨声,声音时断时续,那是耗尽力气也推不动磨盘完整转一圈的声音。长者对孙辈说:"去吧,去帮帮她,是她在磨头茬面。"

孙辈两人走进磨坊,果然是王婆子一个人在吃力推磨,每次只能推动半圈。长者的板凳挪到磨坊门口,看着孙辈两人接过磨棍替王婆子推磨,便数落王婆子:"你这是何苦呢? 没人规定头茬面就该你吃!"

王婆子说："这么多年不都是这样过来的吗？"

"规矩是人定的，该破的就破！"长者说完，一步一步挪着板凳回家。

的确如王婆子所说，这么多年了，每次锻过磨，都是王婆子家磨头茬面。尽管锻磨匠反复擦洗磨盘，新锻的磨磨出的面仍然难免会有石碴子在里面，吃起来硌牙。

新锻的磨推起来也费力。孙辈两口子把王婆子一盆豆杂面推三遍，已是汗流满面。他们执意要推第四遍，王婆子说什么也不让再推了。她说："少推一遍，面粉筋道。这些面也够我老婆子一个人吃两个月了。"

两个月后的一天，王婆子突然消失了。西屋磨面坊里的钥匙放在马三常蹲或坐的那块石头上。王婆子家所有磨面或推碾能用得上的物件都一一整齐地摆放在西屋屋檐下，包括扫面盘的扫帚把子、搲粮食的缸子、插磨眼的筷子等等。

王婆子的消失在村里并没有引起多大反响，人们似乎早都猜到这样一个结局——猜到她和锻磨匠老马有扯不清的瓜葛。

三十年后的一天，村里来了位西装革履的男人，来找陈年的老磨和碾子。

人们把他带到王婆子老宅，老宅的房屋残垣破壁，马三的两间屋只有四面破烂残墙。碾盘被村里拉去垫了村口的路，碾碌子和两盘磨沉陷在半截泥土里。

男人是马三和小莲的儿子。熟悉马三和小莲的人有的已经作古，有的已过天命之年。作古的人，带走一份遗憾；活着的人，终于听到一段鲜为人知的故事。

原来锻磨匠老马并不是沂蒙山区人，他和王婆子都是豫西山里人，出生在一个叫石头堡的村子里。

马铁锤是石头堡一带有名的石匠，不但有锻打石狮子、石槽的手艺，也是锻磨行家里手。那年堡东牛大力上山采石料，一条腿不慎被卡在石缝里。

马铁锤硬是靠着一锤一錾把一块大石头锻打成两半,救出牛大力。从此,两人成莫逆之交。

马铁锤的媳妇比牛大力的媳妇早怀上半年。牛大力请马铁锤去家里喝酒,马石头已经出生两个月,牛大力媳妇还挺着大肚子。牛大力指着媳妇的肚子说:"我家如果生女儿,你儿子就娶她;如果生儿子,他俩就是亲兄弟。"

牛大力让媳妇把提前做好的衣襟拿出来,当即把衣襟裁为两幅,与马铁锤各执一幅作为凭证,说道:"指腹裁襟,互守信诺。"

牛大力的媳妇生了个女儿,取名巧妮。一出生,就与马石头定下了娃娃亲。

抗战时期,国民党反动派在豫西一带乘机大肆买卖壮丁,敲诈勒索,鱼肉百姓。身为独生子的马石头那年只有十七岁,却被村保长抓去做了替身而被充军。

真是哭天天不应,哭地地不灵。马铁锤冲向国军队伍里讲理,被保长的帮凶强行拖出去一阵暴打,打得皮开肉绽,躺在床上动弹不得。牛大力一身牛劲使不上,只能眼睁睁看着马石头被人带走,巧妮躲在家里哭天抹泪。

1947 年 8 月,人民解放军晋冀鲁豫野战军在进军大别山南渡黄河那场战役中,把国民党军打得大败。马石头和王实两人在溃逃中不慎跌入悬崖,王实被卡在悬崖壁上一棵树缝里。

王实眼睁睁地看着马石头跌入悬崖。两人在国民党军营里是一对好兄弟,他潜藏在深山,待战役结束,便忍饥受饿,攀崖壁寻找马石头。活要见人,死要见尸,给马石头家人也好有个交代。

王实在深山老林里连续数日,脚上、手上到处都被划出血口子,却什么也没找到。

王实知道马石头家地址,也知道他同村的未婚妻叫巧妮。那是一次两人闲聊时,马石头问王实家里有老婆吗,王实摇摇头说没有,马石头就把他从小被家人给定娃娃亲的事说了。

王实听后很惊讶,遗憾自己的父母没有给他定娃娃亲。他问马石头:

"你俩好过吗？"

马石头说："两人只是拥抱过，亲过嘴，没有做过那事。"

马石头说这话时，心里很难过。国民党抓壮丁，他是被村保长二赖子换的替身，之前一点也不知道情况，突然就被抓走了。父亲当时苦苦哀求，让留给一天时间，把他和巧妮的婚事办了，二赖子做贼心虚，哪能同意呢？

马石头说："要是能拖延一天，和巧妮有了那事，说不定就能给他马家留下后代，即便自己死在战场，也没遗憾。"

马石头是独苗，这么多年没有家里消息，也不知两位老人是否平安，说到这里，马石头眼泪汪汪。

王实不知道怎么安慰马石头，开玩笑问道："你老婆长得俊吗？"

马石头说："俊，她爹真没给她起错名字，叫巧妮。她不但长得好看，手还巧。"说着，他脱下鞋子，拽出前头已经磨烂的鞋垫，递给王实看。

鞋垫已经分辨不出颜色，像是一块浸了水的烂布袼褙，只有边缘处还能看到巧妮缝下的针眼。王实拿手捂住鼻子，扭过头说："你想臭死我吗？"

马石头笑了。王实看他心情好了，眯缝着眼，笑问道："你给我说说和女人亲嘴是啥感觉？我知道了，万一战死也值了。"

"去你的！"马石头一脚把王实踹倒在地。

集合的哨子声响起，两人连滚带爬，拔腿就跑。

想到自己的弟兄不知是死是活，王实心里很纠结，不知该何去何从。他不敢回家，也回不了家，此时已是身心疲惫，患上风寒，怕是回不到家就会病死路上。

那是一段头背在脊梁骨上过日子的岁月，王实和马石头两人相互记下对方家庭地址及家庭成员情况，以防不测，好有个关照。

那场战役的地点离马石头家不远，是马石头私下告诉王实的。他说，沿着黄河一直向东走，就能走到他家。

深夜里，王实潜入一户农家，偷了人家一身破烂衣服，从军服衣角里摸出藏在里面的一枚银圆，放在这家屋内。乔装打扮后，他按照地址，一路逃荒要饭，找到了石头堡村。

王实找到马石头家，听乡邻说他父母因儿子被抓，万念俱灰，几年前就相继患病不愈而亡了。王实谎称自己是外乡的远路亲戚，到两位老人坟前烧香，磕头，长跪在老人坟前念叨："石头命大福大，不会有事的，您老人家放心吧。"

王实抬头起身，发现一位老人不知什么时候站在他身后。老人说："我没听说石头家有远路亲戚，他家几门亲戚的锅门口朝哪我都知道。你到底是谁，和石头是什么关系？"

王实不敢说自己是逃兵，只说自己是石头的好朋友。

老人问："你知道石头现在的情况吗？"

王实不置可否地点点头。他已猜出眼前老人十有八九就是巧妮的父亲。

王实被老人带回家。走进石头垒砌的小院，第一眼看到的就是那位坐在屋门外纳鞋底的大姑娘，他断定这姑娘必是马石头的未婚妻无疑。

姑娘看有生人跟爹进来，低头走进内屋，不再出来。老人进屋让座，问王实："你是部队逃兵吧？"王实不再狡辩，虽然他穿着破旧，一副病态样子，但在出生入死的战场上练就的沉着冷静气质，还是被老人一眼就看穿了。

"敢问老人家，刚才坐在门口的姑娘是不是石头的未婚妻巧妮？"

老人惊讶，看来他与石头关系确实不错，连娃娃亲的事都知道。

巧妮顾不得那么多，从内屋一步跨出门帘。她母亲跟在后面，拽都拽不住。巧妮开口便问道："马石头现在在哪，为啥他没和你一起回来？"

王实不得不把他俩一起落入悬崖的经过详细描述一遍，然后说："我抓着藤蔓沿着坠落方位一步步攀缘到崖底，既没见到他被卡在树上的迹象，也没发现崖底有人落地的痕迹。石头老弟体魄健壮，我相信他一定会平安无事。"

巧妮一家三口不约而同地看王实手上、脸上尚没愈合的伤口，相信王实说的都是实话。牛大力念在女儿与马石头娃娃亲的分上，偷偷地收留了他。

已是夏末,山区气温低,相对凉快。牛大力把小院厨屋与院墙间堆放的秸秆柴火捯饬出来,靠里留出能住下一个人的空隙,上面覆上柴草,挪动一捆秸秆,让王实钻进去,暂时住在里面。

牛大力上山采药,母女俩熬药、做饭。在巧妮一家人的关照下,王实的伤病渐渐好起来。

王实不敢回家,也不想牵连巧妮一家人。一天晚上,他从柴草垛里钻出来,问两位老人山里有没有可以藏身的地方。

老夫妻俩想想,想起村外山坳里有个山洞,早些年有外地逃荒人在里面住过。牛大力借上山砍柴之名拱进山洞查看一番,确定隐蔽可以住人后,就没有挽留王实,让他在夜晚搬进去。毕竟家里有待嫁女儿,让王实住在家有诸多不便。

王实在山洞里憋屈几天后就寻找机会进山打猎、挖草药;牛大力上山给他送吃食,顺便把兽皮、草药带走换钱。多多少少,王实也能接济巧妮家一些。

时间长了,巧妮受父母嘱托以上山砍柴、割草之名,常去给王实送些东西。王实像对待亲妹妹一样对她,盘算着打猎卖药多攒些积蓄,以期石头有幸回来,帮他把婚事办了。

就这样,王实在石头堡深山里一待就是两年。

全国解放了,人民当家做主,打土豪分田地,迎来轰轰烈烈新生活。石头堡村却没有马石头一点消息,大家都认为石头一定是死了,死得悄无声息。

王实左思右想,决定回自己家乡去,向政府坦白交代自己做过国民党军人的事,争取宽大处理。

临走前那天晚上,王实悄悄去巧妮家告别。走进院落,突感内急,便先拐进茅厕。他刚一跨进茅厕门口,两块砖头垫起的粪便池上刷的一下站起一个人来。

巧妮正在解大便,脚下一滑,一头栽倒在粪池里。

王实悔恨交加,顾不了许多,一边说:"别怕,我是王实。"一边弓腰把巧妮抱起来,托着软绵绵的屁股抱进屋里。巧妮双手紧紧地拽着裤裆,却还是露出下身来。

幽暗的煤油灯下,巧妮母亲在惊恐中接过巧妮,扯掉她沾满粪便的衣服后,把整个人塞进被窝里,气得脸上青一块紫一块,嘴唇发抖。牛大力气得跺脚,手指着王实"你你你……"却说不出话来。王实"啪啪"打自己两巴掌,双手抱头蹲地,嘴里喃喃自语:"都怪我粗心莽撞,进茅厕也没提前咳嗽一声,把巧妮吓成这样。"

倒是巧妮顶着被子在被窝里换好衣服,一骨碌爬起来,走进外间,若无其事地伸手扯王实一把,安慰他说:"起来坐下说话吧,都怨我不小心一脚踩滑了。"

王实把自己想回老家接受政府宽大处理的想法给巧妮父母说了,并给二老跪地磕头,感谢他们的恩德。

牛大力说:"现在到处查路条,怕是你回不到家,就会被抓起来。"

巧妮自告奋勇地说:"我根正苗红,明天我去开路条,送你回去。"

王实不愿让巧妮跟着自己受苦、受牵连。巧妮低着头,满腹委屈地说:"石头死了,如今我的身子被你看了,被你碰了,我以后没法再嫁人了,我就是你的人了。跟你逃荒要饭、挨批挨斗,我愿意。"

巧妮父母通过这两年观察,认定王实是个实在人,值得女儿托付终身。就这样,巧妮随王实回了老家。

两人一路爬火车,在陇海铁路的一个小站下了车。走出车站,见路口有扛红缨枪查路条的卫兵,王实主动询问去政府坦白交代问题的地方在哪里。

卫兵带他们去政府大院,王实如实交代自己从被强行征兵到溃逃后潜逃的整个过程,巧妮也出面证明王实潜逃后没有做过坏事,是个好人。

接待的人问巧妮是王实什么人,巧妮大大方方地说出自己是他媳妇,是自愿和他结婚。政府宽大王实,只是把他列入被管制分子。

王实的父亲是一个勤俭过日子的人,置了地,盖了房。因王实不在家,人手不够,其拥有的土地数量除自己耕种外,还大约富余三分之一的土地雇工耕作。在解放后农村阶级成分划分时,被划成富农成分。

王实家的房屋没有被充公,只是多余的房屋和院落被村里做了磨坊,支起碾压苞谷、高粱的碾盘。巧妮心甘情愿做王实媳妇,伺候年迈多病的公婆。

王实家成分高,再加上是受管制的人,从外地带来的老婆很少和外人接触,别人也少问她姓名,背地里叫她王婆子。时间长了,巧妮成了村里唯一一位区别于其他过门媳妇改名叫"张王氏、孙李氏"之类的女人。

马石头命大,并没有死。他没有王实幸运,他摔下悬崖后从树缝滑落到荆棘丛蔓中,再从荆棘丛中坠向树缝;来回几次折腾,落地的重力减少了,虽然摔昏过去,醒来后却发现只摔伤一条腿。

人民解放军打扫战场,发现了马石头,救了他。他被俘虏后,跟随解放军参加人民解放战争,转战南北,参加过襄樊战役、淮海战役,解放后才复员回到家乡。

得知父母早已双亡,未婚妻巧妮也跟着王实走了,马石头伤心欲绝。

家里的房屋因年久失修,院子里茅草丛生。石头砌的墙裂了几处大口子,屋梁滑落,茅草横飞,已无法居住。马石头无牵无挂,索性就住进王实住过的山洞里。

其实,那并不是天然山洞,是老辈人就着洞穴打造的窑洞。因孤零零独处山坳,后来这里形成山寨,窑洞被遗弃了。屈原"哀吾生之无乐兮,幽独处乎山中"正代表马石头此时的心境。

经历九死一生,马石头的心情很快调整过来。一段时间后,他已是心静如水,与世无争。他不恨王实,在那个兵荒马乱的年代,这么多年杳无音信,再加上亲眼看着他滑落悬崖,不认为他早已死了才怪呢。

解放军救了他,他醒来后也打探王实的消息,结果一无所知。那段日

短篇小说

Duan Pian Xiao Shuo

子,他认为王实被摔死了,整天为死去的兄弟伤心难过。

若不是巧妮跟着王实过日子了,马石头真想去找他,两人喝个一醉方休。毕竟王实死里逃生后,首先想到的是到他家来。

马石头在傍晚时分去了巧妮家,宽宽两位老人的心,别因为巧妮跟王实走的事感到对不住他而过于悲伤。

的确如马石头猜想的一样,听说马石头回来了,两位老人觉得自己违背诺言,无颜见马石头,天天憋在屋里以泪洗面。

牛大力说:"石头,我对不起你,对不起你死去的爹娘。"

石头安慰两位老人:"您老别难过,这件事不怪您,怪就怪国民党抓壮丁。王实是我的好兄弟,我了解他,巧妮跟他我放心。"生米已经做成饭,两位老人再难过也没办法。

马石头从巧妮家找回父亲留下的铁锤、錾子等锻磨工具,子承父业,从此干起锻磨行当。有了锻磨手艺,十年光景里,马石头锻磨名气越来越大,周边几十里一打听都知道石头堡有个姓马的锻磨匠。可马石头仍然是孤身一人,有人给他提亲,他总是说:"我一个人吃饱全家不饿,这样活得自在。"石头堡的人都知道是他心里装着巧妮,放不下,久而久之,没人再给他提亲了。

堡子里一名新死了男人的妇女,时常上山砍柴,遇到马石头从外地锻磨回来,总爱磨磨唧唧在马石头住的山洞前歇歇脚。

马石头走出山洞,帮她把柴火背下山就回山洞来,什么话也不说。他明白那女人的心思,可就是绕不开心里那个弯,放不下巧妮。他对那女人印象不错,但他觉得一个心里装着其他女人的男人就是娶了人家,也是对人家的伤害。

一次,马石头从外乡锻磨回来,刚走到山洞口,就听到不远处有女人"哎哟"一声尖叫。马石头循声找去,找到了踩落一块石头而滑倒在山沟里的女人。女人的脚崴了,马石头只好背着她走。走到山洞口,女人说脚疼得厉害,要石头放她下来歇歇。

马石头不敢与寡妇那火辣辣的眼神对视,把她放好,自己便去山上找那种高棵花叶的三七草,回来后把叶子揉碎,搓在崴伤部位,活血化瘀。

看马石头面无表情,女人只好接过三七叶来,自己搓,自己揉。马石头把剩下的三七叶包好,让她带着回家多搓几次,女人温顺地点点头。

马石头把女人背回家,又折回身把她砍的柴火送去。在石头转身要走时,女人说:"石头哥,以后你有需要缝缝补补的衣物就交给我吧,我能照顾你。"

女人的话让马石头很感动,一来二往,两人处于快要捅破那层薄纸的时候,邮递员给巧妮家送来一封信。

那几年,正赶上困难时期,东部平原地带大批逃荒要饭的饥饿盲流逃往西乡。听说巧妮寄信来了,大家估摸着是巧妮熬不下去了,想来逃命。有人私下里把巧妮来信的事,告诉了马石头。

马石头表面装得轻巧,心里却犯嘀咕:是巧妮和王实一家都来吗?虽然到处都查盲流,但他相信王实还是有本事爬火车逃过来。

"要是王实知道我没死,还活着,那得多尴尬? 巧妮夹在中间也不好过。"他决定找巧妮爹探个究竟。

牛大力拿信给石头看。石头看完信,默不作声地把信叠好,装进信封里,"扑哧扑哧"几口吸完一锅巧妮爹递给他的黄花蒿秆子旱烟,在巧妮娘给他做的纳底鞋帮上磕几下,仰头对两位老人说:"您二老也别伤心,虽然王实不在了,但巧妮她娘俩靠着磨坊支在家里,能捞点磨眼里的剩粮活过来已经不容易了。我常年溜乡锻磨,手里有公社开的介绍信,出去方便。我去看看他娘俩,也借机去王实坟头上烧刀纸,和他唠叨唠叨。"

两位老人同时抬起头来望着马石头,那期盼的眼神里还夹杂着无法用语言表达的复杂心情。

牛大力说:"能带来就把她娘俩带来吧,住在山坳里,咱山上的野菜野果也能养活她娘俩。"

马石头在山坳里向上山砍柴的女人辞别,女人眼里噙着泪花,咬着嘴唇不说话。她能说什么呢？怨他么，自己也没有主动向人家表白呀；恨他么，人家又没摸过自己一指头。女人心里难过，难过自己给马石头做的一双布鞋，纳好鞋底，还没凑够钱去买鞋帮布。她是想凑在去给马石头送鞋时，再向他主动表白。

"走江湖，浪悠悠，五湖四海任我游。"马石头唱着那首手艺人常哼哼的小调，背着锻磨一套家什，爬火车一路向东，找到了巧妮的村子。

马石头进得村来，不由分说，爬上王婆子家院子里的碾盘就锻碾。王婆子站在门口瞟他一眼，心想："这年头谁家还有苞谷、高粱拿来碾？锻了也白锻，没人管你饭！"

马石头端着缸子去王婆子屋里找水喝，王婆子看他一眼，觉得眼熟；但她怎么也想不到会是马石头死而复生。这几年看死去的人看多了，看人眼也不馋了，懒得细打量。

小莲去上学了，上学有口粮，不去不分给吃的。学不学识字不要紧，小莲每天都去，混个馍吃。马石头看屋子里只有王婆子一人，便说："巧妮，你认不出我了？我是石头。"王婆子眼瞪得像夹子撑起来一样，看石头半天，确认是他时，只轻轻地说一句："你没死呀？"

马石头把自己的经历轻描淡写说一遍，之后告诉巧妮，家里两位老人身体还好，不用她担心，老家的灾情没这重。

少许，王婆子狠狠心对马石头说："你快走吧。王实家成分高，不然，你在这闹出个是非来，我就得脖子上挂个破鞋游街挨斗。看在小莲分上，算我求你了！"

马石头端着一缸子水退出王婆子屋，来到碾盘旁，刚放下缸子，队长走来了。队长问都没问他是哪来的锻磨匠，直接递给他一个棉籽拌面蒸的窝窝头，说道："碾就别锻了，用不着，明年年景好了你再来。你先把磨坊里的磨给捯饬捯饬吧。"

接过窝窝头，马石头小鸡啄米般连连点头。锻完磨，马石头把窝窝头放在王婆子屋里案板上。临走时，他告诉巧妮："我不会走远，就在这周边十里八庄转悠,守着你娘俩。"王婆子心里难受,又不想在他面前表现出来,只好扭过头去,不再理他。

锻磨匠走了没多久,村里有传言说王实坟头上闹鬼,夜里有个黑影在坟头前晃悠。王婆子买刀火纸,上坟给王实烧纸。她边烧纸边给王实絮叨:"他来了,来陪你说说话,你就好好待他;这是命,你认了吧。他有这份心,你别怨恨他,我也不知道以后能不能给你保住身子,我的身子本来就该是他的。"

王婆子烧完纸,就坐在被马石头压出一个窝的茅草里,久久地望着王实的坟头发呆。

年景渐渐好起来,马石头每年都来村里锻磨,住上七八天。

有一天晚上吃过饭,马石头磨磨叽叽就是不提去牛屋草棚里歇息,小莲赌气趴到床上装睡着。约莫一顿饭光景,娘从磨坊里回来,蹑手蹑脚掀开被子和衣而眠。小莲拽拽娘的衣襟,问道:"娘,你去磨坊了?"

娘嗯了一声。

小莲又问:"娘,你和他在磨道里睡了?"

娘还是嗯了一声。

小莲不再言语。

小莲懂娘,娘也懂小莲,所以王婆子在女儿面前不需要遮遮掩掩。小莲从马石头说话的口音里早就猜出他和娘是老乡,只是碍于娘的面子,她不愿说破。

小莲同情娘,知道娘心里苦,心里一定潜藏着一个难以启齿的秘密。这秘密,像是村后铁路北边那条高出地面的黄河,虽然不知道源头在哪里,但这源头一定很远很远,不然它不会这么经久不息,历经沧桑而不衰竭。

小莲起初并没有看上马三,只是看在马三每天给她家挑水的分上,对他感激。有一天吃饭时,她突然发现马三长得并不丑,就是没人打理他;其实,她心里一直向往的男人就是马三这样能吃苦的老实人。

真是灯下黑!小莲再看马三时,觉得他哪儿都好。马三提出拜马石头为师跟他学锻磨,就是小莲给他出的主意。

马石头向王婆子征求收不收马三为徒时,王婆子满口答应。她知道这是小莲的鬼点子,也知道小莲是什么意思:她是想让马三和马石头成为师徒关系,她和马三结婚,娘和马石头就方便来往了。

小莲不傻,马石头这么多年不收钱,无偿给村里锻磨,图的不就是能多见娘几次吗?这不是长远之计,小莲能看出来;时间长了,村里人都能看出猫腻。

让马石头和王婆子都没想到的是,小莲竟然当着那么多人面说出自己和马三好的话来。小莲之所以这样做,是因为她知道马三即便心里有她,也不敢主动表白——那还不得让全村人都耻笑他癞蛤蟆想吃天鹅肉。她把一盆脏水泼到自己头上,最多落个跟马三私奔的坏名声,王婆子倒是躲到清水里。村里人会在私下议论:王婆子嫌贫爱富,看不上马三,小莲跟马三私奔了。

从娘答应让马三认马石头干爹那天起,小莲就有和马三私奔的想法。等她和马三有了安顿的窝,再把娘接过去,虽谈不上有面子,但于情于理都能说得过去。这样一来,娘和马石头就能光明正大地在一起了,师徒如父子嘛。

小莲正犯愁怎么和马三挑明他俩的关系,机会来了。酒桌上她顾不了女孩子的羞涩,大胆说了出来。不然,过了这个村就没那个店。

那晚酒席散后,人们各自离去。老马去王婆子屋里劝慰她,商量对策。小莲悄悄地推开马三屋门,笑吟吟地望着不知所措的马三说:"马三哥,我来给你赔不是了。你就权当我是疯子吧。我知道你看不上我,不会要我的。"

马三连忙解释:"不不不,不是;我没有,我没有!"

小莲上去搂住马三的脖子问道:"真的?"

"真的,我赌咒!我对天发誓,我要说一句假话,天打五雷……"马三没有说完,小莲伸出一只小手捂住他嘴巴。

小莲说:"马三哥,我娘不嫌弃你,但她也不能接受咱俩这样订婚,她在人前抬不起头。不如咱俩今晚就离开这里。"

"去哪？"马三一脸茫然。

"你不是已经认老马做师傅了吗？你跟师傅锻磨，我跟着你。此处不留人，自有留人处。咱俩有胳膊有腿，还能饿死吗？"小莲说。

小莲刚走，马石头就招呼马三拾掇东西跟他走。显然，王婆子和老马商量的对策与小莲的意图不谋而合。

老马带着他俩先回到石头堡，安排在山坳里住下。他又返身回来，还有没做完的事情。马石头心里话还没有跟王实兄弟说完，他还有事要和王实商量。回来那晚，他坐在王实坟前，点燃一支烟，缓缓放在嘴边，浅浅吸一口，然后插在坟头上，对王实说："好兄弟，你要是同意我把巧妮带走，就显显灵，给我个明白，把烟灭了吧。要是不同意，就让烟在你坟头上烧完，我陪着你说话，天一亮就走。"

黑魆魆夜幕下，马石头默默地注视着烟头的火在静静地燃烧，眼角流出一抹潮湿的晶莹的泪。是喜是悲？是为了它即将熄灭，还是为了它燃烧殆尽？

马石头心里并不相信鬼神，但他信命。那年从十几丈高的悬崖上滑下去，他没死；枪林弹雨里，看着身边兄弟倒下，子弹却绕着他脑袋飞。他甚至庆幸媒婆没有给他提亲，庆幸他还没有来得及接受村妇的那份爱意。

烟头里的火光一点点暗淡，直至完全熄灭。马石头拔出烟来，用手摸摸，还有大半截没有燃完。

他的发梢一根根竖立起来。"不管是我把烟插得太深了，还是露水打湿了烟火，王实，你永远都是我最好的兄弟，我保证把小莲当亲闺女一样对待。"

趁着天还没亮，马石头匆匆消失在夜色苍茫中。他要把周边几个村里没有锻好的磨全部锻完，哪怕是最后一次，也要锻得有板有眼。

王婆子起初不愿意跟着马石头走，在他死缠硬磨下才答应。西乡除了马石头，还有她父母，还有她视若珍宝的女儿；再说，他和马石头还没有解除娃娃亲呢。

两个月后一天夜里,是马石头亲自来接的王婆子。

除沉睡在地下的王实,王婆子无牵无挂了。面缸里剩下一瓢面,虽然有点石沫味,但她舍不得浪费。盛出来,紧紧实实地塞在面瓢里,用一条干净手巾盖上,放到本家族长者门前。

王婆子跪地在门外给长者磕头辞别,起身离去时,她听到长者梦呓般嚷道:"走吧,该走的都走吧!"

王婆子内心充满感激,族人长者这句话,她已经不是第一次听到了。

按照约定,王婆子直接去王实坟地。老马拉着她的手,两人跪地给王实磕三个响头,之后悄无声息地离开了村庄。

岁月匆匆,转眼王婆子和锻磨匠老马都已进入耄耋之年。一天,老马问王婆子:"我俩百年之后葬在一起,王实咋办?"

王婆子想想说:"不如把王实的坟迁来,买块墓地,咱仨一人一穴,我在中间,你俩一边一个。"

老马手杖戳着地面划拉一阵,连声说:"好,好主意!他左我右,先死为大。"

马三靠自己的勤劳,攒下一些积蓄,开办了一个小型电动石磨厂,生意红火一阵子,后来受市场竞争的冲击,一天不如一天,最后落到濒临倒闭的境地。

儿子大学毕业后没有找到中意工作,小莲让他在厂子里帮忙打理生意。儿子在大学里学的是企业管理,起初小莲让他帮忙,他不屑一顾,感觉是高射炮打蚊子——大材小用。一段时间后他看出电动石磨加工面粉的广阔前景,大胆对企业进行生产工具和技术革新,厂子终于起死回生,越做越大。

马三卸任厂长,电动石磨厂升格为电动石磨生产加工有限责任公司。注册营业执照时,儿子执意要用马三的名字做厂名,说是没有爹和姥爷的锻磨情缘,也就没有今天。儿子任董事长,马三被聘为马三电动石磨有限责任公司顾问。马石头不问事,乐享清福。

一天,马三走进董事长办公室,提交了一份退股申请。儿子不解,问其原因。

马三说:"我退出个人在公司里百分之五十的股份,并不影响企业发展。我要在你姥爷姥姥有生之年,让他们高高兴兴地看着我做完三件事。"

儿子不知道他娘的爹不是亲爹,他姥爷不是亲姥爷,更不知道他亲姥爷埋在远方一片黄土里,他的亲爷爷亲奶奶只是一个虚无缥缈的空间概念。

马三和小莲都认为儿子大了,应该让他知道这段家世,让那股感动的源泉也流进儿子的心田,滋润他成长,帮助他做一个堂堂正正、有情有义的人。

马三说:"你去趟东乡,找到养育我、养育你妈的老家,帮我完成三桩夙愿,你姥爷姥姥将来会含笑九泉。"

"哪三桩夙愿呢?"儿子问。

马三向儿子讲了他家的故事,还有故事里的故事,然后向儿子交代:"用我百分之五十股份的三分之一在村里设立教育基金,资助困难学生上学,奖励考上大学的学生;三分之一为村里无偿建一座电动石磨面粉加工厂;另外的三分之一打造一处三穴墓地,把我岳父王实的坟迁过来,把当年遗留的石磨、石碾买过来,放在墓地旁。"

儿子一一照办了。

理发店里话满堂

据说,秦太福接手的镇东理发店,比镇西张家老店旅馆、镇南王家澡堂经营还早。

理发店虽然小,但店里干干净净。

师傅秦太福白净脸膛,对顾客笑脸相迎,笑脸相送,笑意始终挂在脸上。他靠着剪娃娃头和一手剃平头手艺,长年累月平稳过活,生意细水长流。

"来了!哪村的?"有客人进门,秦太福一边剪头,一边扭过脸来打招呼。

"满营子的。"来人答。

太福只扭头看来人一眼,就知道他不是来剪头的。便试探问道:"师傅,您是……"

来人看太福正忙于剃头,便说:"等师傅忙完了,我有事向您讨教。"

"那好,您坐。"秦太福客气地点点头。

闷葫芦干不了剃头活,剃头与聊天就是一对孪生兄弟。秦太福说,这是师傅的师傅留下的行规,一是表示对人热情,二是打发寂寞。

秦太福给客人剃好头、光好脸,正欲与来人交流,一位中年男人一步跨进店内,双手向秦太福递上一块坠着红缨子的"杠刀布",说道:"孩子满月,

044

有劳秦师傅了。”

秦太福接过“杠刀布”，双手抱拳，连声说：“恭喜恭喜！”

来人看有剃娃娃喜头的进门，连忙起身躲出门外。出门时说句：“秦师傅，咱借一步说话。”

秦太福把“杠刀布”挂脸盆架上，随那人走出门外。来人从口袋里掏出一只大橘子递给他说：“师父吉祥。”

秦太福接过橘子说：“有话请讲。”

“俺满营子村满堂大哥今早走了，请您指条路，哪里有剃阴头的师傅？”来人问。

秦太福心里咯噔一下，心口立马像是坠块大石头般沉重。他回头看看店内等着给孩子剃满月喜头的中年人，万般无奈地说：“就算我想破规矩，也破不了，我已收了人家的‘杠刀布’。”

秦太福想想，抬手指指东南方位说：“出镇一直向东南走，十八里有个叫晋老寨的村子，村子里有位晋师傅，他剃阴头。您去了，就说是我让您找来的。”

那人走了。秦太福心情抑郁也不能表现在脸上，剃娃娃满月头是一件喜事，要营造出欢乐气氛来。

秦太福问中年人定在哪天给孩子剃满月头？中年人说：“就定明天上午。”

秦太福从桌子抽屉里找出一本历书，翻看后说：“恭喜您喜得贵子。”中年人说：“前面有三个女孩了，就盼着生个儿子呢。”

秦太福说：“女儿在前，吃穿不作难。您是有福人。”

因为剃满月头选日子有讲究，所以中年人一说出日期，秦太福就知道是男孩还是女孩。老风俗里男孩剃满月头要占个五，“初五、十五、二十五，剪出的小子像老虎。”女孩剃满月头要占个三，“初三、十三、二十三，剪出的丫头赛天仙。”

那中年人留下地址走了，秦太福收了人家的“杠刀布”，算是定下合约。

理发店里暂时清闲一会。秦太福拿笤帚扫地，端脸盆换水，以此缓解一下自己内心深处翻涌而起的那份理不清剪不断的杂乱情绪。还没等拾掇利索，挨着店面做箍锭子生意的满老头进来剃头。

满老头家就是满营子村的，秦太福想问问满堂大哥的情况，却没有马上开口，绕了个圈。

"今天的活多吗？"

"不集不会的，哪有多少人来。昨天箍两根擀面杖，今天才箍一根线锭子。"

"箍一根线锭子爱惜着用，够纺线纺三五年的。"

秦太福心不在焉，搪塞着说出的应付话，让满老头生气。他立马回怼道："俺满营子王老婆，出嫁时从娘家带来一根枣木锭子，纺线纺一辈子，还没纺断呢。都像她这样，我这箍锭子的，早该饿死了。"

秦太福听出满老头的话怼人，忙纠正道："话也不能这样说，她那是人头上长牛角，比别人出格。"

两人你一句我一句地说着拉着，秦太福把围裙围在满老头脖子里，剪子咔嚓咔嚓在头顶响过，顺便问一句："听说恁满营子的满堂大哥死了？"

"咋不是呢。今一早有人在村后小柳树上发现他时，身子都凉透了，是黑天半夜里上吊死的。你跟满堂熟悉？"满老头反问秦师傅。

"不熟。剃头时经常听人说到他。别看我这店小，不用出门，十里八村的事都能知道。"秦太福故意装得很平淡。

满老头抖了抖围裙上的落发，长叹一口气说："满堂是个大好人，宁愿自己受苦受累，也不连累身边人。你给他一棵豆，他还你一碗粥；眼下这世道里，这样的人挑着灯笼也不好找了。"

"满堂大哥收养的那个闺女还好吧？"秦太福问。

"连这事你也知道？你这理发店还真是百家通。"满老头惊奇地说，"满堂媳妇那年死时撇下一老一小，够满堂苦了，可偏偏哪个心够狠的人家在村口丢弃了自己的女婴，又被满堂捡到。早些年满堂死了儿子，父女俩像是在油锅里过日子。这苦日子刚熬出头，闺女拉扯大了，能出工挣工分了，满堂却上吊了。"

提起满堂，满老头有说不完的话语。两人一个问者有心，一个说者无意，边剃头边聊天。

满老头不喜欢在挑担子的剃头匠那里剃头，看中的是秦太福端打推拿的绝活。秦太福被镇上的人称为不诊脉、不开处方的郎中，不论你是因为落枕而头痛，还是感冒头痛或因劳累而腰酸腿痛，经他一番端拿之后，都会减轻疼痛甚至霍然而愈。

满老头剃好头，坐在凳子上，秦太福先给他提肩、揉大椎穴、推松筋骨；然后绕到身后，夹住他腋下左右摇晃，用左膝顶着他背部，猛地向上一提，大喝一声："嗨！"只听满老头腰部嚓的一声，顿感四肢舒畅。

秦太福想知道的有关满堂的情况满老头一丝不漏地都讲了。他讲满堂那些故事时，店里等着剃头的人都沉默了。一位老者站起身默默走出去，眼里噙着泪花。

满营子离镇不远，十几里路，每月逢六有老古会。早些年秦太福也挑着火炉脸盆去赶会剃头，去过几次后就没再去凑这份剃头挑子一头热的行当，因为他想打探的事已经打探到了。

再说晋老寨晋师傅见秦太福介绍的人直接找上门来，二话没说，接了橘子和红包，带着剃头箱就直接跟人来满营子。

晋师傅进得门来，见死者停放在一张软床上，床头只跪着一位十七八岁的姑娘在低头哭泣，再就没有别的亲人守灵。他心想，死者也是个可怜人。

晋师傅给满堂刮光头刮胡子，把耳孔鼻孔修得干干净净，方便他利利索索走上黄泉路。

死者为大，晋师傅剪剃完毕，双膝跪地，咚咚咚磕三个响头，起身接过问事大老知递过来的三尺白布，方方正正叠好，放进工具箱里，扭头走人。

众人留晋师傅吃饭，被他婉言拒绝。

晋师傅以前不剃阴头,接手剃阴头是十几年前的事。他说剃阴头积德行善,求个善终,百年之后到阴间地府好有人关照。

老伴和五个女儿都反对他给死人剃头,加之他腿脚不便,最近几年已经很少出远门接活了。他不知道秦太福为什么把这么远的活介绍给他来做,但他知道秦太福这么做一定有他的道理。

晋师傅本想拐到太福理发店落落脚,说说话,走到店门口,看店内人多,怕万一有结婚剪头或孩子满周剃喜头的人,怕冲了人家喜气,便没进店,直接回家了。

第二天秦太福去剃满月头,户主家的客堂打扫得镜子一般,能照人影。秦太福进得客堂便唱:"金钩挂起银罗账,请出小官坐明堂;昨日朝中剃宰相,今日又剃状元郎。"

中年妇女抱出孩子坐在客堂板凳上,秦太福夸孩子肥头大耳,将来定是官相。之后,轻轻抚摸婴儿头部说:"新剃头打三下,不打三下不像话;剃头打三光,不长秃子不长疮。"

剃满月头沿用前额三下、后脑勺四下、左面五下、右面六下的规矩,先从前额剪起。秦太福担心推子夹婴儿头发,拿出一把剃胎毛的专用推子,咔嚓咔嚓调试一番后,在前额象征性地剪三下说:"一剪金,二剪银,三剪骡马一大群。"接着剪后脑勺,太福剪,孩子的母亲跟着像背书歌子一样背道:"前铰金,后铰银,中剪铰个聚宝盆。铰铰嘴,早说话;铰铰鬓,长得俊。铰铰手,手儿巧;铰铰脚,走得稳。"

满月头剃好,孩子父亲把胎毛包起来,交给媳妇。媳妇把孩子的胎毛与一撮香灰、一撮狗毛、一撮猫毛一起装入布袋,放进孩子枕头里,说是这样孩子睡得安稳。

秦太福回到理发店后,坐下发呆。从昨天与满老头交流中,他知道满堂这几年挺过的艰难岁月,心里更加内疚。他翻箱倒柜找出闲置多年都没有吹过的唢呐,擦拭干净,把哨子、气牌、侵子、杆和碗装好,关上店门,走到二里外的河滩上,憋足气,一口气吹完《秦雪梅吊孝》哀曲。

当他独白那几句“恨苍天之无情，怨地恶之无良，呜呼痛哉，闻君讣息，断我柔肠，扶柩一恸，血泪千行”词时，真的泪流满面。

秦太福又吹一曲唢呐哭坟，感觉自己多年的老行当还能拿得出手，决定去晋老寨找他师傅。

昨天听箅锭子的满老头说，满堂这一辈子就打过他亲生儿子两次，都是为了护着闺女才打的儿子。

第一次是那年满堂去赶集，回来看到卖熟猪肉摊子就剩一块猪肝，便宜买了。回到家，儿子接过来，从中间掰两半，递给妹妹一块，自己留一块蔽在身后。妹妹要看他那半，他就是不给看；妹妹就哭着要给他换，他拔腿就跑。妹妹委屈地把猪肝扔在地上，说哥哥拿走大块，给她留下一小块。

满堂找回儿子，气得揪着耳朵就打。打了一顿后，儿子把手里的猪肝拿出来让妹妹看，原来他留的才是一小块。

满堂的儿子很聪明，考取了县重点高中。在众多乡邻帮衬下，去县城读书。在一个星期天，儿子高高兴兴地从县城步行几十里回到家，满堂早早地贴一锅热腾腾的锅饼等着他。儿子见到妹妹，两人又打又推地闹腾一番；这时，他从书包里掏出几袋泡面调料包说：“哥哥给你冲碗鲜汤，就馍可好吃了。”

妹妹问：“你哪来的这么多泡面调料？”

哥哥说：“我把泡面吃了，调料给你留下来冲汤喝。”

妹妹问：“泡面好吃吗？”

哥哥说：“可好吃了，干吃就像吃麻花，咬在嘴里咯嘣咯嘣地响。”

妹妹听后又哭又闹地说：“我也要吃泡面。”

站在一旁的满堂看不下去了，伸手打了儿子两巴掌，生气地骂道：“你个败家子，我们在家连馍都舍不得吃饱，你却糟蹋钱买泡面吃！”

儿子被打后委屈地趴在床上大哭一场；满堂也没在意儿子的心情，谁料想这个正值青春叛逆期的孩子晚上竟然跳河溺亡了。

儿子死后，满堂从他同学那里才知道，这哪是他吃泡面剩下的调料呢？

这些调料都是他在宿舍里从几个喜欢干吃泡面的同学扔掉的泡面袋里捡的。平时他舍不得买食堂里的汤菜,买两个馍馍拿回宿舍吃,一袋调料也分两顿冲汤喝,积攒下这么多,特意给妹妹带回来。

"事隔这么多年了,满堂怎么突然又上吊了呢?"满老头讲完后,有人不解地问。

满老头说:"当初我们村里人也为这事郁闷,后来才知道,早在一年前满堂就在医院里查出来自己得了绝症,但他没有告诉任何人,硬撑着,还把家里的房子翻新一遍,说是留给闺女日后招个上门女婿。

最近病情恶化,他怕闺女送他去医院治病花钱;病治不好再给闺女留下一屁股债务。为了不拖累闺女,也可能是对儿子的忏悔,在头天晚上,他挨家挨户串门,重复着这么多年来对大家帮助他家的感谢话,半夜里在儿子溺水的小河边上吊自尽了。"

晋师傅昨天从满营子回来后一天都没出门,软床前跪地低头哭泣的女孩身影在他眼前挥之不去。当年被他遗弃的那个闺女要是还活着的话,也该这么大了。十八年来,看似早已忘却的记忆,那份愧疚和痛苦却常常折磨着他。

晋师傅夫妻连续生五个女儿,指望最后再生个儿子,结果天不遂人愿,生的还是个女儿。徒弟秦太福来看师娘,师傅摆摆手说:"这孩子天生气短,命里注定不是俺晋家人。你把她抱得远远地放在村口,被哪个好心人捡取,兴许能拉扯出一条命来。"

秦太福还没结婚,师命难违,只得把孩子抱回来。走回村口,他为难了,把孩子放哪里呢?太福想到满营子是个老古村,居住人口密集,容易被人发现,就把孩子放在满营子村口。

秦太福虽然年轻,但他知道这是一条命,是一条与师傅血脉相连的命。以后每逢满营子老古会,他都挑着担子去赶会剃头,打探孩子下落。后来他知道孩子被村里一个死了媳妇带着一个儿子过日子的叫满堂的人收养了,平安无事。他在想:闺女真是天生命苦,满营子这么多富有人家,她怎么偏偏就落到一户穷人家呢?

秦太福没有敢把孩子被满堂收养的事告诉师傅,关键是师傅一家人从此之后再也没有提起过这事,像是这件事压根就没有发生一样。

秦太福走进师傅家门,师傅正斜靠在椅子上打盹。听见有人进来,师傅睁开眼,梦境般看到秦太福提着唢呐站在他跟前。

师傅不解。虽然"罗祖乱传艺"时教了大徒弟炒菜、二徒弟剃头、三徒弟吹唢呐,至今,厨师、理发、吹唢呐仍然是一家,但唢呐班子解散多年了,徒弟又提着个唢呐来干吗?

秦太福恭恭敬敬地给师傅鞠上一躬,说道:"师傅,徒弟我想把咱的唢呐班子再拉起来,出一趟活。"

晋师傅一脸严肃地问道:"这几年破'四旧',谁家有事都不吹喇叭了,你到哪出一趟活?"

秦太福说:"给满营子的满堂大哥送殡。"

晋师傅一脸惊愕。

秦太福说:"不为别的,就为他收养了那个闺女。满堂儿子的死是因为他偏护闺女,儿子才溺水而亡;满堂的死,是因为他得绝症怕拖累闺女才上吊自缢。咱欠满堂哥!"

秦太福说完,双膝跪在师父面前,哭诉道:"师傅,你惩罚我吧,有件事我瞒你这么多年……"

藏老猫记

午饭后,我去强子家喊他一起上学,在他家院子里无意间发现一个藏老猫的好地方。

下午放学回家路上,我和两个伙伴约好,吃过晚饭在强子家门口等他做藏老猫游戏。

强子出来了,在他家门口不远处,我们四人撸起袖子围成一圈,"包袱剪子锤"较量一番,最终强子的"锤"被我的"包袱"包住,他输了。

按照藏老猫游戏规则,"包袱剪子锤"赢者三方是藏家,输者是找家。我们三个藏起来后,强子负责把我们一一找出来,这场游戏才算结束。

强子抬起双臂撑在他家院门口的一处土墙豁口上,头抵在手臂上问我们:"藏好了吗?"

我示意两个伙伴先在划定区域内找躲藏地方,我看守住强子不要抬头,然后回答:"还没有,不许看。"

强子没有抬头,很规矩,继续等。我看两个伙伴已离去,便瞅准提前看好的地点,弓腰钻入那一刻,高呼一声:"藏好了!"

那天是农历十五,一个晴朗的中秋夜晚。十五的月亮格外明亮,如白昼一般。我越过强子家羊圈,转入强子与他大娘家中间巷口,躲进堆满柴草的缝隙里。

这个巷口原本没有柴草,一面是强子现在家的堂屋山墙,一面是强子过去家的厨屋后墙,是两家的通道。

自从强子两年前过继给他叔家——他改口喊叔叫爹、喊婶叫娘,喊原来的爹叫大爷、喊原来的娘叫大娘。不知从哪天起,巷口用柴草堵了起来,强子家转入巷口的地方被他现在的娘搭起一处羊圈。

我听见强子家堂屋门哗啦一声响,强子的娘走出屋门。我虽然没有亲眼看见,但从他娘咳嗽声里判断她娘一定是披着褂子走出来的。强子娘说话声音很大:"强子,我的乖儿,少疯一会早点睡觉,别闪汗感冒了。"

强子婶变成娘后,非常娇惯强子,总是乖乖长乖乖短地喊他,让我们几个伙伴们都很羡慕。我娘就没有这样喊过我,其他伙伴的娘也没这样喊过。

娘关切地叮嘱强子的声音,不但强子听得见,强子原来娘——现在的大娘一定也听得清清楚楚。

强子被娘娇得晕头了。明明我刚说过"藏好了",肯定就藏在附近,可他却一溜烟地跑出去,把我搁在这里不管不问。

我趴在巷口柴草里不敢动弹,怕弄出声响被强子娘来羊圈喂羊听到。还好,她没有来喂养,我听到了她关门的声音。

院子安静下来,只有羊圈那只大绵羊偶尔咩咩两声。我翻翻身,长出一口气,活动一下四肢,突然感觉翻过羊圈钻入柴草的缝隙像是一条狭窄通道,明显被人钻过,没有乱七八糟的柴草阻碍。

我试探着抬头、起身,一切都能轻轻松松完成。借着斑驳月光,我发现眼前正对强子大娘家厨房窗户。我的额头与窗户底沿平齐,看不见厨房里的摆设。窗户一根竖条底部断一截,好奇心促使我随意抬起一只胳膊,把手伸了进去。

我的手触摸到一只柔软而浑圆的东西,不是太凉,似乎还有温度。我猛地缩回手,吓出一身冷汗。可我却于心不甘,踮起脚尖侧耳细听,厨房里没有一丝动静。确定厨房没人,便鼓足勇气再次把手伸进去,把那个柔圆的东

短篇小说 *Duan Pian Xiao Shuo*

西拿出来。

一股淡淡的面香味钻入鼻孔,我对着柴草缝隙里洒落下的月亮光认真审视,这是一个包白面皮的"花虎卷子"馍馍。村子里能吃上这种馍馍的人家不多,强子现在的爹娘算一家。他原来的叔——现在的爹在公社铁木业社工作,有工资,是村里少有的几户"好户"人家。

我恨不得三口两口把这个"花虎卷子"馍咽进肚子里,正犹豫间,听见羊圈有动静,忙又把馍放回原处。

"刚子,快出来吧,我知道你趴在柴草里。"强子的声音压得很低,应该是把两只手扣成喇叭状放在嘴上对我喊话。他怕声音扩散开来,被他娘听到。

按讲,强子只要不亲手抓住我,都不算找到我。大概是夜凉心静,蓦然间我变得聪明起来,我竟然把他对我喊话小心翼翼的样子和厨房窗台上平白无故地出现一个"花虎卷子"馍馍的事联系在一起。我不再为计较游戏规则的细枝末节而难为强子,乖乖地爬出来。

与强子打照面那会,我正要大声说话,强子一把捂住我嘴巴,示意我不要声张。他拉着我像做贼一样猫着腰,轻手轻脚走出院子。刚到大门外,强子便高声嚷道:"我抓住你了!"

就凭这一点,我断定那个"花虎卷子"馍馍一定和强子有关。强子是我最好的伙伴,自从他过继给叔家以后,像是变一个人,话少了,做事很谨慎。

强子拉我去找那两个伙伴。村子就那么大一丁点,谁家的锅门口面朝哪我们都知道,况且晚上经常玩藏老猫游戏,随便你藏,能藏到哪去?那两个伙伴很快束手就擒。

强子突然在我面前变得有点神秘莫测,那是一种超越这个年龄段应有性格的复杂感。他身上让我读不懂的东西越来越多。譬如刚才他跑出去并没有去找两个伙伴,而是不知躲在哪里等着他娘进屋才悄悄去找我。显然,他早知道我藏进他们两家巷口柴草里。

巷口柴草的缝隙一定是强子钻出来的,不然他不会十拿九稳地就能找到我。

回想起午饭后我等强子去上学那会，他还没吃完饭，我看他家大绵羊好玩，就翻进羊圈。在我躲进巷口撒尿时发现那是个藏老猫的好地方，上学路上我并没给强子说起这事，他却一下就猜出我藏在那里了。

喔，我想起来了。他吃完饭出来看见我在羊圈戏谑他家羊，便把我从羊圈里拽出来，我俩一路去上学。他一定是从这点得到启示，想到我藏在那里。

第二天一早天还没亮，强子破例第一次比我先起床，去我家喊我起床上学。这样的情况还没出现过，我上学必须路过他家，每天都是天不亮我去喊他，我们再一起去学校，他今天怎么早早地起床喊我呢？

娘划根火柴点燃油灯，披衣探头向窗外看看，自言自语地说："强子这孩子今儿咋起这么早，离天亮还早呢？"

我对娘的话半信半疑。娘以前心疼我早起，经常猜错天亮的时间，我和强子为此上学没少迟到。我咬紧牙关，猛地一下强迫自己睁开眼，之后懒洋洋地穿好衣服打开门，我俩一起走出去。

一路强子无精打采的样子，我猜想他有心事，没睡好觉。

走出村庄，路过村口队场，强子说："天还早，我们在这歇歇吧。"

空旷的队场到秋季便变了模样，有豆秸垛，有谷子秸垛，黑黢黢的像一座座山峰耸立。我俩在秸垛间游走，终于找到一处底部秸草被生产队饲养员喂养牲口掏出一个洞的地方，便钻进垛洞里。

做藏老猫游戏是我和伙伴们晚饭后不想早早被大人呵斥着钻进被窝睡不着觉受罪而跑出来玩耍的最好借口，也是那时小男孩最感兴趣的事。功夫不负有心人，继昨天发现强子家柴草巷口之后，我突然又有了新发现。我说："强子，以后我们再藏老猫，就到队场来，不在你家那藏了。"

强子嗯一声，没再说话，往我身边靠靠。我俩紧紧地贴在一起，仰面躺在秸草上。尽管秋天的早晨充满凉意，但躺在秸草洞里却是暖融融的，比睡在家里还舒服。

走出村口时天色并不算太黑,这会再看草垛外,天却黑暗下来,垛洞里伸手不见五指。我很惊讶,心里害怕,毛发竖立起来,头皮一阵发紧,身上起一层鸡皮疙瘩。

"天怎么又变黑了?"我很紧张,问强子。

强子说:"这是黎明前的黑暗。我大爷给我讲过,以前有个皇帝小时家里很穷,靠要饭为生,一天早上他偷了人家一口锅,回家后准备支锅煮饭时突然又想:我把人家的锅偷来了,人家一家人起来怎么煮饭吃?于是,他站在门口祈求老天爷快点把天再黑下来,他好把锅还给人家去。老天爷被他的真诚打动,天就又黑了一会,让他去归还人家的锅。"

强子知道的事真多!听了他讲的故事,我不敢再睁眼看垛洞外,紧紧地闭着眼,眼前总是挥不去一个头顶铁锅的人的身影。强子突然推我一把,问道:"你昨天藏在巷口柴草里摸我大爷家厨房窗户没有?"

强子终于要问我有没有发现窗户里的那个"花虎卷子"馍馍的事了。我实事求是地说:"摸了,摸到一个馍馍。"

"你吃了吗?"强子急切地问我。

我说:"没吃,我又放回原处了。"

强子长出一口气。

过好大会,强子才说:"那是我留给我妹妹吃的。"

我的心口一阵酸痛。强子过继给他叔家竟然每天都能吃上"花虎卷子",吃不完还偷偷地留给他妹妹吃!那一刻,我嫉妒死他了。

昨晚我吃的一个窝窝头和两碗红薯稀饭在藏老猫过程中已被消耗殆尽,肚子突然变得空空的,后悔不该把那个馍馍再放回原处。

"你天天都能吃到'花虎卷子'吗?"我憋着气,从牙缝里挤出这句话来。

强子说:"反正比在我家吃得好。我吃得好时,老想着我妹妹还小却吃不上,心里难受,就想让她也能吃上。"

强子这番话,顷刻间颠覆了我对他的嫉恨。我问他:"你两家之间的那个巷口为什么要用柴草堵起来呢,不堵不是更方便吗?"

"你不懂！"他说，"当初我娘——不，我大娘，就是嫌我一抬腿就跑回家，为挡住我跑回家的路，不让我回，才故意堵起来的。"

"为什么呀？"我不解。

"我已过继给我叔家了，就是我叔家的儿子了，再动不动就往家跑，我叔我婶会伤心的。"

强子的话不禁让我回忆起一年前发生的一件事：

那天中午放学后强子没直接回家，而是提出要我和他一起去看他妹妹。他妹妹那时刚会趔趔撞撞像企鹅似的一摇一晃走路，看起来特别好玩，我俩一玩耍起来竟然忘了回家吃饭的事。

这时，强子娘在院子里对着强子大娘家高声喊强子吃饭，强子匆匆放下妹妹，顾不上和我一起，一个人独自往外跑。他跑到村子街口才应答他娘："我在街上，这就回家。"

强子是不想让他娘知道他在原来的家。经他这么一说，我理解他了，我们都还是孩子，强子得比我多想多少事啊！无怨他话少了，大人们都夸他是个老实听话的好孩子。

强子为什么要过继给他叔家？我在家听我爹娘议论过这事：

强子的叔婶生一个女儿后，他婶得一种我记不清叫什么名字的病，在医院开了刀，从此就不能生孩子了。

一次，村里来个"择猪匠"在街上"择猪"，许多妇女孩子都围着看热闹，"择猪匠"把一头小猪踩在脚下，不顾小猪嗷嗷直叫，硬是从肚子里拽出一团细肠一样的东西。强子婶正好路过，一位与她有过节的妇女指桑骂槐地说："你嚎也没用，吃得再好也白搭，'择'了你叫你一辈子都不能再生！"强子婶听出那女人话中有话，与那女人吵骂一通，回家后哭得死去活来，大病一场，一段时间都没出工下地干活。

恰逢那个时候，强子妈生下了强子妹。盼着要个闺女，真的来个闺女，强子一家人欢天喜地。高兴之后却又多了一份忧愁：加上强子，他家连续三个"秃和尚"了，强子的两个哥哥眼看都到了该找媳妇的年龄，家里又添一张吃饭的嘴,日子更加困难。

强子就是在这种情况下过继给他叔家。

黎明前那段黑暗时光消失了,队场里秸垛轮廓明朗起来,这才到我们平时去上学时间。我拍拍强子肩膀说:"走,我们该去学校了。"

强子要给我说的话还没说完,钻出秸垛,他一边走一边继续对我说:"以后我们再藏老猫,你不许再往那个巷口里藏了。"

我满口答应,但心里仍有不少疑问。"你每天都从那个窗口给你妹妹送馍馍吗?"

"也不是,只是我娘做了新馍,馍多,娘发现不了时我才偷一个从窗口递进去。大娘那边做了好吃的,我二哥也放在窗台上给我留一份。这是我和二哥之间的约定,其他人都不知道。"

强子大娘家能做什么好吃的?他家不会做白面包皮"花虎卷子",做不起,像我家一样,只有过年时才能吃上白面,所以强子才想起把馍馍放在窗台上给妹妹吃。

强子告诉我,有一次他趁娘睡觉了,爬过羊圈去摸窗台,摸到一个小香瓜。

说到"小香瓜"时,我俩不觉已走到学校门口。天已蒙蒙亮,有早到的同学拿着书本装模作样地在校园外一边走动一边摇头晃脑背课文,目的是为了让比学生晚到校的老师看到,讨一句表扬。

其实,蒙蒙亮的晨曦中书本上的字根本就看不到,我怀疑同学的书本可能都拿颠倒了。因为强子说到"小香瓜"时不再言语,我就把眼睛凑到强子脸上,凑得很近才看到他眼角的泪珠,那泪珠比书本上的字大。

我问强子:"你怎么哭了?"

强子说:"那香瓜只有妇女们下地干翻红薯秧子活时才能捡到,以前我喊大娘叫娘时,她捡到的小香瓜都是留给我吃,不给两个哥吃。小香瓜是大娘让二哥留给我的,现在我不喊她娘了,她还把我当成她儿子。"

我安慰强子:"晚上再藏老猫,我陪你去你大娘家。晚上没人听得见,你还喊你大娘叫娘吧,她本来就是你娘。"

强子弱弱地问我:"我再喊她娘,她会生气吗?"

我大包大揽地说:"不会! 我没过门的嫂子就是这样,晚上来我家时喊娘,白天见了喊大娘。尽管是'黑娘白大娘',娘心里高兴呢。"

强子笑了,顺从地点点头。

上早课的预备铃声拉响,离正式上课有十分钟休息时间。还在路上的同学开始一溜小跑往学校赶,已经到校的同学扔掉书本追打嬉闹。

昨晚一起藏老猫的两个伙伴一路唱着"藏老猫,逮老鼠,逮住老鼠喂小猫,小猫大了不认娘——"的顺口溜从我俩面前飞奔而过。

强子突然握住我手说:"刚子,以后你就天天陪我在两个娘中间藏老猫吧。"

我答应了他。那天清早我俩的小手拉了钩,拉得很紧,之后几十年都没改变。

强子游离在两个娘中间,一个都没遗弃。当然,首先是两个娘都没遗弃他。

柽柳树下碗碴子留言

那年，我十岁。虽然已经上小学三年级，但在农村人眼里，还是一个刚刚不穿漏裆裤的小屁孩。

在我的世界里，天并不高，从坑塘里撅十根芦苇接在一起，差不多就能碰到；地球并不大，是一块平地，就像村后那片麦田一样平坦，只是很远很远，走不到头。

我能看到的最大风景是村后那片麦田里高大的柽柳树，而我最大的理想就是有朝一日也能背着馍篮子穿过麦田地那条小路，打着响指，吹着口哨去人民公社读高中。

那个打响指、吹口哨的大男孩让我崇拜得五体投地，甚至用顶礼膜拜来形容都不为过。因为他每次从麦田小路上走过之前或之后，那个扎着长辫子的大女孩也同样背着馍篮子从这条小路上走去。

两个背馍篮子的"洋学生"走的这条小路本来并没有路，是单身行人贪图方便，硬从地里踩出的一条路。像鲁迅所说："世上本没有路，走的人多了，便成了路。"

希望本无所谓有，无所谓无的，正如这地上的路。

村里赶犋老把式每年麦茬豆子收割后耕犁这块地时，都会把小路犁掉,但要不了几日,垈头地里又会走出脚印来。

四方阡陌织就一方田亩,被一条小路斜向分隔成两个等边三角形,像女孩长辫子上折叠起来的那块花手帕。花手帕在长辫子上变成翩翩起舞的蝴蝶,注入了田亩一份别样的生机,也增添了她一份青春的靓丽。

也许,这里百年前就有一条小路。不然,在小路的中间位置也是这方田亩的中心地带怎么会长出一棵柽柳树来?听老年人说,柽柳树龄有近百年,正常情况下早该树身中空而亡,周边萌蘖一丛乱枝。而这棵柽柳树却以它独特的方式坚强地活着,村里人把它奉若神树,从不破坏它。

柽柳树斑驳陆离,一脸沧桑。春天,如松树般的针叶儿郁郁葱葱,弱枝低垂;夏天,一穗穗粉红色花儿垂挂满树,如烟雾缭绕,迷幻而美丽。

小路通向人民公社所在地,连接邻村田地里同样的小路。越过小沟,跨过田坎,蹚过小河,翻过高岗,到公社近出好几里路程。

高中生女孩住在西南村,高中生男孩住在东南村,两人去公社上学,在我们村口汇拢,转入小路。从此,小路变得更加温馨。

守着田亩过活的田亩人不再为田亩荒芜一条小路的收成而为田亩惋惜,田亩里的小路成就了莘莘学子的人生之路。

柽柳树下有一块大石头。有人说,这儿以前有口老井,石头是井沿上留下的;也有人说,这儿以前有座古墓,石头是碑碣断裂的底座。大石头被岁月打磨得光光滑滑,看不出任何痕迹,所以,孰是孰非,也就无从考证。

古老的柽柳树扭曲着身躯婆娑起舞,曼舞的身姿叠加在石头上,阳光从华盖里给大石头洒下斑驳陆离的影子。只是这里缺了一汪潭水,也就没有青烟缥缈。不然,也是"树老石连潭,潭深烟翠入;群鱼石下游,独鸟潭上立"的景色。

劳作的人们读不懂这情,欣赏不了这景,歇息的时候或斜靠在柽柳树上,或一屁股坐在大石头边缘,旱烟袋的烟锅子在石头上磕来磕去,磕出一撮老烟叶的灰渍。

柽柳树下、大石头周围,是劳作人们歇息的场所,也是过路人歇脚的地方。

柽柳树不远处有一块圆形盐碱地,像大田地的心脏,上面起了一层白白的盐碱。把盐碱刮下来,配合着草木灰可以调制成简单的"火药"。我们小孩喜欢围在一起,把这种调制品用一张纸引燃,听噼噼啪啪的声响,看火星儿四溅。

大石头下压着一块碗碴子!这是我和两名背馍篮子的高中生三个人的秘密。确切地说,是被我发现的他俩的秘密。

记得那天,我在那块盐碱地里撅着腚刮碱,高中生女孩背着馍篮子走来。她把馍篮子放在大石头上,甩一下身后长辫子,捋一把额头刘海,看看除我一个屁孩外,四下无人,便躬下腰,从石头下摸出那块碗碴子。

她看碗碴子的神情至今我还记得,一脸幸福和羞赧。看过碗碴子,她薅几棵枯草放在石头下碗碴子边沿;再看我时,我早已转身低头刮碱,装作什么也没发现。

女孩背起馍篮子,走到那片盐碱地对面,徘徊一会,似乎想和我打招呼,讨好我。我才不理她呢!我背对着她,岔开两条腿,低下头,装着刮碱样,她的一举一动都被我透过两腿的缝隙看得清清楚楚。

高中生女孩走了,大踏步地走了。前面的路在她眼前就是碧海蓝天。我听到她在唱歌,一只脚时不时掂起来跳一下,像在一边走一边踢瓦片一样。

女孩走后,我出于好奇,来到柽柳树下。我从大石头底下摸出那块碗碴子,赫然发现碗碴子上写着一行钢笔字:我走了,在前面沟坎上等你。

原来是碗碴子留言!怪不得女生会这么高兴。我想起刚到盐碱地时,看到男孩离去的身影和他那吹着口哨洋洋自得的神情,我敢断言,这碗碴子上的留言一定是那个高中生男孩写上去的。

我突然对那个打着响指、吹着口哨的高中生男孩充满了羡慕嫉妒恨。我甚至肯定地认为他一定是和我一样喜欢女孩长辫子上的花手绢蝴蝶才在前面沟坎上等她。

我打小就不是个爱搞恶作剧的人,不会偷走或毁掉他俩那块碗碴子。

我把碗碴子放回原处,祈求碗碴子不会被别人发现,并真诚地希望这块碗碴子能永远为他俩传递信息,每星期他俩都能一块背着馍篮子,一起去上学。

转眼到了第二年午季。麦子黄了,麦田里那片盐碱地愈发青绿起来。稀稀落落线头样的几棵麦子被一簇簇翠绿的碱灰菜挤兑得无影无踪。

村民们似乎有了约定,只掐碱灰菜的嫩葶,不把碱灰菜连根拔起。每一个走进这片盐碱地里的人都能有一把鲜嫩的收获,带回家,或烧汤,或做菜,成就一顿美味佳肴。

五黄六月,五谷即将成熟,农事面临大忙,天气逐渐炎热。这段岁月,对于天天把日头从东山背到西山的庄户人家来说,是一段最难熬的日子。

头一年分的口粮已经吃完,新粮食还在庄稼棵上挂着。邻里们相互帮衬,东家借一瓢,西家借一碗,拌着野菜烧汤、蒸菜。特别对于那些托着干瘪的乳头,用一滴滴带血的乳汁喂养孩子还要强忍着痛苦下地干活的母亲们来说,连续清汤寡水的野菜汤,致使她们的双脚双腿浮肿得像棒槌一般。

星期日这天,不少家庭都还在凑合午饭,母亲撵我抓紧吃完饭出来掐野菜。碱灰菜是那个时候最好的粮食补给,棵大叶肥,掐过后一两天就能萌生出新的枝叶,我自然想到柽柳树不远处这片盐碱地。

我一转入小路,看到高中生男孩正空手走到柽柳树下。男孩没有背馍篮子,也没有打响指,更没有吹口哨,他低垂着头,完全没有往日潇洒。

我不解,顺势爬进麦垄里,探出头来,观察他。

只见他从大石头下摸出碗碴子,用袖口抹掉上面尘土,掏出钢笔,趴在大石头上写好大一会,然后把碗碴子藏好,依依不舍地回去。

高中生男孩走走停停,一脸忧伤,直至走到我跟前,都没有发现我的存在。他这一举动,让我感觉一定另有隐情。

少年特有的好奇心再一次驱使我偷看了他俩的碗碴子。

碗碴子上密密麻麻写满文字,大意是说:男孩的母亲病越来越重,交不起学费,从今天起,他就不去上学了。并叮嘱女孩上学路上要注意安全,要早去,别走黑路等等。

男孩的字写得很工整,我一口气流畅地读完了;读完后,小心谨慎地把碗碴子放回原处。

我心里很难受,不但是为那个高中生男孩,也为那个高中生女孩。说实话,如果不是想看看那个女孩看过碗碴子后是什么反应,我早都该回家了,因为我已经掐了两大把碱灰菜。

过好大会,高中生女孩来了。她看过碗碴子,就伫立在柽柳树下,站了许久许久。因为背对我,我不能判定她的眼泪是否留在碗碴子上,但我能看到长辫子上的花手帕蝴蝶在一动一动地上下起伏。之后,她既不舍又无奈地走了。

柽柳树已经开始开花,几枝早到的粉红色花穗儿轻轻地摇曳在女孩头顶上。女孩伫立的那会儿,像一幅画,动感的地美。

在我还沉浸在那美丽而又凄凉的画面中时,女孩又走回来,径直走到我跟前。

"小弟弟,你认识我那个男同学吗?"

我摇头。

女孩望着我,深情地说:"姐姐有件事要你帮忙,你愿意吗?"

我点头。

女孩把我拉到柽柳树下大石头旁,拿出那块碗碴子。她似乎也想用衣服袖口擦掉上面字迹,抬起胳膊却迟疑了。

我发现她那双纤纤玉手要去解长辫子上的手帕,便一把夺过碗碴子,掀起我的衣襟,唰唰两下把碗碴子上的字迹擦得一干二净。

女孩充满感激地望我一眼,接过碗碴子,在上面写道:"我带了咱俩的学费,今天到校我把你的学费先交了。学,你一定要上,我等你!再苦的日子,我们都要携手熬过。"

碗碴子被重新放好。女孩告诉我,如果天黑之前那位男同学不来看碗碴子,就让我带着碗碴子去东南村找他。女孩突然微微一笑,调侃似地说道：“他叫志高，你见到就批评他，你的名字是志向高远，可别对不起名字哟！”

我答应了女孩的要求，她长出一口气，从柽柳树上折下一穗粉红色花序，别在馍篮子上，释然地走了。

在我们这个没有高贵树木的村庄里，柽柳树是我见过最美的树，美得让我至今都难以忘记。

我自作聪明地在碗碴子旁做一个标记，只要有人动了碗碴子，就能发现。我飞快跑回家，送走两大把碱灰菜，不顾母亲责问，再次飞快跑回柽柳树下，看到碗碴子并没有被人动过。

我先是坐在大石头上等，继而站在大石头上登高远望：褐色的小路两旁，泛黄的麦田，粉红的柽柳花穗，黝黑的大石头还有墨绿的碱灰菜，构成了一幅五彩斑斓的画卷。

我突然想起：我在这大石头上站着，高中生男孩来了也不好意思看碗碴子。于是，我再次走进那片盐碱地，任由午后的骄阳拷打着我汗津津泥鳅般黝黑的脊背。

到半下午时，看到高中生男孩迈进麦田的小路，我赶紧再次卧进麦垄里。男孩走到柽柳树下，环顾四周，弓腰掏出碗碴子。我清楚地记得，他是用双手捧着碗碴子在看；看了一遍似乎又看一遍。就那几行字，比老师在讲台上念完一篇课文用的时间还长。

他仰脸望蓝天，一声长叹！柽柳花穗随他哈出的气息而轻拂面颊，在他眼前荡漾。

他把碗碴子放在唇上一遍遍亲吻，之后提袖准备擦去字迹的时候，他迟疑了；最后还是原封不动地把碗碴子放回原处。我想，他一定是在去学校的时候还想再看一遍。

男孩脸色由阴变晴，绽放出灿烂笑容。他打个响指，昂头大踏步走回家去。

我没有等到他再从家里背着馍篮子去学校，便从麦垄里爬出来回家，但我坚信那天他一定会去上学。

记不得他俩是哪一年高中毕业，只记得那年新学期开学，我们班换一位新老师。上课时，走上讲台的新老师，竟然就是那位背馍篮子的高中生女孩！

女孩叫兰心，被大队聘请到我们学校任代课教师，担任班主任。

上课第一天，兰老师就认出了我。让我站起来读课文，同时纠正我读错的几个字，然后鼓励我以后要大胆发言，不会就问。

一天上自习课时，兰老师把我喊出教室，递给我一个信封。她还没有说话，脸上就布满红晕，不好意思地对我说："放学后你去志高家找他，把这封信交给他。"

我接过信封，用手捏捏，兰老师"扑哧"一声笑了。她说："别摸了，不是碗碴子！"

兰老师看看教室外没人，向我伸出一只弯钩手指来；我半羞半喜地伸出一只手，我俩拉了钩。我知道，拉钩的意思是要我为她保密。

放学后，我几乎没有费劲就在村口找到志高。志高扛着镢头刚从地里干活回来。他接过信，拍拍我的头，微笑着说："你就是那个趴在麦垄里的小男孩吧？"原来志高去看碗碴子那天，已经看到我了。

以后我又陆续为他们代传过几封信，可惜兰老师只在我们学校代一个学期课，就被推荐上了工农兵大学。

从兰老师被推荐上大学这件事，我听说了许多事：听说兰老师父亲是公社里"一头沉"干部；听说志高没有父亲，母亲又有病，家里还有个小弟弟，家庭穷得叮当作响；听说很多人都想给兰老师介绍对象，而她却不睬不理……

兰老师上大学临走那天，去我家找我，送我一本奥斯特洛夫斯基的小说《钢铁是怎样炼成的》，并鼓励我长大要像保尔那样不怕困难，做一名有志青年。

兰老师让我送送她，我送她到村口。兰老师说：辛苦你去看看大石头下那块碗碴子还能不能找到？我想把它收留起来。

我一口气跑向那条小路，跑到柽柳树下。虽然大石头周围长满杂草，可我还是准确无误地找到那片碗碴子。

我把碗碴子交给兰老师时，她已经解开长辫子上的蝴蝶结。花手帕摊在手掌里，四角随风飘动。我看到她小心翼翼地拿花手帕包碗碴子，眼里噙着泪花。

收拾起包着碗碴子的花手帕，兰老师问我："你家有在外地工作的亲戚吗？"

我说："有。我有个舅舅在新疆。"

她说："以后我给你写信，就用你舅舅家地址。信封里有志高信时，你就转送给他。"

我答应了。

在那个年代，公社邮递员骑自行车到各村送信，谁家有外地来信，满村子都知道。志高家没有外地亲戚，也不会有人给他家寄信，兰老师不想让人发现她给志高写信，一定有她的理由。

兰老师上大学走后不久，我就收到她的来信。之后，不但信越来越勤，物件也越寄越多。有我的书，有志高的书，还有药品。不用说，那药品是买给志高母亲的。

新疆的舅舅突然给我家寄这么多东西，这事自然瞒不住父母。我一五一十地向父亲做了交代，当我伸出弯指要与父亲拉钩时，被他一巴掌给我打回去。

母亲说："你给你爹还要拉钩上吊吗？放心吧，我们都不会说出去的。"

以后，父亲就担起去志高家送信的重任。父亲总是提前跟志高约定好，傍晚人少时再去他家。

在兰老师大学毕业那年，国家恢复高考制度。那段日子里，兰老师给志高寄来许多复习资料，夹带着也给我寄些学习材料，还给父亲买了一双"劳力"牌胶底鞋。兰老师一定知道，她寄来的东西都是父亲给志高家送去的，因为志高给她回信没有再通过我。

在兰老师帮助和鼓励下，志高顺利地考取一所名牌大学。他是恢复高考制度后周边几个村走出的第一位大学生。

若干年之后，我考取了和志高同一所大学。接到录取通知书那天，我一个人独自坐在柽柳树下，望着柽柳树浮想联翩。

柽柳树，这种喜欢生长在河流冲积平原盐碱地块的树，有一寸碱土扎根，便长成一丛苍劲壮美。

家乡的柽柳树多呈灌木状，枝条编筐打篓，很少长成大树，为什么这棵柽柳树却例外呢？它不畏强暴，不屈不挠，在盐碱地里发芽，在盐碱地里开花，在盐碱地里长大，在恶劣的环境下坚忍不拔。

演绎在柽柳树下碗碴子留言的爱情故事伴随着岁月的流逝已失去往日色彩，但他俩听说我考取和志高同一所大学后，便主动联系我。

在我大学毕业那年，志高坐公交车去学校接我去他家。他俩已在这座城市建立自己的家，有了孩子。兰心做了一名光荣的人民教师，志高已是一家著名医院里颇有名气的心血管病专家。

他没有专家的架子，公交车上主动给人让座，像家乡的那棵柽柳树，虽经流年仍不失其原韵。

进入他家客厅，首先映入我眼帘的是博古架上那件根雕。苍老古朴的树根，雕刻出一棵柽柳树形，树叶下镶嵌着一块碗碴子。我一眼就认出来，那是他俩留言的碗碴子！

我久久地伫立在根雕前，目不转睛地凝视着碗碴子。志高走到我身后，拍拍我肩膀说："没有找到家乡的柽柳树根，是用家乡漫山遍野都能见到的黄荆条根雕刻而成的。"

我说："黄荆条的生命力更强，根质更坚硬。"

话一出口，我突然为我说出的话而羞愧。我是拿黄荆条比喻我吗？

端起兰心递过来的一杯清茶，茗品之中，我在想：一杯浓郁芳香的茶总有变淡的时候，而一段刻骨铭心的情感却随着时光的流逝变得愈久弥香。

兰心问我："村后那棵柽柳树和那块大石头还在吗？"

我说："在。柽柳树生长得郁郁葱葱，一年两度开花，满树的花穗如一片烟霞。"

"有时间，我们一定要回去看看。"

这句话，他俩几乎是异口同声说出来的。

秋葵地里飘歌声

我与二妮同年同月生,我是哥,她是妹。

我们两家房子一条脊。爷爷给两个儿子建房时,为了省点工和料,俩家共用一堵山墙。如《红楼梦》里所说:"一损皆损,一荣皆荣,扶持遮饰,俱有照应的"。

同一个屋檐下住着两户人家,和睦相处,娘和婶从没拌过嘴。

父亲和叔都不爱说话,可叔拌的烟丝总是比父亲的香,烟丝切得也细。晾好了,叔端个小箩筐,趔趔趄趄,撺到父亲跟前,嘴里只嗯嗯两声。父亲接过来,脱掉鞋子反扣一起,背靠屋墙席地而坐,小心翼翼地把烟丝装进烟锅子里,大口大口吸起来。叔也回屋拿来烟袋,从箩筐里捏出一撮,挨着父亲以同样姿势坐下来。

那时农村房子没院墙,虽然玉米秸夹起篱笆墙爬满豆角、丝瓜,既美观又能吃菜,可烧柴紧张,谁家舍得用玉米秸夹篱笆墙呢?

没有篱笆墙的院子连在一起,无遮无拦,像生产队里的打麦场,给孩子们嬉闹玩耍提供方便,也为父亲和叔肩并肩赤脚坐在屋檐下吸烟提供了便利。

二妮说话声音高亢嘹亮,无怨婶子经常骂她:"死妮子,说话就不会小点声,聒死人。"

上小学一年级时,课外活动老师带着我们做丢手绢游戏,手绢丢在谁身后没发现,被跑一圈的同学逮住,就罚谁唱歌。

我被罚唱歌时,声音比杀猪叫唤得还难听,同学们哈哈大笑。老师哭笑不得,摆摆手说:"别唱了,别唱了。"这时,二妮噌地一下从她位置上站起来,放开歌喉就替我唱,唱得几位老师也傻了眼,都说:"这丫头长大了,准是唱歌的料。"

上初中时,我和二妮一起去大队部上学。那年,生产队在路旁一块大田地里种了一种新庄稼。新庄稼长出的叶片开裂,像小孩手掌一样。

二妮说:"这是苘麻,打绳用的。"

我说:"不是,苘麻都是种在路沟、坑塘坎上,不会种在大田地里。"

二妮嗓门高,说话快,她伸长脖子,跺着脚,噘着嘴,一连串地说:"是的!是的!就是的!"

我踢她一脚,拔腿就跑。从此之后,二妮好长时间都不跟我说话,也不再和我一起去上学。

新庄稼日渐长大,圆柱形的茎疏生散枝,像一棵棵小树。等到路边新庄稼开出第一朵花时,二妮不再故意赌气走在我前头不理我,她停下脚步,向我招手。

我飞奔跑去,二妮也早把那一脚恩怨忘得一干二净。她一边指着喇叭形的黄色花朵让我看,一边得意忘形地说:"睁开你的狗眼看清楚,这不就是苘麻花吗?"

那一会,我像凋谢的花朵,蔫了。可我心里仍不服气,再认真审视,终于发现新庄稼与苘麻的不同之处;于是,我昂头挺胸地和她争辩:"就不是苘麻,苘麻不会发权!"

二妮又生气,扭头就走。走几步,她停下来等我,并恶狠狠地对我说:"我不给你争,等到生产队剥麻坯子时,你家把俺家分的麻坯子给剥了就行。"

我心想:"你真恶毒!在生产队农活里,除了拉耩子、割麦,没有比剥麻坯子再苦的活了。"

二妮看我不说话,以一种胜利者的姿态喜气洋洋地唱起《人民公社好》。说实话,二妮唱的每一首歌都好听,柔美的声音与她高大威猛的体魄形成鲜明反差。

所谓的"苘麻"地,花儿越开越多,含苞的、怒放的、萎蔫的、凋谢的,前仆后继。落花的腋芽处长出宝塔形的荚角,荚角越长越大。

农村人没有赏花习惯,认为花花绿绿的花草都是庄稼和草衍生出来,要看,满地都是。可是,我们能看到的大花儿只有棉花、苘麻和曼陀罗,虽然花色不同,但都是喇叭形状,太单一。眼下又增加一种开大花的新庄稼,花儿的形状仍然没变。

说实话,我还是更喜欢这种新庄稼的花,虽然外表与苘麻花看不出什么两样,可它花筒底部那轮深红及柱状花蕊前那一抹淡紫,着实媚得妖艳,只是藏而不露。相比较,大豆花太低调了,低调的把那一珠鲜红掩饰在绿叶下,让庄稼人收获沉甸甸果实时,都记不起它开花的模样;曼陀罗花尽显妖冶之能事,散发出一袭煞白,却洗刷不掉它身上的毒性和臭气。

二妮只赏花,对荚角装作视而不见。我调侃她:"没见过苘麻结出这样的果实呀?"二妮白我一眼,低头不语。

中午放学回家,二妮的姥姥来了,我也跟着去给姥姥打招呼。姥姥说:"二妮子,你要是给二高子换着长就好了,看你长的哪像个闺女样。"二妮正要和姥姥争辩,听到婶子喊她帮着擀饺子皮,便一把推我几步远:"去去去,过会给你送饺子去。"

那时候,谁家来亲戚,做改样饭,都要给亲邻每家送去一碗。像是杀鸡做肉要给长辈送去一碗、年初一的饺子要给村里老年人送一碗一样的道理。

二妮来我家送饺子,把碗往案板一放,我的手刚捏起第一个饺子还没送到嘴里,她拽起我就往厨屋外走。到院子里,她告诉我说:"让你猜对了,那不是苘麻,是'洋芝麻'。姥姥说他们村也种。"二妮说这话时,显得很伤感。

第一次知道庄稼属里"洋芝麻"这个名字后没几天,学校放暑假了。

暑假里像我和二妮这样半大孩子都得随着大人一起出工干活,虽然拿的是半劳力工分,可多少也能给家里挣工分了。

假期第一天,是去"洋芝麻"地里薅草。我和二妮都去,因为在庄稼地里薅草是轻活,安排的都是妇女和孩子。也就是那天,我才从那些妇女们嘴里知道,这种新庄稼之所以被叫作"洋芝麻",一是它结荚蒴果与芝麻相似,二是同为油料作物。

干半晌活,歇息时,妇女们或躺或坐,都集聚在地头大柳树下,说说笑笑,又打又闹。

新娶的媳妇第一次跟着下地干活,半晌少言寡语,表现出新媳妇特有的矜持。这会儿歇息,别的女人胡乱躺坐,她不敢,就那样站着,手足无措地低着头。

终于有女人忍不住,拿她开心。"柱子媳妇,这几天想吃辣还是想吃酸?"

新媳妇瞟那娘们一眼,脸唰地一下变得绯红。另一女人站起身来,拍拍腚上尘土,上去搂住新媳妇脖子说道:"看你把人家羞的,人家才过门几天,哪能怀上恁么快?你以为都像你家烂三的种子,沾地就发芽?"

女人说着说着,猛地一下把新媳妇推倒在烂三媳妇怀里。两个女人脸对脸、怀对怀地仰面八杈趴在一起。

二妮看不下去,走过去对着那女人就是一脚,像我那次踢她时一样用力。女人疼得嗷嗷直叫,一边骂她个没良心的疯妮子,我又没招你惹你。

二妮把新媳妇从烂三媳妇怀里拽起来,在一阵笑骂声中结束这场闹剧。

一位年事较大的妇女说:"我看恁都是没事揪整事,闲得手痒痒。这要是在红芋地里翻红芋秧子,恁没一个舍得在这闲闹的,早去薅草'拔青头'

去了。"

大家都知道她说的薅草"拔青头"是什么意思，就是借薅草之名，把露出青头的红芋拔出来，夹在草团里，下工时拿回家，给孩子馏熟吃。

这话说到人心坎里了，妇女们开始七嘴八舌地抱怨。有人说："这'洋芝麻'也不知道啥收成，怎么也不如种咱土芝麻好？"有人马上接话："就是的，要是土芝麻，趁着歇工这会儿也能掰几把芝麻叶，拿回家下面条。

芝麻叶下面条特别香。案板上擀出一块烙馍大小的豆杂面皮，煮出一锅芝麻叶"糊涂面"，够一家人连汤带水就着窝窝头吃的。吃不了的新鲜芝麻叶在开水里焯一下，晾晒，半干时揉成团，继续晒干，存放一冬，既可以下面条，也可以包干菜包子。

这时新媳妇突然说一句，她说："俺娘家那也种这庄稼，不叫'洋芝麻'，叫'洋辣椒'，这嫩荚能吃。"

新媳妇无意间说出的一句话，让一贯"手长"的妇女们茅塞顿开。她们马上来了精神，有人装出松腰带去"洋芝麻"地里解手的样子，有人索性什么也不装，径直钻进地里。不大会，各自拿着一团捆扎好的草团，放进自己家什里。

二妮自然不进地，她在大柳树下选一块高岗，放开歌喉，唱起《芝麻开花节节高》：

"人民公社好风光，层层梯田绕山腰，粮如金山棉如海，大寨红旗处处飘。社员的日子多幸福，就像那芝麻开花哎，芝麻开花节节高哎。"

歌声悦耳动听，连我这个五音不全的人都听得津津有味。她的歌声飘向很远的地方，把浅淡的生活唱出了汹涌澎湃的惊涛骇浪，把恬静的田园唱成了一篇优美的乐章。

歌声吸引了周边干活的人们，队长就在不远处豆地里带着男人们锄地，大概也是到歇息时间了，和记工员两人一起向这边走来。

从"洋芝麻"地里带回草团的妇女们惊慌了，有的把草团从粪箕子拿出来放进田埂里，有的脱下外套盖住篮子，有的干脆把草团包在褂子里。这一切都没有瞒过队长的眼睛,队长找出一把草团撕开后,地下掉一片鲜嫩的"洋芝麻"荚果。

"谁干的?这是谁、谁干的?"记工员拾起一颗荚果,气得浑身发抖。"你们把果实掰掉怎么榨油啊?这荚角还没有结粒,这是败坏,这是作孽啊!"

队长把干活的人叫到一起,把所有的草团都找出来,发现草团数只比人数少三个。

队长走到我跟前,问我有没有掰?我摇摇头。问二妮有没有掰?二妮摇摇头。

队长还没走到新媳妇跟前,烂三媳妇高声嚷道:"别问了,她也没有,其余的我们每人一份。"

队长无奈,铁青着脸说:"你们还是三岁两岁小孩吗?这荚角长相再好看,也不能掰这玩意儿回家给孩子玩去!今天凡是掰荚角的,每人罚一天工分,把掰掉的荚角拿回家去,上午统统都给我吃了它,药死人不抵命!"

有的妇女听到队长说出最后一句话,心中不禁暗暗窃喜。心想:"看你凶得不轻,其实,你才是个大傻瓜呢。"

在吃这方面,女人永远都比男女聪明。新媳妇说出那句话时,这些妇女们早已在心里盘算过了:"洋芝麻"也好,"洋辣椒"也罢,反正都是外来货。用等量对换关系推算一下,芝麻,叶能吃,粒能吃;辣椒,叶不能吃,荚角能吃。这"洋芝麻"叶不能吃,粒不能吃,荚角就一定能吃。

队长走后,二妮成了众矢之的。"如果不是二妮唱歌,队长哪能想起到这来呢?"大家都这样认为。

有人说:"瞎号号啥,给叫魂一样!"接着就有人跟上一句,"比叫魂还难听!"也有人说:"这么大闺女了,疯疯癫癫,到时候谁给你说老婆婆家?"

二妮委屈得泪水都流出来了。散工回家路上,那位年岁较大的妇女紧赶两步,赶上二妮,劝她说:"别听这群老娘们瞎喳喳,你歌唱得不好听,可你长得壮实,干活有力气。等你长大了,她们谁干活也比不过你。"

这劝人功夫了得,三言两语直接把二妮劝得哭出声来。二妮停住脚步,不愿再和她一路走。

二妮问我："我唱歌真的这么难听吗？"

我说："不难听，唱给她们听是对牛弹琴。"

二妮破涕为笑。

回家路上，她再次哼唱起那首歌。我不知道她唱歌是从哪里学的？学校没有音乐老师，也不上音乐课，只是每个村口都竖着一根电线杆子，装着一只大喇叭。大队广播室每天三次按时广播，播放革命歌曲，这是二妮学歌的唯一途径。

"洋芝麻"嫩荚能吃的消息在村子里不胫而走，可人们并不十分中意它，说是煮熟黏黏糊糊，不好吃，也不顶饿。有爱动脑筋的妇女，烧咸汤时把"洋芝麻"切片放入锅里，汤水变得黏稠。

在那个时代，蔬菜在饭食中的比率就像一盘菜中的味精调料，可有可无。人们追求的不是味觉上的享受，而是饥饿中的满足。

缺盐少油的日子里，相比较把"洋芝麻"的嫩荚煮熟吃，还不如收获果实榨油划算。所以，"洋芝麻"并没有作为菜肴而风靡起来。

我们村那年是第一次种"洋芝麻"，到收获季节，荚角种粒收成并不高，拿到生产队油坊里榨出的油也不多，据说还没有棉籽油香呢。

大家心知肚明，谁也不说，一种连名字都叫不出来的新植物，上级叫种就种，老百姓怎好评论。

倒是每家都分到一捆"洋芝麻"秸秆，派上用场。

叔提着旱烟袋来找父亲，开口就说："哥，你看这'洋芝麻'秸秆又粗又高，烧锅做饭怪可惜。孩子长大了，夏天洗洗擦擦不方便，干脆咱两家中间夹一溜篱笆墙吧，也好有个遮挡。"

父亲爽快地答应了。从父亲的态度我能断定，肯定娘和婶子早都有这想法，只是碍于面子不好说，怕一道篱笆墙分割开了兄弟情谊。

父亲扶着秸秆，叔拿铁锨挖沟。兄弟俩一上午就把篱笆墙给夹好了。在一头留个缺口，不影响两家来往；除了做很特别饭外，各家都可以在自家院子里安静地吃饭。

娘想："这'洋芝麻'真没白种。"

婶子想："这'洋芝麻'就是比大豆、花生强，能长出这么高的棵子来。"

父亲和叔对生产队摸不清属性就乱种新庄稼的埋怨也释然了，他俩读出"洋芝麻"的最大价值就是能夹篱笆墙。

若干年后，当"洋芝麻"华丽转身为黄秋葵，成为饭桌上的佳肴、一夜之间在菜市场被高价出卖时，二妮和我都已到四十多岁年纪。

那年县里举办农民歌手大赛，二妮作为两个孩子的母亲，以一首老红歌《芝麻开花节节高》荣获大赛第一名。

二妮出名了，后来被省电视台推荐参加全国农民歌手大赛，拿了二等奖，成为一名签约农民歌唱家，年收入几十万。

二妮打电话要来找我，给我商量想回乡创业的事。那段时间，我心里正烦。

我在离家不远一座城市的生物科技有限公司打工，这是一家创新性、技术性均具备极大优势的食品制造企业。我参与研发的高维生素秋葵脆在省级工业设计大赛食品工业设计专项赛中获得一等奖的优异成绩，同时负责管理厂区内十几亩黄秋葵示范园。示范园年年喜获丰收，参观考察的人站立在示范园前无不交口称赞。

可这段时间，偏偏赶上公司公开竞选一名高管人员。公司领导鼓励我报名参加，我说："我一名农民工，没身份没学历，哪有进入高管的可能呢？"领导说："是骡子是马，不拉出来遛遛哪能知道呢？"

恰恰在这关口，公司人力资源部经理找我谈话。经理说："老杜，你在公司这么多年了，没人嫌弃你是农民。因为农民干活踏实勤奋，所以大家尊重你。这次公司竞选高管一事，是早就拟定好人选的，你就别掺和了。你掺和到最后也是选不上，到那时候鸡飞蛋打，我这个人力资源部经理不想辞退你也得找理由辞退你。"

酸甜苦辣咸一起在我心口翻涌，我不知道该何去何从。家有妻儿和年迈父母,我不能偷鸡不成蚀把米,以此丢了这份工作。

二妮来了,我带她去一家小餐馆吃饭并特意带去一盒秋葵脆。在餐馆菜肴样板柜前,二妮盯着一盘黄秋葵发呆。我告诉老板:"给我们来一盘黄秋葵。"

"是清蒸蘸酱还是干煸或素炒?"

我望一眼二妮那副垂涎欲滴的神情说:"每样都来一份!"

服务员送上三盘不同做法秋葵菜,再加上那盒秋葵脆,我俩吃了一顿秋葵宴。

二妮夹一筷秋葵脆,咯嘣一声,秋葵在嘴里散落开来。她边嚼边咽边说:"我要把这盒秋葵酥带回去,让爹和大爷都知道秋葵不只能夹篱笆墙用,还是蔬菜之王。"

我问二妮:"你有什么回乡创业的打算?"

二妮说:"本来没有打算,才来找你。不过,现在有了,我想回家种黄秋葵……"

兴许是与二妮共同吃一顿饭,让我对生活充满自信。我没有因为人力资源部经理的一席话而放弃竞选高管的机会,也不再顾忌"找理由辞掉我"的话,大不了回家和二妮一起种秋葵。

二妮回家筹建家庭农场,同时也承包了以前生产队种黄秋葵的那片土地。她把手续办好给我打电话那天,我正好被董事会正式任命为生产部总经理。人力资源部总经理不但没能让侄子竞选上高管,他自己也被董事会免职了。

二妮在电话里伤感地告诉我,昔日薅草歇息时,她唱歌的那棵大柳树不在了。

我告诉她:"你的舞台已不再局限于那棵大柳树下,黄秋葵地里,你的歌声将会更加嘹亮。"

没有了大柳树,那片地被二妮在四周圈起围栏。围栏内搭建大棚,大棚内一年收获两茬黄秋葵。一茬赶在露天秋葵上市之前,一茬赶在露天秋葵下市之后,两茬都能卖出好价钱。

二妮积累了种植和销售经验,她的黄秋葵之梦越做越大,由家庭农场变更为农村合作社,闯出了农业领域里一片新天地,带领乡里乡亲共同致富。

我和董事长一同来找她协商双方合作共赢开发黄秋葵战略方案时,她正在吃力地啃书本,是英国伊恩·斯蒂德曼和美国保罗·斯威齐的《价值问题的论战》。

我问她:"你看得懂吗?"

她说:"看得囫囵吞枣。但我知道,同一块地,种同一种作物,在不同的时代,取向不同,价值也不一样。这不但是价值观的体现,也是时代的进步!"

母猪下崽那些事

贵爷家母猪下崽了。

贵爷单膝跪在流淌着血水的猪圈里,双手小心翼翼地迎接着一个个小生命。一头、两头、三头……母猪共下八头猪崽。

贵爷虽然累得双腿发软,但他心里乐开了花。按现行市场价,这八头猪崽喂养两个月出栏,每头卖七八百元不成问题,八头猪崽就能净赚四千多。

老伴端来一盆清水,拿条毛巾,扯着贵爷一只胳膊,把他从猪圈里拉出来。

此时虽已进入秋季,秋老虎散发的热浪混杂在猪圈血水里,发酵出一股浓重的骚腥味,和"瘦人怕冷,胖人怕热"一个道理,小猪怕冷、大猪怕热。贵爷洗洗手,忙不迭取土,垫猪圈。

多少年都没人像贵爷这样一大早就去村外树林里扫树叶了。贵爷扫的树叶夹杂着浮土,在猪圈旁堆起一个小山头样高冈,就是为了母猪下崽垫猪圈用。

把猪圈整个垫高一层,空气清新了。母猪在落叶里享受着柔软清凉的安逸,小猪在浮土里扎堆挤拥,嗷嗷争乳。

"这个王八崽子,还给我玩花招!"贵爷垫好猪圈,搬个凳子坐在猪圈门口,点燃一支烟,望着母猪肚子上正在吃奶的一堆猪崽,既高兴又生气地骂道。

"是不是顺子怕我们不给他喂养,才有意隐瞒母猪怀崽这事?"老伴站在贵爷身后,猜测着问道。

"谁知道这王八羔子葫芦里卖的什么药?"贵爷随口附和老伴一句。

"别想这么多了,看着这些小猪秧子就喜人,咱俩给他好好喂养就行了。"老伴去找剪子,一会猪秧子吃饱了,贵爷还要进圈剪猪毛。

平日里剪刀都是放在鞋筐子里,可今日老伴翻遍鞋筐子也找不到剪刀,索性把鞋筐子也端出来,针头线脑骨碌子锥子翻个底朝天,就是没有剪刀的影子。

贵爷啪的一声拍死一只趴在大腿上的秋蚊子,责怪老伴道:"我还没有老糊涂,你倒是先糊涂了。剪子你不是递给我给猪剪脐带了,那不在圈墙上放着吗?"

老伴自嘲说:"还不都是让顺子这王八羔子气的,气糊涂了。"

老伴拿过剪刀递给贵爷,贵爷又一次翻身进猪圈。他要给每一头小猪崽都剪去几根头部猪毛和尾端。贵爷剪,老伴站在猪圈外念念有词,口里诵着"剪头剪尾巴,长得大如马;改头换面,大得天天见"。贵爷每剪完一只猪崽放手时,老伴便高呼:"牛大牛大。"意思是说,猪崽能养得像牛一样大。

老伴俩一个剪毛,一个念叨。里面的手忙脚乱,外面的手舞足蹈,像一对天真孩子在做游戏。

养猪,是农家人世世代代的传统习俗。几十年了,贵爷每年都喂养一头猪,年底喂够磅换钱,购置年货。遇到家里有特殊事情,也杀年猪,欢欢喜喜过个肥年。这几年年岁大了,不喂了,可喂猪的那些老道道还没改。

说是老习俗,其实也有一定道理。每户人家喂养一头猪都不容易,甚至比照顾小孩还上心。一年家长里短、修房添衣的希望,都寄托在这一头猪身上。

农户人家的猪喂的是青草、红芋秧子、糠、麦麸子拌上剩饭剩菜和洗碗涮锅水,一年下来都不见得能够磅。谁家不想让猪长得快点呢?于是就有了给小猪剪头剪尾巴的风俗。传说剪了尾巴的猪叫"没尾巴猪",容易长大,不生病。

顺子是贵爷亲侄子,带着妻儿在外地打工好多年。两年前贵爷的哥——顺子的父亲突如其来地生了一场重病,顺子便辞去工作,回家来专门照顾老人。

在家的日子里,因为每天要守护着病床前老父亲,顺子干不了什么事,就买头小猪崽在自家后院里散养。

顺子回来后住在前院父亲屋里,后院自己的房子长期没人住,显得很荒凉。农民谚说猪是黑头神,顺子买头黑猪养在自家后院里,一是驱除邪气,带来灵气;二是自己多辛苦点常来喂喂食,到时候多少也能卖几个钱。

顺子买的小猪崽是雌猪,长到二十多斤时,正是可以阉割的时候。邻村有位阉猪骟羊的手艺人,这几天老是在顺子门前转悠。他本想揽邻居家"择猪"的生意,偏偏女人家不解其意,不懂公猪要"择"的道理。阉猪匠一个大男人也不好主动开口问她家的花公猪择不择?

阉猪匠遇到顺子,好心询问他说:"顺子,你家后院里的黑猪要是不想留着下崽,该'挖'了,再不'挖'就发情了,不好长膘。"

顺子正要带阉猪匠去后院阉割黑猪,前院里传来吆喝顺子的喊声,说是他父亲憋得喘不过气来,要他赶快去请医生。错过那次机会,顺子再没有碰到阉猪匠。此后,给猪阉割的事就被他忘到脑勺后面了。

一年时间,小猪仔变成母猪。顺子没指望母猪下崽,随它长去吧。父亲的病情一天天加重,他也没有这个心情。

四个月前老人离世,顺子料理完父亲后事,又想外出打工。

老父亲过世后,顺子心里很矛盾,要不要把猪卖掉再出去打工呢?想到叔婶虽然年纪已大,身体还算壮实,堂姐堂妹出嫁外村,两位老人在家也没什么事做,倒不如把猪送给二老喂养。

贵爷天生拧脾气,认死理,一辈子做事讲究丁是丁卯是卯。顺子找到贵爷,说明自己心意,贵爷坚持让顺子把猪卖掉,说是这两年顺子不但没出去做事挣钱,还为老哥看病欠下一屁股债,卖掉换些钱为出去找事干做补点。

说不出子丑寅卯来,拧不过贵爷的犟脾气。顺子一五一十地给贵爷分析:"现在行情不好,喂到年底猪价可能要涨。要是涨价了,您老卖掉它,今年过年我们全家回来都跟您过年;要是行情还不好,咱杀了它,自己喂的猪吃着肉香,所有亲戚邻居每人分它一块。"

在顺子再三恳求下,贵爷勉强接受了侄儿这份孝心。

顺子临走前把猪赶进贵爷家猪圈,贵爷悉心喂养。猪的胃口越来越大,膘儿也越来越肥壮。

没过多久,老伴发现母猪身体有变化:母猪的肚子一天天隆起,就是到后半晌临近喂食前,肚子也塌陷不下去。还有,母猪肚皮下那一溜儿乳头越发显出光泽。

老伴把这一发现告诉贵爷,贵爷跨进猪圈,蹲下身来,伸手在母猪肚皮下扫一把,起身转到母猪屁股处,揪起猪尾巴瞅两眼,拍拍手上猪毛,肯定地说:"怀崽了,少说也有两个月了。"

怪不得顺子临走前死活也不愿把猪卖掉,莫非……老伴俩揣摩不透,也不愿再揣摩,等到母猪下崽了,再看看顺子怎么说吧。

为了让母猪过好出生关,临近产崽最后一个月,贵爷老两口每天把猪圈打扫得干干净净,去集市上买了猪饲料,给予母猪充分营养。

母猪下了八头猪崽,正赶上夜晚冷白天热的中秋时节,贵爷担心猪崽受冻或被压死,抬张软床子放在猪圈门口,夜里守着猪崽睡觉。

转眼两个月,猪崽该出栏了,顺子像没事人一样,偶尔打电话问平安,也从没提过母猪下没下崽事。

贵爷撑不住劲了。猪崽卖掉后,他让邻居跛脚王婶给顺子打电话,说是家里有事让他回来一趟。

虽然父母都不在了,但一个侄子半个儿,顺子马上请假赶回来。

刚到家门口,看见跛脚王婶正吃力地从电瓶车上往下搬玉米,顺子马上赶过去帮王婶把车厢里一扎扎晾晒干的玉米骨碌子提进屋里,放在王婶已经剥好的一堆玉米粒周围。

顺子心里酸酸的,现在谁还手工剥玉米呢?打个电话,专门干玉米脱粒的人就会带着机子来给脱粒,要不了多少加工费,省时省力,脱得还干净。

顺子心急,一边帮王婶干活,一边问:"我叔让我回来,家里出了啥急事?"

王婶笑笑说:"一会我带你去就知道了。"

顺子正迟疑要不要走进王婶内间给王叔打声招呼,内间传出王叔的声音:"是顺子回来了吗?"

"是我,王叔。"顺子回来急,没有顾上给王叔买啥礼品,急中生智,突然想起包里有一只小型随身听半导体收音机。于是,他从包里取出来,送给王叔说:"这播放器是可以充电的,您没事听听新闻、听听戏曲吧。"

王叔推辞不掉,连声致谢。王婶说:"顺子就是善解人意。"

跛脚王婶要和顺子一起去贵爷家,她家的大花猪突然从猪圈里蹿出来,差点没把顺子撞个仰面朝天。

王婶说:"猪圈塌个缺口,都几年了,我也没力气挑上它,插上篱笆不几天就被它拱开了。"

顺子说:"猪的拱劲大着呢,插篱笆不是长远之计。我叔家的事要不急,明天我去南沟拉车土,帮您把缺口挑起来。"

王婶嘴上说:"你刚回来,脚底板还没沾地呢,哪能再劳累你?"其实,她心里却乐滋滋的。她要是有本事挑起来,也不至于猪圈一直敞着豁口。

王婶往猪圈撵猪,顺子帮着把篱笆扶正,暂且把猪关进圈。临行,王婶把屋门关好,从外面插上,担心大花猪再从猪圈里跑出来拱进屋里,糟蹋了玉米。

见到顺子,贵爷故作不快。聊了几句,他从枕头里掏出一个黑布袋,放到顺子跟前,直截了当地说:"顺子,你那八头猪崽我和你婶好生喂养,一头没少,扣除饲料费净赚四千多块,你拿去吧。"

顺子一头雾水,哪里来的八头猪崽呢?

"叔,我真不明白您说的啥意思?"

"王八羔子!你那头母猪,难道不是你给配的种?"

贵爷生气,顺嘴说出的话把跛脚王婶羞得满脸通红,也让顺子哭笑不得。

老伴在一旁使劲砸贵爷一拳,嗔怪他:"老了老了,你咋就不会说句人话?看你把他婶子羞的。"然后转脸向顺子解释,:"你那头母猪两个月前下八头猪崽,这不,都出栏了。你叔不让告诉你,说是换回钱再给你。"

"叔,应该是您……"顺子心里一急,差点没脱口说出"应该是您给母猪配的种吧?"话说一半立马停下,不好意思地摇摇头。

"俗话说,猪五羊六人十。你才走四个月猪就下崽了,你说是不是我配的种?!"贵爷仍没绕出这"配种"一词的弯来,依然慢条斯理地反驳。

无语,大家面面相觑。

跛脚王婶沉思一会,像是悟出什么,突然嚷道:"莫不是我家大花猪做的孽?"

跛脚王婶和顺子是隔壁邻居,王叔患类风湿关节炎已卧床多年,猪圈塌个豁口没力气修补,家里养的那头花公猪常常跑出去拱开顺子家的门蹭食吃,王婶就亲眼看见过几次。

何止是王婶看到过,顺子也碰到过,但他没说。打小就听家里大人说:猪来穷,狗来富,猫儿来了披麻布。顺子不迷信这些老风俗,他是怕王婶迷信,说了不好意思。

顺子在外地打工时,那地方人也说类似俗语,但意思却相反,是说"狗来穷,猪来富"。顺子听后笑了,真是"五里不同俗,十里改规矩"。

猪作为原始的崇拜对象,是人类对自然力感到惶恐敬畏而加以神化的结果,所以才有"猪是黑头神"之说。

在当今,猪是农民家的小银行,是丰收、富裕的希望,是多子多福、财源茂盛的期盼。

这不，王婶家的猪拱进门，给顺子家带来了意外的财运。

经王婶这么一说，真相大白。

顺子说啥也不要这四千元钱。他说："我既没给猪配种，也没喂养，猪崽与我无关。"

话越讲越清，理越辩越明。贵爷老两口听明事理后啥也不说了，贵爷的气也消了。倒是王婶问一句："顺子，你叔家也没有啥急事，你明天还走吗？"

顺子明白王婶意思，忙说："不走了，明天我拉车土，帮您把猪圈挑起来。"

贵爷连忙补充："明天干完活，来家吃饭，我还有话跟你说。"

第二天中午，顺子帮王婶家补好猪圈，来贵爷家吃饺子。贵爷从床底下又摸出黑酒碗，交给顺子拿去洗刷，让顺子陪他喝两口，说是"饺子就酒越喝越有"。

贵爷一碗酒下肚，拿起筷子敲敲桌面，问顺子："你爹看病出殡借的钱，你还有多少没还清人家？"

顺子掰着手指头给贵爷算账，看病的钱医保报销后，一分钱的欠账也没有。贵爷放心了，把酒壶里剩下的酒底朝天倒个精光，仰起脖子一饮而尽，说道："冷怕起风穷怕欠账，欠账不还再借就难，咱可不能做那类人。"

顺子说："叔，你放心好了。我是您看着长大的，您还不懂我吗？"

其实，贵爷绕着弯还是想把卖猪崽的钱给顺子。他说："恁婶俺俩大门不出二门不进的，也花不着这么多钱啊。"

听贵爷这么说，顺子倒是想出一个折中的办法。他说："母猪下崽多亏王婶家花猪的功劳，拿出一半给王婶家吧。"

贵爷明白顺子的意思，也更加佩服侄儿的仗义与仁爱，他亲自去跛脚王婶家硬是把这事办成了。

顺子一分钱没要，把剩下的钱都留给贵爷，临走时没忘提醒他："母猪发情了，你老牵着它去配种站配种吧，明年开春还能再生一窝，正赶上好行情。"

顺子走后,王婶来到贵爷家,坚决要把钱还给贵爷。她说她家"瘫子"说了,家里再穷不该得的钱也不能要。

　　跛脚王婶哪能拗得过贵爷呢。

烟斗遇上棒棒糖

清晨,古爷悄悄离开家门。

他嫌待在女儿家烦闷,已习惯于在不远处乘坐第一班公交车从始发站坐到终点站。

终点站紧邻郊区,车站外路边有不少摆摊卖菜的老人。古爷喜欢挨个儿与摊主谈谈价,聊聊天,临走时顺便买点菜。他讨厌女儿家小区门口菜市场里拥挤喧哗的气氛。

古爷有老年公交车卡,坐车不要钱。这一来一回,再溜达溜达,就占去他半天时间,他要的就是这份悠闲自在的感觉。

古爷是公交车始发站唯一的一名乘客,上得车来,坐下;古爷突然想起什么,双手同时揣向上衣口袋,摸了摸;那硬硬的烟斗和软柔柔的烟丝包并没忘带,都在身上。

有烟斗和烟丝包在,他就有在公交车终点站多逗留一会的底气,怕的是烟瘾上来找不到烟斗。古爷不吸卷烟,女儿女婿给他买的卷烟放霉了,扔掉,他也不吸;再三劝说,也无济于事。

烟斗陪伴古爷度过了几十个春秋,正如刘半农在《扬鞭集·一个小农家的暮》里所写:"他衔着个十年的烟斗,慢慢地从田里回来。"当然,对于古爷来说,这是对他五十年前的描写。

古爷的烟斗是用枣木根瘤做的,虽比不上石楠根瘤的烟斗名气大,但枣木作为本土树种,具有散热和阻燃的性能,也是制作烟斗的上好材料。古爷的枣木根瘤烟斗经过他长期抚摸,更显质地硬实;俗说"枣木棍子来自色",烟斗上细密的金丝水波木纹,光泽耀眼。

古爷掏出烟斗,放在手里把玩,却没有农闲时节庄户老汉把玩鹌鹑时的陶醉,也没有古玩市场里玩玉人的那种沉迷。他轻轻叹口气,眼神里流露出一股掩饰不住的伤感。

这一切都缘于他的外孙女……

本来烟斗经过他吸食几十年烟草,斗内已形成碳层,而且碳壁层在逐渐沉淀变厚,到了烟斗的极致境界。

这几十年间,古爷无数次地用晒干的茶叶渣掺入食盐、酒精清洗斗壁,分解碳层。烟斗萃取烟油后,壁层变成黄褐色,紧紧地贴在烟斗壁上。烟斗噙在古爷嘴里,他能规律地保持十秒抽吸一次;看似行将熄灭,实则暗火重生。用烟斗吸烟的人享受的就是这种节奏,赏识的就是烟斗内的碳壁。

而古爷的外孙女偏偏在古爷一个不留神,把烟斗内的碳层全都用刀片刮了下来。外孙女嫌烟斗内的碳层脏,看着心里就不舒服。

刮掉碳层后的烟斗既没有了原来的风味,烟斗也有被烧穿的风险。古爷发现后气得好几天不说话,压抑的那份心情稍得缓释后,他不得不面对现实,只好小心翼翼地再重新培养烟斗的碳壁层。

公交车一个颠簸,把古爷从沉思中震醒,他颤抖着双手把烟斗重又装入口袋里。

公交车驶入第二站台,上车人不多,上来一位年轻妈妈,带着一个三四岁的小女孩。

妈妈把小女孩揽入怀里,坐在古爷侧面。小女孩圆圆的脸蛋,大大的眼睛,嘴里含支棒棒糖。

她一双黑黑的眼睛滴溜溜地瞪着古爷的花白胡子,一双胖乎乎的小手向古爷打着手势,可爱极了。

小女孩的妈妈低头玩手机,没有在意这一切。

古爷目不转睛地盯着小女孩看,确切地说,他是在看小女孩嘴里的棒棒糖!

古爷想起二十年前在乡下住时,女儿带着外孙女来看他,外孙女也是这个年龄。他搂着外孙女坐在自家院子里,外孙女嘴里含着一支棒棒糖,突然从他怀里挣脱去撵一只芦花大公鸡,一下爬倒在地上。棒棒糖戳破了外孙女的口腔,外孙女哇哇大哭。古爷抱起外孙女,心疼地直跺脚,恨不得狠狠地扇自己几个耳光。

外孙女的哭声似乎还在他耳边回响。古爷有点坐不住了,因为小女孩一直想挣开妈妈的手。终于,她从妈妈的胳膊弯下钻出来,站在妈妈对面。

公交车一个转弯,小女孩顺势趴在妈妈肩上,古爷的心咯噔一下,好久没有平静下来。

公交车驶入第三站,一个高个子大女孩怀里抱着布娃娃上了车。布娃娃擦过小女孩头部向后移动,小女孩的眼神被深深地吸引过去。

大女孩抱着布娃娃坐在后面台阶上第一排,小女孩一双羡慕的眼神留在布娃娃上,身子再也没有转到古爷的花白胡子上来。

古爷心里明白,小女孩的心思被布娃娃吸引去了。

古爷心神不安,也费解这高高个子的大女孩干吗要抱个布娃娃爱不释手?古爷瞟向高个大女孩一眼,映入眼帘的一幕更让他费解:怎么高个女孩的牛仔裤膝盖和挖掉他烟斗炭壁的外孙女的牛仔裤膝盖一模一样,都均匀地烂开两个洞?

望着高大女孩鲜嫩雪白的皮肤挤着洞口,膝盖直想溢出来,古爷再次唉声叹气。当初看到外孙女穿着同样的烂裤子在他眼前晃动时,他曾数落女儿,让女儿给外孙女买条新裤子去;女儿向他摆摆手,摇摇头,一副无可奈何的神情。不得已,古爷只好直接要求外孙女把烂裤子换下来,没想到外孙女一把搂住他的脖子,在他布满沟壑的面颊上狠狠地亲一口,嘻嘻哈哈地笑着离开了。

"漂漂亮亮的女孩却钟爱穿烂裤子,真是莫名其妙!"古爷想不通。

小女孩的妈妈仍然在玩手机,小女孩嘴里也依旧含着棒棒糖。棒棒糖的棒棒比原来短许多,古爷更加揪心。

"这么长的棒棒含在嘴里,万一要是摔倒了?"古爷不敢再往下想。他斜坐在椅子边角,保持马步姿势,随时做好以防万一孩子摔倒,便于站起来拉一把的准备。

公交车无视古爷的忡忡忧心,一站接一站继续前行。

过道里已经站满人,古爷只能通过乘客大腿间的缝隙窥视小女孩。在公交车转弯时,过道上的乘客身体也在不自觉地晃动,遮挡了小女孩望着布娃娃的视线。小女孩像喝醉酒一样摇摇晃晃挤着向后走……

古爷反弹一样唰的一下站立起来,与此同时,公交车躲避行人恰恰一个急刹车,古爷重重地摔倒在公交车上!

车内一片哗然。司机连忙把车停好。众人纷纷转过身来,一起把古爷扶到座位上。

古爷并无大碍,面颊一侧被车门口处的台阶擦破一层皮,胯骨处被烟斗咯了一下,有点隐隐作痛。但他依然精神矍铄,神志清晰,大家悬着的心才算放下来。

"爷爷,疼吗?"小女孩一只小手被妈妈牵着,侧着身子把另一只小手伸到古爷花白胡子上问道。

古爷哈哈一笑,抚摩下小女孩的脸蛋,朗声说道,"爷爷不疼! 孩子,你嘴里的棒棒呢?"

小女孩听后咯咯地笑个小脸朝天,"爷爷,棒棒是软糖,让我吃了。"

"喔?"古爷略有所思,却想不明白:棒棒怎么也变成糖了呢?就像外孙女和高个女孩都喜欢穿的烂裤子一样,现今这社会上让他匪夷所思的事儿真是太多了。

胯骨处的隐痛让古爷突然想起自己的烟斗,烟斗不会被胯骨硌坏吧?

古爷再次掏出烟斗,烟斗依旧。

心神烦乱的古爷望着烟斗,烦恼像缕缕青烟缭绕而出。若不是在公共汽车上,他定会装上一斗,细啜慢品,人斗合一,让烦恼之事,一扫而空。

风与阳光同在

荷花是公社供销社布匹柜台营业员。布匹柜台是一个吃香岗位,一匹布卖到不够一件衣服料子时,便可作为布头卖。

在那个几乎所有东西都是按计划供应的年代,布头不是什么人都能买到的。布头不收布票,只收布料钱。一个成年人一年只发给够一套衣服、一双鞋面材料的布票。因而,许多人眼睛都盯着供销社三尺二尺的布头。

西汉林就是因为买布头认识了荷花。

汉林的姐快结婚了,婚后回门要给婆家人做满家鞋。婆家人口多,家里剩下的布票用完也不够鞋面布料。于是,姐央求汉林:"你也是脸朝外的人,不能找人在公社供销社'走后门'买些布头吗?"

姐的央求不过分,布头做鞋面一点不亏寸;再说,姐结婚也要添置衣被,需要布票。汉林很为难,吃完一碗豆杂面条就没去锅里再盛第二碗。他推开碗筷,苦苦思索找哪个熟人才能"走后门"帮到姐的忙呢?

西汉林想到公社宣传委员黄大姐,兴许黄大姐能帮他。于是,他匆匆赶回公社,向黄大姐说明来意后,黄委员爽快答应,带着他去找荷花。

荷花第一眼看见西汉林,一脸惊讶,半天没回过神来。

"你在公社广播站,我怎么没见过你呢?"荷花问。

短篇小说

Duan Pian Xiao Shuo

西汉林说:“我才来时间不长。”

黄大姐说:“你们年轻人以后多接触接触,就熟悉了。”

西汉林看黄大姐调笑他,不好意思;倒是荷花主动热情,盯着西汉林看。

西汉林虽然被荷花看得不好意思,却如愿买到一扎布头,足够姐给婆家每人做两双鞋的布面。汉林向荷花道谢,荷花说:“不用谢我,以后我给你写广播稿,你播我稿件就行了。”

西汉林听荷花说写稿件,脑子里马上冒出来的就是写诗。他不假思索地问:“你会写诗,家是向阳村的吗?”

荷花咯咯笑,“不是向阳村人就不兴写诗了?”

荷花说话无所顾忌,换西汉林就不敢。在黄大姐面前谈论写诗,那不是班门弄斧吗?

黄大姐是向阳村人,向阳村一号农民诗人。在那次农民赛诗会上崭露锋芒,被破格提拔为公社宣传委员。在她带动下,向阳村成了远近闻名的农民诗歌村。

村里有赛诗墙,农民屋后墙面粉上白石灰,写着农民创作的诗歌。上边来人参观,随便拉一位下地干活的男女老少,都能背出几首诗来。

黄大姐说:“我们向阳村那几个会写诗歌的小伙子,有事没事就往供销社跑,巴不得荷花能成我们村里人呢。”

荷花噘噘嘴,没吱声。

西汉林买了布头不敢停留,快到中午广播时间了,今天的广播节目还有农业学大寨诗歌,他要赶回去熟悉几遍诗稿,防止开机播稿时“卡壳”。

西汉林虽是农村人,普通话讲得很标准,这得益于初中时一名上海下放知青担任他语文教师。每次学校组织批判大会时,西汉林都作为学生代表上台发言,语文老师一字一句纠正他发音不准的地方,他以此练就了一口流利的普通话。

前任公社广播员也是下放知青,返城了。西汉林从十几个大队广播员中脱颖而出,被选拔出来担任公社广播员。

供销社大门外那棵高耸入云的大杨树上对腔安放着两只高音喇叭。对荷花来说,广播员播送的诗歌和公社干部开的广播会一样引不起她兴趣,从来没有认真听过。只是高音喇叭里播放革命歌曲时,她会随着哼唱几句。

西汉林走后,荷花的心像跌入一潭湖水里,推不开闪不去。这个端庄朴素的小伙子不但说话声音低沉浑厚、富有磁性,身上还潜在一种给人依附感的特殊气质,一下就深深地吸引了她。

回想起第一眼看见他时,她的眼神逗留几秒钟都没移开的傻劲,荷花双颊发烫,心突突跳。

荷花大胆说出写广播稿的话,并不是一时冲动。她是城里人,城里中学的高中毕业生,爸妈都在县城供销社工作。那年高中毕业,妈妈提前办理内退手续,让她到供销社顶替接班。

荷花顶替接班后被分配到乡下的人民公社供销社。公社组织参观学习时她去过向阳村,那是公社树立的以诗歌表决心的形式开展农业学大寨活动的典范村。荷花看不上赛诗墙的诗歌,认为那只是打油诗而已。她从小喜爱文学,日记本里写的抒情诗从不示人。她崇拜徐志摩的诗,崇拜张爱玲、林徽因的诗,甚至也崇拜陆小曼的仪态万方。认识西汉林,她突然有了写农业学大寨诗歌的欲望。她是期盼听到她的诗能被那种深沉浑厚的男中音朗读时的感受。于是,她开始写。写了改,改了写,终于写出一首农业学大寨抒情诗。

荷花去见西汉林,与其说是送广播稿,不如说是谈恋爱,最起码荷花心里是这样想的。

“女为悦己者容。”荷花从床下拉出一只皮箱,是她妈妈结婚时陪嫁的箱子。箱子里放有从城里带来的化妆品,她要好好打扮自己一番。

箱子里的化妆品她平时不用,只偶尔在晚上临睡前洗过脸后抹一点,第二天便换上蛤蜊油。蛤蜊油不算奢侈品,七分钱一盒,没香味。公社供销社就卖这种蛤蜊油,别人都是选壳大油多的买,荷花专门买蛤蜊壳花纹漂亮的。蛤蜊油放在桌子上,看着心里舒坦。

荷花打开箱子,先从箱底摸出那瓶宫灯牌雪花膏,又从箱子里找出那盒喜凤牌香粉。她凝视着香粉盒上赫然写着的那段"粉质细腻滑润,黏附力强,遮盖力好,留香力长"的文字而遐想悠悠……

挂在洗脸盆架上方的圆镜,背面镶嵌的是《红灯记》里李铁梅剧照。荷花看看镜中的自己,再看看镜子上的李铁梅,真是"照花前后镜,花面交相映"。此时,那种被称作缘分的相遇,在她心里奔腾跳跃,凝望相思在傍晚时分。

荷花打扮就绪,听到广播喇叭开始广播时去了公社大院。大院里的住户们都在挑灯做饭,只有广播站用发电机发出的电,灯火通明,格外耀眼。

广播喇叭转播中央新闻联播和省新闻节目后,正在播放《沙家浜》选段。荷花敲门,西汉林打开一道门缝,见是荷花,忙向她摆摆手,示意不要讲话。他连忙跑回广播操作盘前检查一番,确保播音按钮都是关闭的,才放心让她进来。

荷花问:"现在可以确保谈话不被广播出去了?"

汉林说:"是的,播音按钮都已关闭。"

荷花拿出诗稿,递给汉林。突然间,一种害羞的感觉毫无由来地侵袭了她,她站在西汉林身后,仿佛血液都汇集到她脸上来了,面颊燃烧着鲜艳的红晕。她低垂着眼帘,长长的睫毛在轻轻闪动。

西汉林看了一遍诗稿,不无惊讶地说:"真是一首好诗,我还没有播诵过这么优美的诗呢。"

"那你意思是说,我的诗稿被采用了。"荷花非常高兴。

西汉林却迟疑了。不是他不欣赏荷花的这首自由体抒情诗《大寨颂》,而是从他担任公社广播员以来,播送的都是格律诗。向阳村是全公社诗歌一面旗帜,从没人写过这样的抒情诗,这不是挑战黄大姐吗?

西汉林以商量的口气对荷花说:"你看,你这第一段'太行深处石头窝,七沟八梁一面坡'写得多有气势! 可后两句'有多少汗水在这洒过? 层层梯田对你说'却让人感觉太随意了。不如改为'汗水浸透黄土地,层层梯田在诉说'更好。"

荷花听汉林这么一说,不假思索地拍手赞同,可她转念一想:"这要是改了第一段,不是下面每段都要改吗?"

汉林说:"没事,我帮你改。"

荷花心里怦怦跳,真是相见恨晚!西汉林俯身广播案板上改稿,荷花贴在他后背上伸着头静静看他改诗,高音喇叭里"阿庆嫂真是不寻常"的京剧声他早已充耳不闻。她在想:"一个不假思索就能改自己诗体,而又不改变诗意的人,与自己该是多么心有灵犀啊!"

西汉林突然感觉有一股邪气向他弥漫开来,不是诗带给他的诱惑或欢悦,而是内心的骚乱。他的心开始狂躁不安,挥不去那种带给他心烦意乱的气息。

改完第三段之后,西汉林实在控制不住自己的心情,灵感瞬间消失。他只好抬头对荷花说:"你看前三段这样改行吗?如果行,我明天再接着改。"

西汉林想让荷花离开,荷花哪能理解呢?继续黏在他身后。

汉林转过身来,侧着身子说:"我念你听听。"

荷花面带微笑,站在对面,长长睫毛下一双闪亮的眸子流露出清雅灵秀的光芒。

西汉林开始念诗,荷花恨不得把欧阳修那句"绿杨娇眼为谁回,芳草深心空自动"的诗句背出来。

西汉林念到修改的最后一段"虎头山下织锦绣"那句,接下来的"不让岁月再蹉跎"还没念出来,广播喇叭停播了,《沙家浜》选段唱完了,大喇叭里发出刺刺啦啦的杂音。他起身想调换节目,手却不听使唤,在颤抖,于慌乱间拨错了播音按钮。

他意识到了,但已无法自己,那股刺激他灵魂的味道钻进他们鼻孔,直抵脑门!

"啊!啊!啊啊啊……"他脑袋刀挖般疼痛,整个人像孙悟空被唐僧念了咒一样倒在地上打滚。

"汉林!汉林……"荷花吓得又哭又叫,声嘶力竭。这一切都被高音喇叭播了出去,全公社人都听到了。

公社大院里的住户陆续跑进广播室,关掉广播,七手八脚地把西汉林抬出来。看热闹的人指着荷花窃窃私语,一位好心的女同志走向呆若木鸡的荷花,扯扯她衣角说:"闺女,你还不快走,待在这干吗?"

荷花走后,西汉林清醒了过来。有人去公社医院叫来医生,医生拿听诊器左听右听,说汉林一切正常,没有病。

公社广播站事件很快就被传得沸沸扬扬。这事坏就坏在西汉林没有病上,真要有病倒也好说。公社大院的住户要么默然无语,要么碍口识羞,任由人们从大喇叭的声音里猜测。

这毕竟是一起不小的事件,是非因由总得有个说法吧。西汉林在公社公安室里被关了两天,如果他说不出充分理由,就只能认定他流氓罪,将被送进大牢。最后,他不得不承认是一种味道刺激了他让他神经错乱,无法自控。

难道是有人在散布流毒,故意搞破坏?如果真是这样,荷花是首要嫌疑犯。

荷花被公安带去接受审查。当她得知西汉林没有病时,心里也很纠结。在公安人员审讯下,荷花只好承认自己那天抹了雪花膏和香粉。

公安人员提取荷花的化妆品,当然也包括她妈妈送她的那瓶宫灯牌雪花膏。回到公安室,公安人员便指定一名女同志按照荷花化妆顺序和用量抹脸,然后到审讯室站在西汉林身后,进行现场勘验。

果不其然,没有多大会,西汉林浑身发抖,口吐白沫,哇哇大叫着跌倒在地,不省人事。

事实真相已调查清楚,化妆品里没有毒,是西汉林天生不能闻化妆品的体质使然。事已至此,公社只得按西汉林在工作时间违反"闲人莫进"的规定,造成重大责任事故为由,解雇了他,让返乡劳动。

人生如梦,岁月如梭,一晃十多年过去了。人生就像一列奔驰的火车,加煤,燃烧,停歇,再前行,有的驶向终点,有的驶向荒原……

十多年来,西汉林仍然是个单身汉。他不敢接近女人,也不想再伤害女人,只想日子平平淡淡地过日子,让自己少犯病或者不犯病。

恢复高考后,他考取了省银行学校,毕业后在一家保险公司从一名营销员做到营销经理。

一天,有人推荐给他一大笔保险理财业务。欲买保险的人是一位离婚女人,丈夫改革开放后经商发了财,离婚时赔偿她一大笔钱,可她却苦于不知道钱该怎么花?

西汉林与她相约在一家茶社见面。

十几分钟后,伴随着耳垂上金属圆环叮当的声响,一名珠光宝气的女人移动着喇叭裤角走到他跟前。

"你好!"

"你好!"

两人客气而礼貌地相互做了自我介绍。西汉林抽回与女人轻轻相握的手,感觉一股透心凉气直贯头顶,身上布满鸡皮疙瘩。

女人每个鲜红的指甲都镶了金钻,右手无名指上戴一枚硕大戒子,戒子上镶有一颗绿莹莹的宝石。

西汉林马上意识到:糟糕,要犯病!他在心里数数:"123456789……"快要数到 100 时,心里平静了许多。他慢慢抬起头,但不敢直视对面的女人。

"在想啥呢?"中年女人柔声细语地问道。

"噢。我正在心里对资产保全和资产传承两类保险型种进行比对,看哪一类更适合你,会给你带来更大效益。"西汉林应付道。

女人扑哧一声笑了,不自觉地把右手搭在桌上。

"啊!"西汉林猛的一声尖叫,女人不由自主地身子后倾,忙问:"你怎么了?"

"没，没什么。我嗓子眼堵了。"

女人对他一惊一乍的行为不可理喻，欲怒还羞地瞟他一眼，站起身，倒掉杯子里已经变凉的茶水，重新满上，双手递给他。

西汉林迟疑了，被病态吞噬的身躯已不听使唤，但理智在不断提醒他：冷静，冷静，再冷静！悲剧不能重演。

西汉林接杯子时，女人指甲上的金钻及戒子上的宝石无意间滑过他的手心。"啊！"随着西汉林尖叫声再起，杯子"啪"的一声落在地上，杯中的水溅了女人一身。

"神经病！"女人提起包，扬长而去。

西汉林病了，这次是彻底病倒了。被女人指甲及金钻和宝石滑过的手在不停地抖动，怎么也停不下来。为此，他不得不住进医院。

医生无法确认他的病因，只有他自己知道，他得的是一种化妆打扮恐惧症，这是一种在所有医学书上都找不到的病。

医院建议西汉林去看心理医生。

走到医院心理治疗室门前，西汉林忐忑不安。他在想："能治愈人心的医术，会使用什么样的仪器呢？"他害怕、紧张，想小便。

楼梯拐弯处有公共厕所，他向厕所走去。刚走到入口，一个穿着牵牛花瓣一样粉红色喇叭裤、花衬衫，烫发的人一步跨越他，走进男厕所。

西汉林茫然。这女的怎么进男厕所呢？难道还有比他病得更离谱的人？他在厕所前徘徊、等待。

"女人"出来了，一双蔑视的眼睛狠狠地瞪他一眼，倒像西汉林是怪兽一般。

"女人"没有挺起的胸膛，留着八字胡须。

原来是个男人！

汉林尿意全无，隐隐约约有想犯病的感觉。这花花世界，他弄不明白的事太多！当年他为什么非要把荷花的抒情诗改为格律诗，荷花用的雪花膏和香粉是招他了还是惹他了，他怎么会得这样一种怪病呢？

他鼓起勇气走进心理治疗室。桌子前端坐一位白大褂女子,齐耳短发,素面朝天,微笑着向他点头。医生双手接过他的病历,礼貌地示意他坐下。

女医生瞟一眼病历,一双美丽的大眼睛瞬间闪过一丝疑虑,疑虑的眼神在西汉林脸上足足停留半分钟,看得他不好意思抬头。

"你叫西汉林,从事什么职业?"女医生问。

"对,我叫西汉林,从事保险业务。"西汉林如实回答。

"能跟我谈谈你第一次犯病的经过吗?"女医生轻声问他。

林汉林缄口不言。

"当然,你也可以不回答我的提问。我只是想知道,你对第一次导致你发病的人还有印象吗?"女医生继续追问。

"我,我……"西汉林说话吞吞吐吐。

女医生淡然地笑了。她说:"你抬头看着我,试试能想起一个人吗?"

汉林抬起头来,不禁大吃一惊:"你,你是荷花呀!"

西汉林痛苦地摇摇头,双手捂在脸上,恨不得扇自己两巴掌。"对不起,我没有脸面见你!"他起身想离开。

"汉林,我要感谢你呢。没有那个事件,我不可能考取大学,做一名心理医生。

"你没有病,你崇尚自然,怀有一颗与生俱来的质朴之心,只是这份心结太重了,以至于对浮华世界里一些事产生了恐怖心理。

"放心吧,你的病能治好。"

荷花循循善诱,没有半点责怪他的意思。一席话,反倒让西汉林的病不治而愈大半。

怪不得有人说:"能治愈人心的,从来只有人心;没有心理疾病的心理医生,不是好的心理医生。"荷花又何尝不是如此呢?

作为一个大姑娘,因为抹了雪花膏和香粉而惹出那么大事件,被人背后戳戳点点,她无法在那个小镇上再工作,不得不辞职回家。她想不通她到底错在哪里?那两年她躲在屋里闷闷不乐,如果不是爸妈片刻不离地看护她,荷花早就成了孤魂野鬼了。

荷花和西汉林一样患上了心理疾病,不能看到化妆品,看到后就头疼得像裂开一样,痛苦不堪。二十多岁的大姑娘剪个四十岁女人才剪的短发头,她从不穿花衣服,全是一色的黑或蓝。

恢复高考制度,荷花痛定思痛,发愤图强,考取了大学。在填报高考志愿时,她义无反顾地选择了医学院心理学专业。

有人给荷花介绍对象,她要么婉言谢绝,要么闭门不见。爸妈本指望她在大学里能自谈一位情投意合的同窗好友,却不料四年大学毕业,她仍然孤身一人。

生命中充满巧合,两条平行线也有相交的一天。荷花没想到西汉林突然又出现在她面前!

荷花起身靠近窗户,缓缓走到靠墙的多层画板前,拉出一扇画板。画板上是一艘黑白两色的帆船……

西汉林凝视着帆船,感觉一股刺眼的光芒正在从远方一点点向他逼近。他咬紧牙关,提醒自己:"不要回避,白也好,黑也好,都要面对!"

西汉林似乎从荷花身上找到了医病良药。望着荷花端庄而淳朴的神情,像是有一股清凉而滋心润肺的气息沁入心底。有荷花在,他瞬间拥有了改变自己的信心。

荷花问:"汉林,你从这幅画里读出了什么?"

西汉林鼓起勇气,大声说:"风停了,船还在移动。"

荷花悠悠一笑,将泪水收住,对西汉林说:"风没停,只是刮到别处去了,该来时还会来。风与阳光同在!"

中篇小说

屋　缘

屋　殇

俗话说,五月十三下雨天。

夜半时分,老碱窝村笼罩在黑黢黢的夜幕下。一阵狂风肆虐之后,急骤的雨点"吧嗒、吧嗒"滴落下来。

雨点前赴后继地跌落在麦生家院落里那棵高大的梧桐树叶上,碰撞出的声音充盈在天地间,打碎了夜的静谧。

"天下雨了。"荞花眯缝着眼推一把身旁的丈夫。

"嗯。"麦生伸伸胳膊,打个哈欠。

"老天爷终于睁眼了,该下了。"麦生虽然耳沉,没听清楚媳妇说什么,但他凭感觉知道媳妇一定是说天在下雨的意思,因为他打哈欠时看到窗外闪过一道闪电。

麦生说着,手不自觉地搭在荞花小肚子上。手正欲顺着小肚子向下游行,窗外突然又划过一道亮光,光焰耀眼,把黑夜照得如同白昼一般。

荞花紧紧贴住麦生身子,还没来得及把头拱进他的怀里,"轰隆隆、咔嚓嚓"一声惊雷在窗户下轰然炸响,似乎要把整个宇宙震碎似的。

木窗被震得咯吱响,屋顶窸窸窣窣落下细雨般粉尘。紧接着,一个巨大火球穿过窗户窜进屋内,撞击在床沿墙壁上,火花四射,震落了墙上熄灭的煤油灯和衣帽之类的东西。

床上睡着麦生一家大小五口。火球滚过大床,击倒了梁头下的房箔子,越过客堂,挤入东内间山墙门内。火球在东内间的墙壁上一阵轰鸣冲撞之后,从山墙门复出,"咣当"一声,撞开屋门倏然而去。

瞬间消失的火球带走了雷声,黑夜恢复平静。风轻了,雨小了,屋内寂然。

从火球进入屋内那一刻起,麦生的四肢像是被铁钉钉在床上,动弹不得。整个过程他只能瞪着眼睛去感知,脑子里像灌了一盆浆水,头没有扭动一下的力气。

虽然前后不足一分钟,麦生却像经历一场凤凰涅槃般重生,悠忽之间,感觉地球行将毁灭。一切恢复风平浪静后,被吓出窍的灵魂渐渐回复躯体内,他感觉胸口被一块石头压得喘不过气来。他想把石头搬掉,抬起酸麻的手臂,摸到的竟然是荞花蓬乱的头发。

"荞花!荞花!"麦生一边晃动荞花的身子,一边呼喊。荞花终于在他胸口上拱一下,头贴得更紧了,两只胳膊死死搂住他的脖颈。

麦生心口的石头落地了,任由荞花黏在身上,感受着肉团下一起一伏的急速喘息。当他从噩梦般的幻觉中清醒之后,猛地翻身,连同荞花和床单一同掀开,从温柔乡里赤身爬起。

麦生的双臂越过荞花身体向床的里侧摸索。"荆州!"他歇斯底里地呐喊,因为他没有摸到儿子。

荞花被喊声惊醒,褪掉缠绕在身上的被单,掉过头来向床那头摸着喊着:"荆州,我的儿子!焕焕,我的闺女!盼盼,我的孩儿!"

喊声停止了,荞花在床的另一头分别摸到三个孩子。

麦生复又回到梦境一般。荞花的喊声和急促的喘息声他听得如此真切,一种从没感受过的清晰!

麦生摸索着找到掉在床上的煤油灯。灯里的煤油洒没了,灯芯还是湿的。火柴放在墙洞里没有被火球震落,麦生接连划三根火柴才划出火花。

煤油灯亮了,三个孩子横歪竖斜地挤在一起,毫发无损,依然睡得很香。

麦生起身下床,趿拉着鞋,随便摸件褂子套在身上。他端着昏惨惨油将耗尽的灯盏,把整个屋子从里到外照一遍。煤油灯照到东内间墙角时,他不禁吓了一跳;眼前的一幕,让他的心都要碎了。

麦生强忍悲痛,不跟荞花说——至少在天亮之前不能让她知道那里发生了什么。

他伸手去关被火球撞开的屋门,看门上的叉手并没有折断,把两扇门关好,叉手插进去和以前一样服服帖帖、顺顺当当。麦生的头发一根根支愣起来,头皮发紧,胳膊上不禁冒出一层鸡皮疙瘩。他清楚地记得睡觉前关门时插好了叉手。叉手是怎么打开的呢?既然屋墙……叉手怎么没有折断呢?

那火球的力量太神奇了!

荞花看麦生回来,打着手势小声问道:“屋里没啥事吧?”

麦生灭了灯,纵身上床,像老鹰抓小鸡一样把荞花拥进怀抱,摇晃着荞花的身子说:“你说话的声音再小一点。”

荞花丈二和尚摸不着头脑,把声音放低低的,问道:“屋里没啥事吧?”

这是两个人结婚以来,荞花第一次不打手势和丈夫柔声细语说话。她没有和麦生撒娇的习惯,这种习惯在他俩之间似乎是多余的。当初和麦生结婚时,她就是奔着聋子嫁给他的。

“吧叽”一声,麦生的巴掌重重地落在荞花后背上。“我能听到了!”麦生像孩子一样紧紧地搂着荞花,双手不停地抚摸着荞花被打疼的地方,两行泪水顺着面颊滚落在荞花肩膀上。

“你真的能听到了?”荞花用近乎耳语般的声音问道。

“我真的能听到了。”麦生说。

“今天这是咋啦?”荞花自言自语。

"我也不知道。"麦生嘀咕。

在惊慌、恐惧与不解中,两人在黑夜里搂得更紧,谁也不愿松开谁。就这样搂着,麦生时不时望望窗外,荞花却不敢。

麦生感觉褂子在身上绷得太紧,他想抬动胳膊挪个位置。嘎嘣一声,褂子腋下挣开一个口子。荞花帮麦生脱褂子,离手腕老远才找到袖口。她嗔怪道:"穿错了,我的褂子!"麦生马上赔不是:"还不是那会儿紧张吗?"荞花那种在内心里渴望已久的夫妻之间卿卿我我的幸福感像潮水一样向她袭来。

荞花猛地一个翻身,硬生生地把麦生拉到身体之上。麦生眼前总是抹不去东内间那一幕,没有心情。两人就这样抱着,一直熬到东方泛白。

窗外的梧桐树在晨风吹拂下飒飒作响,墨绿色的叶片已清晰可见。麦生沉不住气了,穿好衣服,走到屋外。

院子里散落一地的破碎的梧桐叶片,梧桐叶犬牙交错呈现各种形状。麦生心里明白,这是那一声炸雷震裂下来的,昨晚的雨水还不至于把叶片打落到这种程度。

他迫不及待地走到窗下,窗下任何痕迹都没有。麦生心生纳闷:就算是在窗户下放响一枚"雷子"鞭炮也应该蹭出一个印子来,何况是那么响的雷还有那巨大的火球都是发生在这里的?

麦生一脸疑惑,低头走回屋里,坐在一把破椅子上。荞花也穿好了衣服,就势坐在他身旁。天还没完全亮透,荞花一副小鸟依人的神态,显然,她对梧桐树下阴森的小院还有些害怕。麦生拍拍她肩膀,劝慰说:"别怕,雷电雷电,那火球就是雷落地上砸出的电火,碰巧挤进咱家窗户里了。"麦生瞅一眼荞花,看她诚惶诚恐的样子,接着说道:"你想想,那电跑得多快啊,在屋里还不得乱闯一气吗?那闯劲就像孩子滚出的铁环,越碰墙弹回的劲越猛。"麦生开导荞花,他还有话要跟她说。

荞花似懂非懂地瞪大眼睛看麦生说话。麦生看屋外天色已亮,关键是他听到了邻居家的开门声,东内间的事不得不告诉荞花了。"荞花,有件事我给你说了,你可一定要挺住啊!"

荞花反问："还有啥事你不能给我说的？"

麦生拉起荞花，跨过山墙门，进入东内间。荞花一下子被眼前的情景惊呆了。屋的东北墙角裂开一道尺把宽的口子，黎明的晨曦透过裂口射进屋内，送进一道雾蒙蒙的白光。"我的天哪！"荞花双腿一软，单膝跪倒在地。"老天爷啊，你这可让我们怎么活呀？"荞花的泪水在眼窝里打转。

麦生想安慰荞花不要声张，转念一想，裂口正对着屋后大路，屋东面是村里的坑塘，一会洗衣服的妇女们提着棒槌、抱着脏衣服过来，这事瞒也瞒不住。

屋外有啪嗒啪嗒的脚步声走来，麦生还没来得及转过脸，就听邻居五嫂一边推门，一边扯着粗嗓门嚷道："恁两口子起来了吗？我的娘来！昨晚上那个响雷可把我吓死了，感觉就炸在您家这里。"五嫂怕麦生听不见，嗓门提得老高，像吵架。

麦生和荞花从东间屋里走出来，低头不语。五嫂自顾接着嚷："这关公磨大刀，都是先磨几滴磨刀水，第二天才正式打雷下大雨，今年咋恁反常，直接耍武把子向南海恶龙示威了？"

"这不是吗，关公把俺家的屋也给砍塌啦。"荞花说着，哇哇大哭起来。

"咋地啦？"五嫂一脸惊骇。她把头扭向内间，看到能伸进大腿宽的墙上裂口，吓得手捂嘴巴，低声自语："我的娘来，这是咋啦？是雷给震的吗？"

麦生点点头。

五嫂一脸诧异地望着麦生脸上的表情，猜测不出麦生是懵的，还是真的听到了她压低八度嗓门说出的这句话？

五嫂扯下头上顶着的新织蓝条棉线手巾，在荞花脸上胡乱地擦一把，安慰说："别难过了。"她顺手也在自己的眼角抹了抹，稍停，低着头走出麦生家门。

很快，消息像长了翅膀一样传遍整个村庄。老碱窝村上到七八十岁老人，下到光着屁股的孩子，陆陆续续地向麦生家靠拢。大家都聚集在麦生家屋后，指指点点地议论着麦生家屋墙上那条狰狞而恐怖的裂缝。

村里出这么大事情,对于家在老碱窝村居住的大队治保主任武向仁来说,他要在第一时间报告到人民公社。

麦生自然能想到这事若是处理不当会带来的后果,更何况他还有硬伤——富裕中农出身的家庭成分。

天灾已经降临,人祸要尽量避免。麦生看院子里暂还没人,赶紧趴在荞花耳边叮嘱:"千万记住两条:一是别说屋里进来火球的事,那是传播封建迷信;二是别说我耳朵能听见的事,这事咱说不清,归根到底还是封建迷信。"

荞花点头。

麦生接着说道:"你想想,咱家屋虽然裂了,可咱老辈子积大德啦。火球从床上滚过,没伤咱一家五口人一根汗毛,没烧着咱一根柴草,还治好了我天生的耳聋,这说明咱家老辈儿没作过孽。"

荞花认为麦生分析得非常有道理,若不是屋墙的裂缝闹得她心烦意乱,她真想再次扑进麦生怀里。

撇开夜晚的惊吓和房屋的灾难不说,荞花觉得自己现在是天下最幸福的女人。想当初如果不是麦生家庭成分高,加上有耳疾,他怎么会娶一个比自己大三岁的女人呢?况且是一个家里穷得叮当响、从小就没了娘的外来逃荒户。

荞花是下大水那年出生的。爹说那是子夜过后的第二个时辰,叫"荒鸡"丑时,五行里对应"土"。"水克火""土克水",荞花与水是死对头。

荞花出生那年,老天爷连续下了半个月的瓢泼大雨,麦后种下去的秋作物全都淹死了。荞花娘说:"这孩子命苦,没得吃的了,怕是保不住她这条小命。"荞花爹不认命,强辩说:"雨水耗下去,地里还能补种荞麦和胡萝卜,天无绝人之路啊。"荞花娘让他给娃起个名字,他想了想说:"就叫荞花吧,熬到荞麦开花,这娃就算命硬。"荞花既成了娃的名,也成了娃生存的希望。

荞花熬过了荞麦开花,可她娘没熬过,娘死时瘦得皮包骨头。爹摘下屋上两扇门,掀掉床上一张旧苇席,把娘埋了。土墩矮房里从此也就没有了任何念想。

那年还没解放,正值兵荒马乱。荞花爹用仅有的一床旧被子包裹着荞花,捆在后背上,拄着一根打狗棍,一路逃荒要饭,最后落户在离老碱窝十里外的一个村子里。

有亲戚给麦生说媒,麦生听完"方景",一口就应了下来。麦生说:"只要人家不嫌我,我啥意见也没有。"

两人见面时,媒人把他俩安排在村外一片麦田里。两人就那样面对面地蹲着说话。

荞花伸出三个手指头对麦生说:"我比你大三岁。"麦生一下看明白了,忙说:"女大三,抱金砖。"荞花笑了,有缘人一句话就拉近距离。荞花没有了羞涩,大声说:"我家陪不起嫁妆。"麦生听见了,说:"以前我家富裕,家里的房屋、家具没充公;爹娘都不在了,留下的物件够用的。"荞花没话说了,红扑扑的脸掩饰不住想多看麦生一眼的欲望。

麦生被看得不好意思,找个话题问:"你咋叫荞花的呢?"荞花把从爹那里听来的理由大声说一遍,然后拔掉一棵麦苗,在麦生跟前晃了晃,反问他:"你咋叫麦生的呢?"麦生说:"那年麦子丰收,一家人忙着打麦支援淮海战役,娘是在麦场里生下的我。"荞花脸红了,麦生看着她傻傻地笑。

荞花给麦生生下第一个女儿,麦生起名叫焕焕;荞花知道,麦生是想让她下一胎换成个儿子。荞花生下第二个女儿,麦生起名叫盼盼;荞花知道,麦生是盼着要儿子。终于,第三胎来个儿子,麦生像三国时期的枭雄得到了荆州一样高兴,索性就给儿子起名叫荆州。

到中午时分,武向仁带着公社民兵营长来到麦生家。围观的人哗地一下都跟着挤进麦生家院子,看治保主任如何现场"审雷断案"。

武向仁把麦生拉到墙角裂口前,厉声斥问:"你看见这豁口是雷击的吗?"

麦生装作听不见,摇摇头。

五嫂在人群里举起胳膊、踮起脚尖高声搭话:"我听见了,雷就是在这炸的！咋啦，难不成还能是人用头拱裂的吗？"

武向仁虽拿贫农五嫂没办法，但他还是想借公社民兵营长之名扬扬自己的威风。于是，他靠近民兵营长跟前，拉着在主席台上讲话时的长腔调说："大家都不要再乱议论了，更不要妖言惑众，谁家房子时间长了没有裂子？大家要防止阶级斗争新动向！"

武向仁讲完话，扭头看公社民兵营长。民兵营长已独自走到院子里梧桐树下，望着梧桐树发呆。

民兵营长对身边人说："梧桐树长得太高了，大家帮忙把几根高枝锯掉。雨季要来了，防止下雨时高枝因潮湿而导电，引发雷击现象。"民兵营长年龄不大，与人和善，说话温柔。说罢，他安排荞花转告麦生要抓紧把墙的裂缝加固好，便与武向仁打声招呼，转身走了。

麦生不知道梧桐树是不是和房屋同岁，但他从梧桐树饱经风霜的粗大树干和树干上布满的不屈皱纹可以判断，这棵梧桐树一定是爹或爷爷在盖好房屋后不久就栽上的。

诗经里有一首"凤凰鸣矣，于彼高冈。梧桐生矣，于彼朝阳。菶菶萋萋，雍雍喈喈"的诗句，说的就是梧桐树生长茂密，引得凤凰啼鸣。麦生家原是殷实之家，先辈栽了梧桐树，不但象征气势，也象征祥瑞。"清风明月照满堂，家有梧桐落凤凰"这话还真有道理，没有这棵梧桐树，麦生说不准还娶不上荞花呢。

"前人栽树，后人乘凉"。麦生已经得了梧桐树的济，这棵梧桐树还会不会继续给麦生带来福祉呢？

太阳从云层里爬出来，像是要把憋屈的热量顷刻间都发泄出来一样，湿漉漉的空气渐渐变得干燥起来。阳光照下来，晒得头顶啪啪作响。

麦生家的院子不大，高大茂密的梧桐树像一把巨伞遮挡了大半个院落，也遮住了骄阳。阳光从梧桐叶疏落的缝隙中洒落下来，映出一地影影绰绰的光斑。有的光斑像张牙舞爪的老虎，有的像摇头晃脑的蜘蛛……

昨晚雷声大，雨点小，雨过地皮湿，根本没有缓解旱情。有人望着火辣辣的太阳心急,有人却说:"放心吧,别看这会儿太阳这么毒,到不了天黑,云头就会从东南方向爬上来。千年的老俗语不会错,大旱小旱不过五月十三。"

今天是五月十四。老俗语没说错,傍晚时候,乌云真的从东南方向滚涌而来,越聚越黑;没有风,没有雷,直截了当地就下起了大雨。

屋墙上的裂缝已被麦生用塑料布裹着柴草堵起来,雨滴不会扫进屋内。

一天来,荞花被折腾得够呛,深也不是,浅也不是,生怕哪句话说错了招来事端。五岁的大女儿焕焕已惴惴懂懂的,扯着娘的衣角,娘走一步她跟一步。家里招了灾却像娘犯了啥错似的,担心娘被人抓走了。盼盼和荆州还小,管不了这么多,只顾玩。

天黑了,五嫂看麦生家没有点灯,厨屋里也没有生火,便头顶一张高粱葶子编织的锅盖,用早晨头上那条蓝条棉线手巾包几个刚出锅的馍馍,从两家之间已坍塌的土墩院墙豁口里跑过来,直接推门进屋。

"人呢?黑灯瞎火的!"五嫂的嗓门没有早晨大,也可能是嗓门被屋外的雨声淹没了。

"五嫂,下这么大雨,你咋跑来了?"荞花接过五嫂头上啪嗒啪嗒滴水的锅盖,立在门框上,摸着去找那把破椅子让五嫂坐。

五嫂生气地说:"我不坐了!外面下这么大雨,连个灯都不点,您这是跟谁过不去?这是我才蒸好的一锅子馍馍,大人不吃孩子得吃,别磕碜了孩子。"

"大娘,俺家的灯没油了。"焕焕实话实说。没灯的雨夜,孩子更害怕。

"你看这一天乱七八糟的,我也忘去大队代销店买煤油了。"麦生苦笑一声,无奈地插话。

五嫂没有理会麦生,让焕焕提着煤油灯,去她家倒煤油。

荞花给焕焕披上麦生的褂子挡雨,五嫂拉着焕焕临出门,到底还是没有憋住心里那口怨气,指着麦生恨恨地说:"麦生,你行啊,你给你嫂子装聋装了这么多年！"

荞花马上打圆场："嫂子，你别生气，麦生是近两年耳朵才慢慢地好些。"

"这两年？我可是今天才发现！你耳朵不聋是好事，招谁了，惹谁了，捂恁么结实干啥？你想捂着瞒着到啥时候，瞒到荆州说媳妇让人家都知道他有个聋爹不是？"五嫂连珠炮似的发泄一通，心里好受许多。

扶　墙

"池塘烟未起，桑柘雨初晴。"这场应时的"桑柘雨"没有停歇的意思，看来是要下一夜了。说来也怪，这么大的雨，一个雷也没打。

麦生家的床本是那种老式六柱架子床，早几年"破四旧"，麦生主动把六根撑顶的方柱锯掉了，拆了四周的围栏。三个孩子都在不断长大，越来越占地儿，麦生不得不把拆掉的围栏覆在床的里沿，下面垫上砖头。原本是荞花带两个闺女睡里头，麦生带荆州睡外头，今夜三个孩子都要挤在荞花身子里边睡。

麦生和荞花虽没说话，却各自在想心思；各自闭着眼，睡不着觉。荞花想不明白昨夜里荆州是怎么爬到床这头来的，难道是她爬到麦生怀里时两人挤压了孩子，还是沉醉中不小心把孩子蹬了过去？每每那个时候，荞花都不说话。声音小了，麦生听不见；声音大了，又怕吵醒孩子。想想以后不用再强行压抑自己了，可以小声耳语了，她把一天来所有不愉快的事全都放到了脑后，怀着一份愉悦的心境紧紧揽着三个孩子慢慢平静自己狂突的兴奋。

麦生想到被五嫂揉巴的那一顿，不但不气，心里还喜滋滋的，暂时忘却了屋墙被雷炸裂的苦恼。他想到明儿天一亮，地里的豆子就会歪着脖子往上长，想到队长明早一定会招呼栽麦茬红薯，想到赖巴巴的玉米秧子顶着绿油油的叶子往上蹿。对，还有西南地里的高粱，别看现在赖得像根筷子，见雨就能吊死牛！想到这些，麦生笑了。

麦生的笑脸很快被屋外一阵紧似一阵的雨声带走,那个屋墙上的裂缝不知从哪儿又溜进他脑海里游走起来。总不能就这样张着大口子吧?麦生先是想着等天放晴了,自己动手在屋外垒个墙垛子,堵住裂口。可转念一想,不行,裂口是从砖头底碴开始裂到屋檐,不把墙扶正,再宽的墙垛子也没用。想来想去,这事还得去请后村的银锁帮忙。

银锁是周边十里八村出名的扶墙高手,银锁给前庄后村的人家扶墙不收钱,只要管顿饭就行。找银锁扶墙的人家可真不少,就像武向仁所说的那样,谁家房子时间长了没个裂子?的确是这样,只是裂子有大有小。

朦胧中,麦生脑海里影影绰绰浮现出爹盖房子的情景,麦生知道这是幻觉。娘活着时时常说,这房子长麦生这么大一个人了。既然房子和麦生同岁,刚一出生的他怎么能有盖房子时的记忆呢?麦生猛地一睁眼,感觉眼前一亮,他看见了屋脊上的屋笆,也看见了屋脊上的檩棒,还看见了床前脚踏子上坐着一个白衣老头的身影。麦生连忙闭上眼睛,再睁眼时,白衣老头不见了。

麦生被吓出一身冷汗,他意识到是自己想爹了。这房子毕竟是爹留下的家产,在他手上被雷炸成这样,他心感愧疚。如果不是炸雷无情,房子重新翻拆一遍,住到给荆州说媳妇时再扒也没有问题。

麦生越想越睡不着觉。突然,他感觉荞花的双脚在轻轻移动,离开他的肋骨越来越远。麦生知道是荞花在床那头已欠起了身子,他连忙把自己的身子往床里靠靠,掀开被单,伸开外侧的胳膊等着她的头枕过来。荞花的头还没枕在麦生胳膊上,突然啊的一声惊叫,说句"有鬼!",接着就趴在床上没了下语。

喵嗷一声,一只大花猫从窗台上跳下来,溜着墙根去了东间。显然,裂缝的上口没有堵严,外面下雨,村外的野猫进到屋里来了。

荞花被窗台上一双黑夜里幽蓝色的猫眼吓得晕了过去,醒来后神志恍惚,无精打采的,一连几天吃不下饭,病怏怏的。

真是屋漏偏逢连阴雨。荞花病了,屋墙因为裂口失去平衡,多年的老地基被大雨渗透后裂口更大,后墙明显向外倾斜。麦生多年耳沉养成的遇事不慌的性格此时也乱了阵脚,六神无主。有人说,男人的好心情是老婆用胸膛暖出来的。如今,荞花病了,麦生没有了好心情。

天放晴了。中午散工后,麦生草草扒几口午饭就去后村找银锁商量扶墙的事。银锁听麦生说完,叹了一口气。"麦生弟,我扶墙这么多年,还真没遇到过这么大的裂口。这墙我能不能扶得起,先跟你去看看再说吧。"

两人来到麦生家屋后,银锁东瞧瞧西望望,眯着一只眼趴在后墙瞄了又瞄,总觉得不对劲。"麦生弟,走,到你家屋里看看西南墙角。"

这一看不打紧,早几天还好好的西南角屋墙,今天竟然已经裂开一道能插进刀片厚度的裂子。银锁说:"前夜的雨大,后墙根动了,把前墙也挣开了。时间一长,这前墙的裂子也会越来越大。"麦生听后心里更是无所适从。荞花侧卧在床上,看得真切,听得也真切,一双泪眼更加呆滞。

银锁望了荞花一眼,把麦生拉到屋外,小声问:"大妹子这是怎么啦?"

麦生一五一十地把荞花夜间受猫惊吓的事给银锁说了一遍,银锁小声告诉麦生说:"真是太巧了,我二大娘家屋梁上昨天飞来一只大蝴蝶,二大娘说是仙家。村里的几个病秧子都去求药,你不妨带大妹子去试试。"

麦生心疼荞花,满口答应。

银锁以前肯定遇到过荞花。两个村子离得很近,地界交叉相邻,下地干活低头不见抬头见,但庄户人家受男女授受不亲礼俗的影响,男人遇到不认识的邻村干活女人低头就过去了, 哪个男人也不可能仰着头去看女人,那成何体统!

今天第一眼看见荞花那张憔悴的脸,他心里猛然一动:这女人咋有一种似曾相识的感觉, 仅仅是因为平时看惯媳妇呆滞的眼神而产生的共鸣吗?银锁理不清,感到心里有点乱。碍于喊麦生老弟,自己也就成了老大伯哥,银锁不便直接和荞花搭茬,何况荞花还是睡在床上。

老碱窝虽然是个杂姓村,但老辈留下的风俗,除了弟媳妇见面时主动与老大伯哥打招呼外,老大伯哥不得主动给弟媳妇说话,有事也要通过他人传话。

"麦生弟,这事就这样定了。一是过两天我带人来给你家扶墙,你准备两根檩棒,两块木板,拉好一板车细沙土就行了。再就是我现在回去就到二大娘家安排一下,然后在村口等你。"临行,银锁又一次提醒麦生,"别张扬,千万别让武向仁知道这事。"

银锁走后,麦生哄着荞花去后村看病。

麦生和荞花要离开时,二大娘要银锁留下来再给他媳妇讨一剂药。

麦生两口子回到家,荞花歇息,麦生忙不迭地坐在锅门口生火烧水,把一碗滚开水冷到温热时端给荞花。荞花明知道自己的心结已打开,但她宁愿信其有不愿信其无。她打开黄纸,学着二大娘的姿势在碗口上晃悠一会,把肉眼看不见的所谓仙药倒进碗里,慢慢地一小口一小口地把一碗温开水喝个精光。

下过一场透雨,村里最急紧的活就是栽麦茬红薯秧子。桑柘雨,桑柘雨,桑柘树绿,农事上手。经过几天忙碌,麦茬红薯栽好了,暂时没有什么急紧活了。银锁带着三个人来到麦生家,帮他扶墙。

银锁这几天脑子里想了许多,若是单凭第一眼看到荞花的感觉,他还不至于这么着魔。那天在二大娘家听到荞花叙说身世,他更相信自己的感觉——那是一种让他无法丢舍的感觉。

银锁娘临死时拉着他的手,絮絮叨叨地给他诉说临终心愿:"银锁儿啊,娘有一桩心事放不下。上大水那年娘生你时是双胞胎,你还有一个妹妹。娘养活不起,把你妹妹送人了。你二大爷抱着去找的人家,你妹妹是死是活,你到我坟上烧纸时给我捎个口信。"

"娘,二大爷把我妹妹送哪里了,你知道吗?"银锁贴着娘的耳朵连声问。娘摇摇头,使劲抬抬脚,娘的脚丫一直摇晃到咽下最后一口气。

银锁不知道娘抬脚是啥意思,但娘的临终遗言银锁记在心里了。二大爷早已不在,问爹,爹一问三不知。二十多年前的事,上哪去找妹妹呢?

银锁这几天一直在想一个问题:天底下真的会有这么巧合的事吗?他

相信有。银锁喜欢听大鼓戏，前后村里只要有唱大鼓戏的，他孬的好的都拾掇听完。大鼓戏里有好多事就是这么巧合。

荞花那双大眼睛，又黑又长的睫毛，还有高鼻梁，薄嘴唇，都太像银锁两个姐姐。

按常规，银锁去给人家扶墙，通常都只带三样工具：两根撬棍、两把土锉、一把锤。这次银锁破例扛来两大块木板，他知道麦生家的墙裂口大，怕麦生找不到厚实木板。

甚至连楔入墙根用的木楔子都是银锁提前砍好的。银锁特意到娘的坟上去一趟；娘坟头前有一棵柳树，那是埋娘时哀顺棍子发芽长出的柳树，现在已有碗口粗了。银锁爬到树上砍下两根树股子。树股子砍下后，银锁跪在娘坟前磕三个响头，对娘说："娘，您别怪我砍了您的树，日后我找到您送人的闺女，我带她一起来给您上坟。"

麦生看银锁带人来扶墙，从爹留下的柜头里摸出一盒大铁桥牌香烟，又从厨屋里搬出擀面条的案板放在梧桐树下。荞花抱来一摞粗瓷大海碗，提来一壶烧好的开水，给每个碗里斟上水。

瘦猴子看着大铁桥，嘴里直流口水。"麦生哥，您太客气了，咱可不兴这样。俺给人家扶墙啥时候也没吸过大铁桥烟，有'一毛找'就不错了。"瘦猴子说的"一毛找"是丰收牌的烟，一盒九分钱。

"这是你麦生哥昨天专门去南门集买的，吸吧，应该的。"荞花接过话茬，甜甜地看着会说好听话的瘦猴子。

瘦猴子点一根香烟，拿着铁锹去屋后，沿后墙铲平地面。矮冬瓜和泥，闷葫芦剔缝，银锁整饬扶墙的家伙。

一切准备就绪，银锁还是不放心，接过闷葫芦的土锉，又把裂缝从头到尾重剔了一遍。扶墙最怕裂缝里留坷垃头，哪怕一个花生米大小的坷垃头留在里面，墙缝都兑不严实。

银锁剔缝，闷葫芦找来一根树条子跪在裂缝底口目不转睛地往外扒土，扒不出来的粉土就用嘴吹。四个扶墙人，闷葫芦年岁最大，只要你不主动找他说话，他一天都不会主动说一句话，只管闷头干活。

闷葫芦解放前被国民党抓去做壮丁，在古北口修补长城。后来与人结伴跑回了家，村里左邻右舍都去看他。一位长辈老人问闷葫芦："乖乖来，你是从哪里跑回来的？"闷葫芦嗯了一声说："乖乖，我从东北来的。"老人气得差点晕了过去。

其实，闷葫芦并不是诚心想喊老人家一声"乖乖"。他说话紧张，本是想说"你的乖乖我是从东北来的"，结果一紧张就说错了。

村里干活，人们拉大呱，拉起了秦始皇修长城的故事，闷葫芦那天破例主动插嘴说了一次话。闷葫芦闷声闷气地说："您都说长城长城的，您知道长城的砖头有多大呗？"

有人问："长城的砖头有多大？"

闷葫芦说："比坯还大来。"

一位调皮捣蛋的后生不怀好意地故意问："你说比啥还大来？"

"坯。"闷葫芦瓮声瓮语地又重复一遍。

那后生捧腹大笑，众人也笑。银锁抡起铁锹朝着后生屁股上就是一下，一边打，一边骂："笑恁娘的个球。"银锁长后生一辈，做叔的骂侄子辈，骂得再难听也不能生气。

闷葫芦那次主动说一次话，招来一顿嘲笑，从此话更少了。

瘦猴子铲完地面，叼着烟看矮冬瓜和泥，一会嫌泥和稠了，一会指着泥里的坷垃头指责矮冬瓜和泥不细心。矮冬瓜瞅瞅银锁正在专心剔缝，伸着头讨好瘦猴子："你的烟不能让我吸一口吗？"

"你个屁大的孩还想学吸烟！"瘦猴子故意把声音放得很大，矮冬瓜吓得赤脚踩泥，不敢抬头。

墙缝剔好，银锁招呼瘦猴子搭手帮着扶架。闷葫芦摆木板，瘦猴子扛檩棒，两根檩棒分别从两块木板处落地，抵在后墙上，中间隔开一间屋的宽度。闷葫芦在挨着裂缝这头，双手使一把前头带弯的撬棍，撬棍的弯头插入檩棒底头，等着银锁发号施令。

银锁估算出后墙倾斜度后，挤到闷葫芦对面，双手抱着檩棒，高呼一声："起！"闷葫芦掀动撬棍，银锁提起脚尖打着吊溜使尽全身力气往下压檩棒；瘦猴子那边原本抵得紧紧的檩棒变得松弛了，他赶忙用不带弯头的撬棍跟进抵实。

每抵进一次，银锁就挪到墙角眯着眼照一次，直到后墙没有倾斜度了，扶墙才算大功告成。

矮冬瓜的泥浆和好了。后墙扶正后，砖头底碴下的墙根出现一道缝隙，把这道缝隙用木楔子和泥浆塞紧，后墙就不会反弹。

矮冬瓜提着锤子往地面裂缝隙里楔木楔子。木楔子要先从墙面裂缝处楔起，矮冬瓜楔几下，看后墙裂口还没兑合严缝，就使劲楔。

"停，停！"银锁招呼矮冬瓜停止楔。矮冬瓜一贯都是楔到裂口严丝合缝为止，没想到银锁招呼让他停止，他仍然歪着头使劲地楔。银锁伸出一条腿，一脚把矮冬瓜端个昂面朝天。

除了矮冬瓜没有看出情况反常外，其他三个人都看出来了：墙扶正了，墙上的裂缝并没合拢。反复审视没有合拢的墙面裂口，里面没有任何东西抵住。这是他们扶墙这么多年来从没遇到过的事。

银锁让瘦猴子就着现有情势帮矮冬瓜把木楔子楔进去，暂不灌泥浆。自己越过麦生家屋后那条路，走到路对面。

银锁虽没有干过木工，但干扶墙这行也像木工一样，要会吊线。他手里提根线，线头系着小瓦片，蹲下照，站着照。照一会，心里已有数：原来是山墙动了，向外斜了。

麦生家的房屋傍坑塘而建，坐落的位置从风水说属吉宅；可六十年风水流倒转，屋后走出一条路，坑塘也变了模样。

老碱窝村的先人们在建筑村落时，不但沿村落一周挖了寨海子，筑了村坝，还在村里挖了三口坑塘。东南方位和西北方位与寨海子相连通的两个坑塘，分别叫南大坑和北大坑；村中间这口挨着麦生家的坑塘因为四周种上了蒲草、臭蒲子而被人们称作小蒲坑。

小蒲坑是老碱窝村的心脏。小蒲坑原有一条暗渠通向寨海子,后来暗渠坍塌了,无人修补,成了一条明沟,冲断了小蒲坑前的路——也是麦生屋门前的路,人们转而从麦生家屋后走出一条路来。

近几年,村庄发生很大变化,麦生家屋后的路越走越宽,渐渐走成村庄一条主路。虽然麦生爹也懂"宁愿门前闹嚷嚷,不愿屋后脚板响"的风水道道,却无力改变现实。

从那一年冬天开始,村里挖塘泥覆淤治碱。小蒲坑的水抽干了,沉淀在小蒲坑里上百年的淤泥连同黄鳝、泥鳅等一起被社员们用大筐抬出来,倒在村庄的路旁晾干,拉到盐碱地里,深埋表层盐碱、上覆塘泥,村里的几块"秃子头"盐碱地都是那几年被治理好的。

小蒲坑一下被挖深好几米,夏季雨水来时,塘岸上的蒲草、臭蒲子被冲入塘底,坑塘的边沿向外延伸,离麦生家的房屋也越来越近。

其实,这也无妨。如果不是那晚的火球冲击力太大,让房屋伤筋动骨,就算早几天的那场雨再大一些,也不至于动了麦生家的山墙。当时麦生家毕竟是村里富有人家,底碴打了十层砖碴呢。

银锁不得不把扶墙兑不严缝隙的原因向麦生和盘托出。他要麦生带他到屋里的梁头上看看,看梁头的檩棒是否移动。银锁扶着梁头的叉手看到檩棒从梁头上向山墙一侧移动了半指宽距离。不用再看了,既然梁头上的檩棒已移位,东内间屋山上的檩棒肯定也抽动了;很明显,整个房屋都错位了。麦生爹盖屋时,铁匠铺里还没有想出打钯焗子把檩棒与梁头固定在一起的办法,六道檩都是依附在叉手上钉出的六个"爬拉猴"木托上,一旦檩条错位,房屋就有坍塌危险。

荞花不知道银锁为什么要爬她家梁头?梁头下是大床,床头上胡乱地放着孩子们的衣物,还有荞花换下的红肚兜、裤头等。荞花红着脸连忙俯身,把这些东西一一掖在被单下。

要是给其他人家扶墙,银锁把原因给事主家说清楚,安排三个弟兄们在楔了木楔子的墙根缝隙里灌进泥浆就算了事,他断然不会接着再操这么多心思。

墙不能再扶了,只能到此为止。银锁安排就势灌浆,矮冬瓜提只水筲,把和好的泥浆盛在水筲里,兑了水,使劲搅拌,搅拌得像粥一样稀稠均匀。瘦猴子把浆交给闷葫芦,闷葫芦小心翼翼地把泥浆灌进楔了木楔子的砖头底碴缝隙里。

灌了头遍浆,中间要停一顿饭的工夫再灌第二遍,趁着这空隙,麦生安排吃饭。荞花拾掇利索案板上的水瓶、海碗之类,从厨屋端来四盘菜,除一盘子凉拌猪耳朵外,其他都是家常菜,蒜泥拌馏茄丝、面煎辣椒段等。

麦生去屋里拿那瓶"老白干",银锁拿筷子夹几块猪耳朵给荆州吃。荞花忙推辞,两人第一次这么近距离接触,两手相触时,银锁感觉她的手都是那么像姐的手长得细条匀称。亲情的温度传递过来,银锁的心怦怦乱跳。

每人二两"老白干"下肚,吃了馍,喝了汤,闷葫芦三人去灌第二遍泥浆。银锁招呼荞花和孩子们就着剩菜一起吃饭。荆州因为吃了银锁给的猪耳朵,非要挤着站在他跟前。银锁像照看他家臭蛋一样掰块馍,蘸着菜水喂荆州。

荞花说:"这孩子被麦生娇生惯养'没一成'了。"

银锁说:"孩子吗,都是这样。男孩哪有不调皮的。"

银锁一边扭脸看麦生,一边问荞花:"大妹子,那天给您下的药,您吃了?"

荞花说:"吃了,病也好了。"

银锁本想说:"其实,我也不信花蝴蝶能治病,有病乱投医呗。"但他想想,既然荞花的病好了,就不能说这话。

同样,荞花本想问银锁"嫂子是什么病,怎么卧床了"之类的话,可转念一想,感觉不合适,话到嘴边又咽回肚里。

银锁不想再没话找话说,干脆直接问:"大妹子,那天您说,您是上大水那年出生的吗?"

荞花说:"是的,不然爹咋给我起名叫荞花呢。爹背着我逃荒到这,我还没满周岁,还不会走路。"

"算起来咱姊妹俩还是一年生人。"荆州吃饱要走,银锁扯下脖子上羊肚毛巾给荆州抹下嘴。"听爹说,我们这是老碱皮地,大水过后不适合种荞麦,都是种的胡萝卜。我就是吃胡萝卜保住的命,到现在老年人还喊我小名萝卜头呢。"

荞花笑了。麦生说:"银锁哥,你为人仗义,大家都尊重你,谁还喊你萝卜头小名。"

银锁叹口气:"唉!还是萝卜头听着亲切。娘以前喊,娘不在了,现在只有爹喊。其他人都外气,不喊了。"银锁说着,苦笑一下摇摇头。

此刻,两个男人是相向而行的两列火车,看似饭后随意聊天,但各自都有不同的心思。麦生不想再顺着银锁那些陈芝麻烂谷子的话题聊下去,便问道:"银锁哥,你说我家这房子还有法子补救吗?"

银锁不得不停下他的话题,想了想说:"补救也只能是暂时的。过几天,等泥浆凝固干透了,取掉木板、檩棒,在后屋墙的裂口处挑个泥垛子,暂时顾顾急。看来您得操办盖屋了。"

银锁说出这句话来,也是下了很大决心的。"为人不睦,劝人盖屋"这句千年老俗语,银锁懂。无论大家小户,谁家盖屋不得脱掉一层皮。兴许挑个泥垛子也能将就三年五载,可银锁一想到万一下大雨时房屋坍塌了,比塌了自己家的房子还难过,他心里放不下荞花。

荞花已经听明白银锁的意思,她比麦生心胸开阔,插话说:"这都是天赶地催的,怕也没用,该盖就操办着盖呗。"

过五六天,银锁带人取掉檩棒,掀掉木板,观察木楔子和泥浆凝固后的效果,屋墙没有回返迹象。几个人搭手,贴着比原来窄了许多的屋墙缝隙,挑起一个垛子,堵住了后屋墙的裂缝。

筹 建

结婚、盖屋、生孩子,这是一生中的三件大事。

在荞花劝说下,麦生坚定了盖屋的决心。

看看麦生家的院落布局,可以想象,麦生爹在世时一定是个做事讲究的主。老屋原有五间宅基,三间屋盖在了宅基中间,东西两头各空出一间屋的空隙,方便自己出行、存放物件,也方便邻里盖屋时打夯、挑墙、上梁。想必麦生爹是受了那封被传为佳话的"千里修书只为墙,让他三尺又何妨"家书影响而为。

五嫂家的房屋在麦生家西边, 虽然屋的前墙与麦生家在一条线上,但由于五嫂家的房屋盖得晚,比麦生家房屋宽,所以两家并不是一条脊。不仅如此,五嫂家盖屋时地基垫得高出麦生家院落,房屋也比麦生家老屋高。按照"影东不影西"的老规矩,麦生家是被"影西"了,这样不好。当初五嫂家盖屋时,麦生爹还活着,他老人家什么话也没说。费死劲新盖一处房屋,谁家不想把地基垫得高一点,把屋盖得高大宽敞一点呢?

不过,话又说回来,如果不是麦生爹,换了别人,五嫂家那次盖屋,注定是闹包子的局。五嫂妯娌间不和睦,她家宅基垫好后,她小叔子媳妇就跑来找到麦生爹:"老哥,马善有人骑,人善有人欺。你也太老实了,这屋不同别的啥,说搬就能搬走,这可是半辈子、一辈子的事。她家的基础垫得比你家高出这么多,你真就打算做'缩头乌龟',忍了?"

麦生爹很吸两口旱烟袋,在鞋底上磕磕烟锅子,慢条斯理地说:"远水难救近火,远亲不如近邻啊。"一句话,把五嫂妯娌送出屋门。

五嫂家房屋盖好,两家相邻的一间空宅一直闲置,放些乱七八糟的柴草等;屋东边的那一间空宅被小蒲坑侵蚀过半,只能作麦生家出门的通道。荞花和麦生商量,盖一次屋不容易,要盖,就加把劲,把屋西边一间宅基也盖起来。盖成一条脊四间堂屋,将来荆州娶媳妇,有条件再给他单独盖一处，没条件让荆州住两间，麦生老两口住两间，也好有个照应。"

荞花的想法与麦生不谋而合。

照顾邻里关系，麦生把下一步扒屋、盖屋的想法先给五嫂说了。麦生一再声明：地基和屋都不比五嫂家高，新盖房屋与五嫂家前墙齐，后墙也齐，借着五嫂家房屋朝阳的风水，图个好兆头。说得五嫂屁颠屁颠的，说不出一个"不"字。

至于麦生家屋后的住户，就不用提前打招呼了。一是有五嫂家的屋罩着，只要不比五嫂家屋高，谁也不会说什么；二是隔路如隔山，这是老规矩。

"鲁班无木难造屋"。盖屋的决心已下，麦生每天一闲下来就仰着脸看屋脊。他在心里盘算着：老屋上扒下来的砖头、檩棒都能用在新屋上；屋笆也有六成新，翻个面还能用。缺的是加盖一间屋，屋底磋的砖头和檩棒。这是硬头货，不是靠力气能操办下来的。

别说没钱，有钱砖头也难买。县里有两个砖窑厂，买砖头要托关系。荞花提醒麦生："你不是有个远门的姨表姐在二窑厂上班吗？你去找找她，兴许能买到砖头。"

麦生这辈子最怕往人脸上靠，怕求人。当然，这种自卑心理的祸根还是起源于他自小耳沉，与人交流有障碍。在荞花的劝说下，麦生终于鼓起勇气，穿戴得挺挺当当，去二窑厂找他表姐。

远门表姐家虽然远一个门槛，在麦生记忆里，两家的来往还很频繁。土改后，划分了成分，两家来往少了；特别是麦生爹死后，两家再没来往过。麦生找到表姐，表姐一眼就认出他，前后只有两句对话，表姐一脸诧异，就差眼珠子没有瞪得掉落下来了。

"麦生，你耳沉的毛病好了？"表姐不相信，故意把声音压得很低。

"好了。这两年也没在意，它自己就好了。"

表姐摇头，说什么她也不相信聋了几十年的耳疾自己会好。

麦生说明来意，表姐也无能为力。她说："你要不是用的这么急，这忙我也许能帮你；关键是有关系也得提前一两年把票开好，才能等到提砖。"

麦生等不及。

荞花看麦生为砖头的事愁眉不展,她突然眉头一皱计上心来,"老屋上是十层砖磴,咱匀匀,新屋的底磴少垒几层不就行了吗?"

麦生觉得那样对不住爹。再说荆州还小,谁知道到他娶媳妇时是什么光景呢?反正不能"拆西墙,补东墙,结果还是住破房"。

麦生两口子过日子节俭又能干,每年都能喂成一头成品猪,年底够磅了,卖给食品站。家里一天三餐的涮锅水掺了打碎的干草饲料喂猪。荞花下地时带着焕焕,她干生产队里农活,焕焕薅草,既能喂猪,又能沤肥换工分。这几年荞花和麦生忙里忙外,手里攒了几个钱,平时舍不得花,都在荞花手里存着呢。

麦生虽然嘴上说不同意荞花要新屋少垒几层砖磴,但他从荞花的话里受到了启发。他中和一下荞花意见,形成自己新想法。他与荞花商量:"咱盖新屋到南山买几车石头垫底,上面再垒砖磴,既不潮墙又结实,你看咋样?"

荞花当然同意。她家离南山近,那里人家盖屋都用石头垫底磴。

不用再考虑买砖头的事了,麦生又少一桩心思。他开始盘算檩棒的事:即便老屋换下来的檩棒全部用在新屋上,增加一间屋也要增加六道檩,加上一根脊檩,共差七根檩棒。

老屋西头那片空地上不知是哪年长出一棵臭椿树,笔直笔直,虽不够粗,做檩棒绰绰有余。空地要盖屋,臭椿树肯定要刨掉,只可惜"椿树不上梁"是老习俗。

再说银锁给麦生家扶墙之后,因为劝了人家盖屋,心里总觉过意不去。前后村同年代的人,都有个仨亲俩厚对脾气的,麦生除了自己私下认定和荞花有亲情这份私心外,他和银锁很能处得来。

银锁时常找理由到麦生家来拉拉家常、唠唠嗑。他也赞成把屋西边的空宅基一起盖起来。

转眼到了秋季,天凉了,村南大沟里水也快耗尽了。

黄河故道上的庄户人家盖屋最大"缺手"就是淤泥。南大沟被盖屋人家挖淤泥掏得狼牙顿挫,早已不成沟的样子。麦生没有别的选择,仍然只能到南大沟掏淤泥。

淤泥沉积在沙土层两米以下的地方。老辈人不知道盖屋挑墙时在沙土里掺淤泥,用沙土挑起的屋墙早早就在砖头底碥上起一层碱,日复一日,碱土脱落,留下一道深深的沟缝。遇狂风暴雨,房屋随时都面临着坍塌的可能,辛辛苦苦操心出力盖起来一处房屋,鲜少能撑到二十年。

麦生爹即便不是全村第一个知道掺淤泥挑墙盖屋的人,最起码也是掏到了上好的淤泥。不然,房屋不会撑二十多年,土墙与底碥连接处还是硬邦邦的干墙,成了全村响当当的一处最延年的房屋,也遮风避雨地成全了麦生一家五口的快乐生活。

麦生不急,这一秋一冬有足够掏淤泥的时间。他专门挑拣别人挖后没有挖透的淤泥层下胶泥底子挖,虽然费工费时,可胶泥踩出来的泥浆挑墙更结实。

这天,麦生正在南大沟往条筐里搬胶泥,银锁来了。银锁说是到南边村子里给人家扶墙,回来路过这里。他说着就帮麦生搬泥、抬筐,把一堆胶泥全都抬到河岸上。

抬完胶泥,两人坐在河岸上歇息。银锁提醒麦生:有空就把胶泥拉一部分攞到村后树林子里去,按半对半比例相应拉几车沙土,让胶泥经过一秋一冬晾冻风化,明年开春把坯脱出来。

麦生没有哥,也没有弟弟,银锁一言一行让麦生感受到同胞兄弟般的情谊。说心里话,麦生这段时间有点顾虑银锁对他家人的好了。麦生感觉银锁不像是兄弟投缘的哥们义气,是诚心在帮衬他一家人。不往别处想,但就欠下的人情,他还担心以后如何还清。

银锁主动用自己家的三棵杨树檩棒换走了麦生家的一棵臭椿树,虽然有头有尾,有因有果,顺其自然,但麦生隐隐感觉里面似乎还潜藏着什么猫腻?

剪不断,理还乱。麦生想:也许是自己多心了。

中篇小说 Zhong Pian Xiao Shuo

银锁已经在内心深处把麦生当作自己亲妹夫，那种发自内心的关爱溢于言表，没有任何修饰和虚假成分。只是这份亲情来得太突然了，让麦生云里雾里摸不着头脑。荞花只是感觉他俩是一对好朋友，但她做梦也没有想到这一切皆来源于她的身世和长相。

自打银锁带麦生和荞花去他二大娘家看病，荞花认定银锁心眼好，是个有责任心的男人。女人有时是凭第三只眼看男人，对比扶墙时银锁一脚踹翻矮冬瓜的粗鲁动作，他能对卧床媳妇有那份"有病乱投医"的耐心，足见这个大字不识一斗却粗中有细的男人，心里揣着满满一腔家庭的责任和亲情的温暖。

相比银锁，麦生缺少这份豪气。比如那天荞花受到惊吓后，麦生要是能一半训斥一半乖哄地把野猫进屋在窗台上的情景给她叙述一遍，她也不至于吓病这么多天。麦生不会那样做，他对荞花一直是捧在手里怕掉了，含在嘴里怕化了。

一个冬季里，农活不忙，麦生在银锁的帮助下备好了盖屋的淤泥。那些淤泥，一部分拉到麦生家屋后，留作盖屋挑墙用；一部分拉到村后树林子里，摊开晾晒，再接受一个寒冬的风雪剥蚀，等待开春脱坯。

出了正月，春耕大忙的季节尚没开始。这段时间，冰融了，雪化了，气温回升很快，正是脱坯的好时节。

身怀盖屋之类粗活手艺的人，也就是混个肚子圆，吃了外边的省了家里的，为家节省些口粮。至于年底是透支还是分红，还得看抓的工分多少。

一般像脱坯这类出力的重活，既不像盖屋分时段、抢日子，也算不上手艺活，都是靠自己一家人干。谁家有盖屋脱坯的活计，最多从亲近中找个搭手，只要不是亲近门，谁也不想揽这摊摆弄稀泥的苦力活。

银锁遇到瘦猴子，对他说："前村麦生家脱坯的活，让我接下来了。"

瘦猴子撇撇嘴："银锁哥，咱干的是扶墙手艺活，轻轻松松混顿饭吃，啥时候干过脱坯这出力卖命的行当？"

"艺不压身嘛，我这不是想让你多学一项手艺吗？"银锁半真半假地回应瘦猴子。

瘦猴子虽然心有不快,但银锁说了,他绝对照办。

闷葫芦没有这么多道道,银锁用不着提前跟他打招呼。既然是跟着银锁搭班做伙计,银锁怎么说他就怎么干,随喊随到。矮冬瓜是银锁不出五服的侄子,更听话。

麦生和银锁定下脱坯日子,就去队长家汇报赊借麦草和借牛踩泥的事。队长喊来记工员,两人一说就敲定了。麦生家借用队里十五斤麦草,扣除五个工分值。记工员带着麦生去队场里称麦草,荞花从家拿来一床被单,把麦草包起来,插根木棒,两人一前一后把麦草抬回家。

至于借队里的牛踩泥的事,队长的话有点含糊,说是这事还要开个队委会,研究后再给答复。

谁家盖屋,脱坯、挑墙时,生产队都无偿借给牛踩泥,这规矩已经延续好多年了,怎么到麦生家盖屋时,队里又要开会研究了呢?

队长有队长的难处。早几天武向仁走在村口看见焕焕领着盼盼提篮子在路口捡炉渣、碎砖头。他停下来好奇地打量着两个孩子,问:"谁让你们捡拾的公家东西?"焕焕说:"俺家要盖新屋了,捡这东西填底碴。"

听说麦生家要盖屋,武向仁直接就去了队长家。他问队长,麦生家盖屋有没有给队里申请要新宅基?队长说,没有。武向仁想了想,又交代队长说:"以后私人家盖屋,不能使用队里耕牛踩泥,这是破坏农业生产。"

麦生不明缘由,问队长为什么轮到他家盖屋队里就不能用牛踩泥了?队长只透一句,说大队干部对私人盖屋用耕牛踩泥有看法,别的也没说什么。队长不明说,每个人都知道这大队干部指的是武向仁。

麦草抬回家,麦生把队长不敢答应借牛踩泥的理由说给荞花听。荞花听后,两眼发直,气得泪在眼眶里打转。她不想让麦生看出来,扭过头去,强装无所谓的样子,说一句:"不让踩就不让踩呗,到时候咱俩打赤脚踩就是了。"

荞花说头疼,不想吃饭,让麦生给三个孩子做点饭吃,自己睡会。麦生去厨屋做饭,荞花躺在床上蒙头睡觉。

她哪能睡着呢?羞辱与愤怒交织在眼前,泪水浸湿头巾,牙齿咬得咯咯响。

半年前的一幕再次浮现在眼前:

那是玉米灌浆的时候。一天中午,荞花在生产队干过翻红薯秧子活下工后,并没急于回家,而是拐进路旁玉米地里薅几把草带回家喂猪。她刚走进玉米地,扭头看见从大队部回家吃饭的武向仁跟在身后,不禁吓了一跳。

荞花紧张地不知说啥,结结巴巴地说:"我、我薅把草,带回家喂猪。"

武向仁冷笑一声:"我听见你掰玉米穗子声音了,玉米穗子藏哪了?"

荞花把手里攥着的一把草往地上一摔,摊开两手说:"我连个篮子都没攥,你说我能藏哪里?"

武向仁低头见荞花的两条裤腿角用红薯秧扎着,便十分肯定地说:"玉米穗子藏你裤裆里了。"

妇女们干翻红薯秧子活,怕地老鼠、癞蛤蟆拱进裤腿里,都用红薯秧子把裤腿角扎起来,荞花也没例外。

武向仁"裤裆"俩字说出来,荞花脸一下红了。自打嫁到老碱窝来,从没有哪个男人在她面前说过如此下流、露骨的话,荞花恨不得一口唾沫吐在他脸上。

武向仁说着就躬下身子摸荞花裤腿,荞花咬着牙强忍着,心想:"身正不怕影子歪,摸摸没有玉米穗子也就算了。"

谁知武向仁站起身来,一把把荞花揽在怀里,伸手就摸荞花裤裆处,那只不安分的手接着就想往荞花裤子里伸。

荞花的忍耐达到了极限,她腾出手来啪啪两巴掌扇在武向仁脸上。武向仁一趔趄,荞花抬腿想跑,膝盖猛地一下撞住他裆部,武向仁疼得"哎哟"一声,跌倒地上。

荞花头也没回,一口气跑出玉米地,跑回家。她本想把这事给麦生说,俩人一起去公社告他。可她一想到麦生因家庭成分高多年来养成胆小怕事的性格,知道说了麦生也不主张去告,那样反倒给他平添一桩心思。

一连几天,武向仁都是一瘸一拐地去大队部上班。村里人只要不是脸对脸碰对面,很少有人给他打招呼。这几天武向仁一反常态,见人主动套近乎。他说,他从大队部下队处理公务时,被村里一条老母狗护崽子咬一口,咬在腋膀子上了。武向仁说这话时,洋洋自得。

武向仁走远了。两位听他说话的人,一位像亲眼看到一样,打赌说:"臭鸡蛋肯定是下队时碰到他姨了,被他姨掂起半砖头砸的。不信,你问问他姨去?"

臭鸡蛋是武向仁的外号,村里人私下里给他起的诨号,含有讽刺、戏谑之意。因为慑于他的淫威,不敢当面喊他。与矮冬瓜、闷葫芦之类不同,那只是一种玩笑,彼此并不介意。

有一年治保主任武向仁的姨家得孙子,满月给孩子"送祝米",他把家里几个坏鸡蛋放在热水里焯一下,坏鸡蛋的外层遇热与蛋皮连在一起,既不怕碰烂发臭,也不怕拿在手里能听到咣当咣当的响声,从外面看上去和好鸡蛋一样。谁知道他姨却偏偏把鸡蛋单独放在一个地方,第二天放锅里煮时,水一开,鸡蛋全都炸开,炸成一锅臭水。

武向仁的姨拿着鸡蛋来找他,一进村就骂他不是人,不做人事。进他家门,拿起臭鸡蛋壳就往他脸上砸,从此和他家再不来往。武向仁在背地里也就落下这个"臭鸡蛋"的诨号。

荞花把这口气咽到了肚子里,谁也没说。偶尔与武向仁遇见,躲着走。心想,恶人咱惹不起,躲得起。

事情过去半年多了,荞花到底还是没有躲过恶人的报复。

生产队长是老铁匠的大儿子。老铁匠六个儿子,个个彪形大汉,五大三粗。老铁匠快七十岁的人还能举起大铁锤打理着铁匠铺的行当。凭他为人公道和路见不平一声吼的秉性,大家都推荐他儿子当队长,心里踏实。

武向仁和老铁匠是死对头。那年武向仁老婆趁中午吃饭的时候去红薯地薅草,回来恰巧与扛着铁锨下地干活的老铁匠相遇。老铁匠听她粪箕子坠得吱扭吱扭响,断定粪箕子里"有货"。他故意扭动铁锨把,把武向仁老婆绊个"嘴啃泥",粪箕子里的"货"摔一地,十几个"青头"红薯哗啦啦满地打滚。

人赃俱在,老铁匠召集围观群众一起提着赃物去武向仁家评理,武向仁当场气得翻白眼,没话说。他只好借题狠狠地揍了老婆一顿。

众人散去时,有人骂道:"瘸驴拉破磨——天生的一对,都不是好东西。"武向仁理屈,听到也不便接茬,只能做缩头乌龟。这起"拔青头"红薯事件过后好长一段时间,武向仁出村进村都低着头走路。

老铁匠听说武向仁又要干预生产队让牛给私人盖屋踩泥的约定,直接就去找他。卤水点豆腐,一物降一物。别看武向仁平时趾高气扬,见到老铁匠马上变成了怂包,满脸堆笑。老铁匠直截了当问:"当初你家盖屋时也让队里的牛踩过泥,现在不让踩了,你看这事咋办?"

武向仁忙推说是公社有要求,要保护耕牛,我也不想这样做。

老铁匠长叹一口气,左手敲着右手心,自言自语:"咱这南大沟里掏出的老淤泥又黏又硬,牛不踩人能踩得动吗?想当年,大户人家的牛到了收种节骨眼上,还能把牛借给穷人家用,顾顾穷;现在是新社会了,咱生产队为啥不能为社员想想呢?"

老铁匠看武向仁不言语,接着说:"这事你既然提出来了,保护耕牛也是应该的,我看不如这样:这次就从麦生家开头,让俺家大高子唱个'黑脸戏',谁让他是队长来。以后谁家盖屋踩泥,用一次队里耕牛,就扣他家五个工分,算是补偿。我想社员们也不会骂我家大高子是专门欺负老实人的孬种!"

老铁匠最后这句话正敲在武向仁的麻骨上,他脸上红一块白一块。

"主任,您要是没啥意见,这事就这样定了。我回头就让大高子开会,制出个规定来。"老铁匠面带讥笑,转头询问武向仁。

武向仁忙说:"没意见,没意见。"他低头哈腰地把老铁匠送出自家院子。

生产队长来给麦生家通融用队里牛踩泥扣工分这事时,麦生两口子都没意见。天塌砸大家,以后谁家都是这样,总得有人先带个头吧。

脱坯那天,把胶泥和沙土掺匀,上面撒上麦草,泼透水。闷葫芦会赶具,懂牛的习性,站在泥巴中间牵牛、赶牛;麦生、银锁、矮冬瓜三人交换翻泥;瘦猴子扛着铁锨打理脱坯场地,涮洗坯模子。瘦猴子瘦,没劲,就算对脱坯这活没成见,他也干不动翻泥的活。

银锁、闷葫芦都脱过坯,懂得脱坯技巧。话说着棉纺着,不大会,一行有角有棱的坯块就脱出来了。瘦猴子正想拿闷葫芦开心,问他"长城的砖头有多大来"?抬头看见荞花提着水壶来送水,话在喉咙里转个圈又咽了回去。

人多,出活。一上午时间,坯就脱好了。

脱好的土坯掀起来,风干;然后把坯聚一起,打好摞。麦生拿块塑料布盖上坯块,上面再覆一层草苫子,抹上泥浆。土坯是盖屋上梁时用在屋檐和山墙上的,还不知要放多长时日才能用上,不能不防护好,防止雨水淋坏了。

盖屋前需要筹备的几件大事,只有一件还没着落,就是到南山买石头的事。

荞花爹病重那段日子,麦生照顾老爹,看到当地村子里许多人家院里都放着锻打成条的石头,了解后才知道这是筹备盖屋时打底硌的料。当时他就想:"老碱窝离这里也不算太远,咋就没一家想到买石头垫地基呢?"麦生询问石头送到家的价钱,被告知比买砖头还便宜。

老碱窝到南山不足三十里路程,麦生想去荞花娘家一趟,找熟人联系卖家,也帮着讲讲价钱。这事被银锁听说了,银锁说出一百条理由,坚决要和麦生一起去荞花娘家看石头。

多一个人多一个眼线,遇事也有个商量,麦生和荞花都乐意让银锁一起去。在荞花家村子里一天时间,银锁没少忙活,既帮着麦生了解条石行情、价位,帮着谈价钱,还避开麦生与人聊天。

银锁很纠结,他没有了解到他想要的结果。不但没有人能证实荞花是

中篇小说

Zhong Pian Xiao Shuo

不是她娘亲生的，言谈话语中，听到更多的是荞花很像她爹，特别是那眼睛、那鼻子，很有她爹的官模，性格上也有她爹的味道。

尽管银锁打探荞花这些情况时，避开了麦生，但还是被麦生感觉到了。麦生心里也纠结，银锁这是什么意思呢，难道是他对荞花有企图？

麦生那是往最坏的地方想，回过头来他又觉得银锁不是那样的人，荞花更不是那样的人。麦生翻过来倒过去，怎么想自己都不能给出自己一个合理的答案。回来路上，麦生终于憋不住，他问银锁："你今天咋回事，总是荞花长荞花短的？"

银锁也不想再隐瞒，在南大沟帮麦生抬胶泥那天，他就想把心里话说给麦生听。凭他这段时间对麦生的了解，他想：麦生即便不能帮他提供荞花确切身世，也不至于因此对他产生成见。毕竟这也不是什么见不得人的龌龊事。

当男人心情低落到极点的时候，找个人说说心里话，哪怕结局化作凄凉再咽回肚里，却也是希望路上一丝期待中的快乐。

银锁像讲故事一样从第一眼看见荞花时产生的幻觉到后来知道她俩碰巧同是上大水那年出生，再加上荞花家是从西乡来的逃荒户，而他的双胞胎妹妹也是被他二大爷送到了西乡人家。银锁把他的猜测毫不保留地分析给麦生听。他认为，荞花的母亲对荞花来说只是一个闻其名并未见其人的幻影，是她爹从小种在她心里的一粒温暖她的种子。

最后，银锁对麦生说："我娘死时眼是睁着的，她老人家死不瞑目啊！麦生弟，将心比心，请你理解我的心情，帮我打探打探荞花的身世；也许，芝麻掉进针鼻里，就巧了呢。"

麦生的心结终于有了答案，但他没有银锁期盼"天上掉下个林妹妹"般欣喜，反而认为银锁太过荒唐！怎么可能呢？打从与荞花结婚起，她经常说娘是为了养活她，把自己饿死的。假如荞花不是亲生的，她爹也不会这么疼她。

麦生甚至想：就算荞花不是亲生的，确实是要的孩子，也不能确定就是银锁送人的双胞胎妹妹。除非把荞花死去的爹娘和银锁二大爷都从坟墓里拉出来三面对质,否则,都不能排除其他可能性。

麦生是王八吃秤砣——铁心了,无论如何都不能让银锁认荞花做妹妹的事成真。他接受不了荞花转头对着银锁爹叫爹的现实,那样对不起死去的老丈人。是老丈人既当爹又当娘一把屎一把尿把荞花拉扯大,那样做,亏心。但他转念又想,自己家正面临着盖房子,需要银锁帮忙,不如先答应帮他打探,等房子盖好再说。

麦生沉思许久,对银锁说:"你要是能找到亲妹妹,也圆满了老人家临终一桩心愿,当然是好事。这事我理当帮你,以后我慢慢地帮你打探。不过,话说到此为止,天知地知,你知我知,不能有第三个人知道,更不能让荞花知道。"银锁赌咒发誓地答应了。

没过多长时间,麦生通过荞花家邻居联系的两板车条石从南山送来了。一村人围着条石看稀罕景,都说别看麦生平时不吭不喘,就是心里有数。

扒　屋

筹备盖屋像操办闺女出嫁,不到上轿那一刻,总有忙不完的事。想想这也是闺女的"亏处",那也是闺女的"磕反"。真上了轿,鞭炮放响,唢呐吹起来,吹吹打打,万事大吉。

"雨淋基础秋打墙,新屋好比万年桩。"麦生想赶在雨季到来之前把屋扒了,把院子垫高一层;秋天里把墙的底碴垒好,明年开春就一口气把新屋盖起来。

院子东南角那一间做厨房的东屋是麦生和荞花操办盖的,虽然只垒两层砖头底碴,但盖得时间短,挑墙时淤泥成分高,"洋筋"放得也多,现在还结结实实。

谁家盖屋都一样,从扒屋到盖屋,没有一年多时间住不上新房。不少人

中篇小说 Zhong Pian Xiao Shuo

家扒屋时都是找房屋宽敞些的人家给腾出一间屋来，凑合着住上一年两载，等新屋盖好再搬走。麦生不想麻烦别人，他想：就是人家给腾出一间屋来，也不见得比自己家厨屋宽敞？还是一家人挤在自己家厨屋里踏实。

麦生盖屋前还要刨掉院子里那棵梧桐树，他也不放心檩棒和枝杈放在院子里没人看守，怕被人偷去了。

常言道："破家难舍，破屋难离。"真要扒掉爹盖的老屋，麦生心里百感交集。爹盖屋时虽是村里殷实人家，但也是一块砖、一筐泥的操办起来的。那时还没有板车，泥土是独轮车推着条筐，一筐一筐推来的。如今要在自己手里扒掉它，麦生心里有一百个不舍。

老碱窝村立下的规矩，家里扒屋有两个选择：一是自己找人扒屋，屋墙老土交给生产队做土杂肥，换工分；二是选择让生产队出工负责扒屋，屋墙老土直接归生产队所有，屋顶扒下的麦草以旧换新。选择第一种方式的人家一般是扒厨屋一类小房子，麦生家是扒主房，当然选择第二种方式。

农村人的穷家破院没有多少值钱东西，麦生把粮食和衣物挪进厨屋，挨着锅门口勉勉强强放下那张锯了方柱的老床。暂时用不着的衣服、被子存放五嫂家，其他不怕雨淋的东西堆放院子一角。

麦生两口子折腾一天，天没黑，屋里一眼就可见四个旮旯儿。

扒屋第一天，生产队男劳力全都出工来麦生家，不少人手里提个小布袋或小缸子之类的物件。老铁匠也来到扒屋现场，他站在院子里注目老屋，沉吟半晌。

老铁匠背手踱步到麦生家空荡荡的老屋内，沿屋檐看一圈，低声对身后麦生说："一会推掉'屋上帽'麦草，掀屋笆前，你和荞花俩多个心眼，看看屋檐下有没有放东西？我了解您爹的脾气。"

麦生虽然点头应承，却似懂非懂。老铁匠临走前又把儿子叫到跟前，小声嘀咕几句才离去。

麦生家老屋虽是草房，却是小瓦压屋脊。两头的屋山——也是村里人常说的"屋肺"，是用小瓦和砖头雕刻的兽头，村里人称之为"旺砖"。那时人们评价谁家房屋盖得排场不排场，用老俗语说叫"好看不好看，全在看旺砖"。麦生家"旺砖"是全村最好看的。后来盖屋破除旧思想、旧文化、旧风俗、旧习惯，再没人家垒"旺砖"了。

不但屋脊是小瓦压脊，屋肺向下延伸四条屋山头也是小瓦压檐。檐内覆一层厚厚檐泥，上面长着瓦松、景天之类，保护檐泥二十多年都不脱落。

队长安排四个身手灵活、干活麻利的壮劳力攀着绳索爬上屋顶。有人问麦生："还放鞭炮吗？"

麦生说："没准备。"

队长也说："放什么鞭炮，哪有恁多道道。新事新办，盖屋上梁时放炮就行了。"

四个人爬上屋顶，负责揭屋脊小瓦，放进荆条篮子里。篮子顺着绳索滑到屋檐口，再有人站在耙具上接住，传给下面的人。

干生产队的公活和干私活不一样，干公活不但"磨洋工"，还敷衍了事。第一篮小瓦还没落地就出事了，接篮子的人在耙具上没站稳，篮子滑下来；人没接住篮子，啪的一声落在地上，小瓦摔得七零八碎。麦生心里难受没表现出来，荞花难受得掉眼泪。

放绳索的人和耙框上的人相互推脱责任，吵得不可开交。"公说公的理，婆说婆的理"，幸亏耙具下人躲闪及时，不然一篮子小瓦砸在人头上，非得弄个头破血流。

麦生忍着心疼打圆场："没事，没事，没有砸住人就是万幸。"

一位长者看着碎落一地的小瓦，突然若有所思，走近队长，小声说："我看不如把小瓦收到队里去，把牛屋里垒石槽剩下的那两百块砖头换给麦生家算了。"

队长不解，一脸迷茫。长者说："这小瓦是老物件，麦生盖新屋时也不能用，别让人到时再说是牛鬼蛇神，给麦生招惹麻烦。"说这话时，长者向着武向仁家方向努努嘴，接着说，"换成那两百块砖头，够麦生盖屋压脊还有结余。"

真是大一岁年龄,长一岁见识。队长非常敬佩长者的智慧,随手招呼麦生两口子,让长者把自己的想法重复一遍,麦生和荞花感激不尽。

队长向干活的人大声嚷:"麦生说了,揭下来的小瓦交给生产队,送到仓库院子去。谁要是再不小心摔坏小瓦,就扣谁工分!"

人们小心翼翼地揭瓦、传瓦、卸瓦。在长者推板车去仓库院子送小瓦路上,迎面碰到武向仁。武向仁问:"这些封资修的东西拉到哪去?"长者装出毕恭毕敬的样子说:"麦生把这些陈年老瓦交给生产队,放仓库去。"武向仁吃了一惊,继而想到这一定是老铁匠的主意。武向仁压根就没把老实巴交的长者放眼里,自然就想不到"得道多助,失道寡助"的道理。

屋脊小瓦揭完,荞花带两个女儿忙不迭地捡拾掉落地上的碎瓦片、碎砖头,连一个小片也不放过,留作盖屋打底碴"填圈"。

地面清理干净后推麦草。这项活计还没开始,就有人开始蠢蠢欲动。队长高声发话:"咱都是来干活的,不是来抢'屋木灰'的。各自把带来的物件放好,屋草推下后,'屋木灰'留在屋檐上,一点不会少。大家中午放工回家只管安心吃饭,我帮事主把'屋木灰'扫下来,家家有份;家里有小孩包褓子的多给些。"

队长所说的"屋木灰"其实就是屋檐灰。

有了队长发话,干活的人不再三心二意。屋顶上的人与地面上的人一边干活,一边拉呱,话题自然聊到"屋木灰"上。有人说东庄某某家,孩子多,没人带,孩子出生后在床上睡十四个月,蛋皮和小鸡鸡被尿腌得通红,用"屋木灰"抹抹,没有再给孩子包上褓子,结果大人下地干活去了,孩子自己从床上爬下来走到院子里。

早在两百多年前,法国人编著的《博物学》里就专门有一段中国人给小孩包褓子的描述:孩子刚出娘胎,刚一享受活动和伸展的自由时,人们又重新把他束缚起来。人们用襁褓把他包着,把他放在床上这样睡着;头固定在一定的位置,两腿伸直,两臂放在身子旁边,还用各式各样的衣服和带子把他捆扎起来,连位置也不能挪动……

法国人编著的这本《博物学》，没有关于用屋檐灰给孩子抹被尿水腌红的裆或屁股的描述，更没有在褯褓里放狗腿骨的记载，由此可见，外国人对中国的风俗了解得还不够透彻。

在麦生家干活的人里至少有两个人走路是罗圈腿，也是大家习惯说的"箩筐腿"。据说，罗圈腿就是由于小时候包着褯子放在床上，褯褓被尿得透湿，腌疼了腿，腿在褯子里自然蜷曲，时间长了，形成罗圈腿。

有年轻人拿罗圈腿人开玩笑，说是饭后分"屋木灰"时多给他们些，回家使劲搓搓，看能矫正过来不？开玩笑的年轻人遭一位老者痛骂。老者说："你还不是你爹当年从我家借走了狗腿骨放在你褯子里才没成罗圈腿的。"

狗腿骨的髁窝处断面光滑，放在孩子两腿间，包在褯褓里，髁窝一端对着孩子撒尿处，尿液顺着狗腿骨流到褯褓低处，减少尿液浸腌，同时扎紧褯褓，孩子两条腿与狗腿骨并拢，才不至于让在褯褓里度过十几个月的孩子形成罗圈腿。

年轻人被老者说得满脸通红，大家不欢而散。

推草活干完，屋顶光秃秃的，露出一层当年盖屋时摊在屋笆上的干泥巴，平整整地暴露在阳光下，像放了血、刮了毛的一头大肥猪等着任人宰割。

队长脱掉汗褂，光着脊膀站在屋笆上仰望天空，环顾村庄，优哉自乐。大概是他想起了私塾先生的一句话："先生不在家，学生上屋笆。"此时真的是沉浸在毫无约束、空来舞去、调皮捣蛋的状态中了，以至于他忘记了放工。低头向下看时，他发现大家已各自散去。

队长并不是真的忘了放工，放工的命令是他下的，他怎么会忘呢？队长从屋顶上下来，帮麦生把耙具搬进屋内，让他从里到外托起屋笆沿屋檐口摸一遍，看麦生爹有没有在屋檐下留什么东西？

队长安排停当后，叮嘱麦生别忘把屋檐下"屋木灰"扫下来，上工时让大家各自拿些，好不失承诺，然后自己也回家吃饭去了。

荞花扶耙，麦生爬上耙具掀着屋笆边口从一头开始摸起。后墙没有摸到什么，摸到前墙窗户上方时，他摸到一个软乎乎的布包。布包被屋笆压得很紧，一半在屋笆里面，一半塞到屋笆外。幸亏队长没让人扫屋檐的"屋木灰"，不然一下就露馅。

麦生摸到布包后示意荞花看看屋外有没有人？荞花走出屋门，除三个孩子在厨屋吃饭，没有外人。麦生取出布包，两人谨慎地把布包打开，发现里面包着两副银手镯子、一根银簪和一只玉钗。

有了这一发现，麦生便舍不得遗漏老屋任何一点可疑之处，重又沿着屋檐摸一遍。可惜敲遍屋墙四面，再没发现其他什么。

荞花望着这些以前看也没看过的银饰、玉器，想象以前麦生家的殷实富有，再想想自己苦难的娘和含辛茹苦把她拉扯大到死也没有享过一天福的爹，不禁黯然伤神。

麦生不知是因喜或悲而发呆。荞花提醒他趁这会没人快把布包藏起来。麦生没了主意，不知藏在哪儿好？

两人商量，决定就埋在厨屋床腿下。荞花把三个孩子哄到院子里，麦生把布包放在一只空盐罐子里，蒙上盖，在挨着屋角的床腿下挖一个坑，连盐罐子一起埋在地下。

两人简单吃了午饭，把大伙都期待的老屋"屋木灰"收集起来，放在簸箕里。荞花也留一碗，说是秋天给孩子抹痱子。

麦生想到老铁匠。他佩服老铁匠料事如神，竟然能这么熟悉爹的习性。他甚至在想，在那往昔岁月里，爹和老铁匠到底是怎样关系，是情如手足还是明推暗就？不管怎样，他都对老铁匠奉若神明。

午饭后，干活的人又陆续来到麦生家。队长让一部分人负责把老麦草拉到生产队大粪坑里，覆上土，沤粪，其余的人负责起笆、卸檩条、放屋梁。

俗话说："屋笆开门，没有四邻。"谁家能在屋笆上开门、空中来空中去呢？那是讽刺那些不和外人来往、避世绝俗的人。屋笆是隐蔽的地方，这隐蔽的地方现在就晒在阳光下，顷刻间就要现出庐山真面目。

有人提着铁锤爬上屋顶，敲打屋笆上的泥巴。麦生爬上耙具忙着递烟，意在提醒起笆的人多一份谨慎,把笆起完整,盖新屋时还要用。

麦生家的屋笆和老碱窝村里所有人家的屋笆一样,是用高粱秆扎的靶子,像笤帚把一般粗细,一根根码在一起,承重上面泥土,然后再在泥巴上缮草。不像湖区及沿河人家用芦苇编织帘子,一大张芦苇帘子直接蒙在檩条之上。

屋笆起下后,接着卸檩条。起掉屋笆,屋顶空荡荡,一根根檩条一目了然。屋顶上的人蹲在檩条上像猴子爬杆。大胆有经验的人如坐在平地上一样悠闲,胆小的人则脚蹬檩条双手抱着梁头"叉手"不敢动弹。

卸檩条要先从梁头上卸。盖屋时,木匠就考虑到扒屋时方便,梁头两头都设计了"簿弓子",挑墙时镶入墙面。"簿弓子"楔入梁头的底座与屋墙连成一体,"叉手"上檩条全部卸下后,梁头像个三角形的框架稳稳地坐在屋墙上,纹丝不动。

在前后墙的同一方向扒开土墙,撅掉"簿弓子",梁头轰然倒下,倒挂在墙上。三角形的顶角抵着地面,人们拿铁锤砸开两道"牛蛋榫子"扣在一起的"叉手",犹如庞然大物的梁头就被肢解了,只有一根横梁凄凉地留在屋墙上。

从一头撬下横梁,老屋变成屋框子,围住一方荒凉。

卸掉檩条,到了下午放工时间。干活的人走后,三个孩子围着荞花蹲在梧桐树下,看着夕阳映照下的屋框子发呆。从这一刻起,麦生爹留下的这口老屋再也不能为他们一家老小遮风避雨了,院子里顿时显得空荡许多。

"再多看一眼吧。你爷爷给咱盖的屋,到明天连这完整的屋框子也看不到了。"荞花对身边三个孩子说。

麦生从屋框子里走出来,正好银锁从院门口进来。

银锁自那天从荞花老家回来时给麦生说了一些话,再见麦生和荞花自己反倒觉得不自然。他临来绕道南门集买了一把糖果装在裤兜里,看到三个孩子掏也不是,不掏也不是。掏吧,怕麦生认为自己自作多情;不掏吧,又怕麦生认为自己小气,给自己的外甥都舍不得花钱。

正犹豫间,荞花招呼三个孩子:"您大爷来了。"

三个孩子齐声喊"大爷"。银锁趁机处事,忙掏出糖果分给他们。

麦生掩饰着自己心中的不快,淡淡地说:"你看,这连坐的地方都没有。"

银锁说:"我不坐了。我突然想到你家明天放墙,有件事放心不下就赶过来了。"

麦生问啥事?银锁说,东山墙已经向外倾斜了,担心推墙时有人怕墙土滚到坑里,提议往里放墙。若是那样,山墙高,万一控制不住山墙往外倒,砸住人,就要出大事。

麦生突然想到今天确实有人说到这事,往外扛檩条时有人建议檩条就搁在东山墙外,说是反正东山墙要往里放,省得明天再扛檩条抵墙了。

银锁听后,反复提醒麦生:东山墙万万不可往里放!说这话时,银锁带麦生站在厨屋门口侧面看东山墙。卸掉檩条和屋笆后,东山墙没有牵扯,明显向外倾斜许多,往里放墙太危险了。

下午放工时,队长就站在屋框东北角反复审视那个被雷击裂开的大口子。大口子已经张牙舞爪地错开墙外土垛子,估计队长心里已经有数了。

麦生因多年耳聋的原因,平时与人交流不多,相比于队长、银锁他们,见识还是短了些。

第二天上工,队长就胸有成竹地安排放墙事。先向外放东山墙,再向外放后墙,然后向里放前墙,最后再放西山墙。

西山墙靠里首,又挨着五嫂家,也是整个屋子最稳定的一堵墙,留在最后往里放。

土墙屋时间长了,四个角都会自然形成裂子,裂子小,不会透风。麦生家的墙是个例外,对应雷击裂口南墙角也裂开了,几个壮劳力只需从屋框子里把檩条抵在东山墙上,同时发力,一呼号子:"放!"东山墙便会摇摇晃晃如醉酒的汉子一般被一股巨大的压力推倒在地。

病来如山倒,人如此,墙也如此。

后墙更是如此。一声轰然倒塌声之后，再也看不到墙角瘆人的裂口了，似乎一切灾难都随之而去，人们心里长出一口气。

前墙不但距离梧桐树近，距离麦生家厨屋也近，只能往里放墙。前墙西口虽然在雷击之后挣开一个口子，但为安全起见，在放墙之前，还是要在墙的里口沿底碰上方剔出一条缝。

剔缝时，里口同样要用檩条抵着墙面，防止万一墙面失去平衡突然倒塌。三五个男人扶着檩条都在聚精会神地看提斧头人砍墙剔缝。就在窗户下的位置，那人一斧头砍下去，底碰上层的砖头突然动一下，在斧头敲击下往外松动出来。那人吓得一屁股坐在地上，全场一片唏嘘。

在几个人鼓动下，那人慢慢抽出砖头，底碰里露出一个黑洞。提斧头的人不敢把手伸进黑洞去摸；有人大胆的给提斧头人交换位置，壮着担子把手伸进去，摸了一会小声说："里面有东西。"随后把砖头又填进原来位置。

不知道里面是啥，但谁也不想招惹是非。他们抽掉檩条后匆匆从门洞跑出来，各自闭口不言。

队长在院子里看屋框子里的人都出来了，重又指挥把檩条在外面抵住墙面，同样是一声令下，一起发力，前墙随之倒下，墙体坍塌在屋地盘上。

窗户下的那个黑洞处被翘起的一块大土墙块压在下面，队长不知道，麦生也不知道。几个剔墙的人虽然知道，但并不知道那黑洞里到底埋藏着什么秘密。

又到中午放工时间，大家各自回家吃饭。村里人本来就没有见过什么稀奇事，遇到了，表面上装着谁也不多嘴的样子，一回到家，马上都成了扣动扳机的机关枪。

麦生家老屋底碰里藏着东西的话悄悄在村子里传开，可怕的是这话竟然传到大队治保主任武向仁的耳朵里。别人传麦生家底碰里有东西时，想的是金银财宝之类，武向仁听到传言后想的是地富反坏右的变天账之类。

下午上工时，麦生家院子里莫名其妙地来了两位挎枪的民兵。武向仁尾随其后，也来到扒屋工地。荞花带着孩子躲进厨屋里，队长带着麦生迎上去。麦生给武向仁递烟,他没接;队长给他打招呼,他冷冷地说:"社员检举说麦生家屋底硷里藏着变天账,是真是假,眼见为实,免得又有人说我包庇同村老少爷们。"

武向仁踩着满地乱土墙疙瘩走进麦生家院子里,指示队长:"你安排人就从这前墙开始,把底硷清理出来。"

荞花带着孩子爬到床上蒙头装睡,她的头紧紧枕在里角床腿上。心想:任凭外面怎样闹腾,我装病躺在床上,谅你武向仁再恶毒,也不能硬把我拉下床,在厨屋里挖地三尺。荞花担心武向仁是奔着手镯子、银簪、玉钗而来。

队长无奈,只好安排干活社员翻掉前墙土墙疙瘩。上午剔墙的几个人你瞪我一眼,我瞅你一眼,心里都在互相猜疑是谁做了这么缺德的事?

翻开窗户下的那截大土墙块,上午塞进去的那块砖头也随之落地。武向仁让两位民兵掀开砖头,扒开底硷,发现里面有一个比砖头小一圈的木盒子。

武向仁如获至宝,干活的人围拢过来,想看个究竟。武向仁按捺不住簇拥而来的狂喜,竟然当众打开了木盒子!

木盒子里整整齐齐地叠放着一摞变了颜色的旧纸币!"这是复辟,这是倒退,这是变天账!"武向仁愤怒地振臂高呼。他想带领群众一起呼喊口号,可转身看围观群众,却一个个怏怏离开,甚至有人兴趣索然地低语:"原来是这些无用的破玩意,一摞废纸。"武向仁自觉无趣,把抬起的手臂乖乖地放下来。

就是这些无用的废纸,在武向仁眼里瞬间被无限放大,上纲上线。他把木盒子揣进怀里,命令队长暂停放墙,让两位民兵继续监督清理现场,看还有没有其他发现。

武向仁走了,他带着那一木盒子旧纸币去了大队部。他要打电话向公社报告,以彰显他的阶级敏锐性。

麦生家扒屋现场一片肃然。上午负责剔墙的几个人埋头干活,什么话也不说。大概他们回到家都给媳妇显摆了自己的发现,只是谁也不想故意把这事传到武向仁耳朵里。他们都很后悔,毫无疑问,下工回家后,每个人都会拿媳妇出气。他们的媳妇也会很委屈地说:"我只是上午端着碗去街心大槐树下吃饭的时候说了这事,武向仁也没在场呀?"

老碱窝村里的人就兴这样,能端着一碗疙瘩汤摇晃半个庄;针眼大的事,一顿饭的工夫传遍大街小巷。

队长只好按武向仁要求行事,指挥社员把院子里没清理干净的老屋草及老土墙统统拉到牛屋去。挨着五嫂家的西山头那面山墙孤零零地留在那里。

大粪坑在牛屋的正中间位置,十米见方,相当于生产队里一座小型肥料厂。由于粪坑里沤进去的是牲口槽里的食草渣子、牲口粪和秸草之类,沤出来的粪,肥力大,有长劲,能满足一季庄稼从播种到收获的氮、磷、钾养分供应。

麦生家老屋虽然中间翻拆过一次,也是将近十年前的事了。屋顶上的麦草历经风吹雨打、岁月磨难,早已腐朽,是沤制有机肥的好原料。有了麦生家老屋草和老墙土做铺垫,这一粪坑富含钾元素的肥料留作明年种红薯、种豆子,定是颗颗个大、粒圆。

老墙土拉到牛屋后并不急于放进粪坑,而是被饲养员保留下来,给牲口垫脚。饲养员只要一听到哗哗的牲口撒尿声或者啪啪的牲口拉屎声,马上到屋外搬块老墙土,砸碎,铺在牲口屎尿上,预防牲口口蹄疫病。

老碱窝村是周边几村最先发现老墙土预防牲口口蹄疫病的。那年村里扒了一口老屋,正赶在粪坑满溢,老墙土先堆放在牲口屋口。此时邻村发现牲口得了"五号病",牲口口和四蹄溃烂,口液下流不止,然后发热,几天后死去。上级通知各生产队饲养员要保持牲口舍的干净卫生,每天按时撒白石灰粉,老碱窝村一时没买到白石灰,饲养员就砸碎老墙土给牲口垫脚,结果那场大面积传染的口蹄疫,唯独没有传染到老碱窝村。

老墙土不但预防了牲口"五号病",闲置多年的腐熟老墙土混合了牲口的尿液和粪便之后,养分更加充足。据说,那年用牛屋里起出的肥料种植的红薯,结的最大的一块红薯重达二十多斤,被送到人民公社轮回展览。

"庄稼一枝花,全靠肥当家",这种看似沿用原始农业火耨刀耕的技术,用在老碱窝村的那片老盐碱地里却是行之有效。

麦生家的屋底碴被清理出来,乌青的土砖砌成的底碴排列有序地呈现在人们的面前。虽然前墙窗户下被扒出一个豁口,但仍不失庄严。

麦生望着底碴心里五味陈杂,他难以抑制心底滋生的那股又气又恨的情绪。气的是自己从屋檐下掏出布包后怎么没想到再敲击一遍底碴砖头,恨的是爹干吗要掏掉一块砖头留下一盒作废的纸币。

队长示意两位民兵检查底碴,看还有没有被掏掉砖头放入东西的地方。两位民兵遵循治保主任指示,说要亲眼看着把底碴全部拆除才行。

麦生爹盖屋时还没有"洋灰"水泥,底碴砖头也是用泥巴砌的,外面石灰钩缝。打底碴就是垒两道砖墙,中间空着,填上炉渣、碎砖头块之类,谓之"填圈"。因为底碴内空,无怨麦生爹能想到抠掉一块砖头把木盒子塞进去。

铁锤砰啪一阵敲击,底碴轻而易举松动下来。社员们谨慎捡拾每一块整砖,码在麦生家院子里。有人发现底碴里碎砖头动一下,透过碎砖缝隙看到下面有红色影子,就招呼民兵说:"这下面有东西。"

两位民兵到跟前伸手扒碎砖头,碎砖头下盘着一条红斑"长虫",蛇身已经变成乌紫色。两位民兵吓得连忙后退,一位年岁大的人走过来说:"这叫乌龙,'乌龙现一现,家产减一半'。快挑到村外寨海子旁,放生了吧。"

队长挑选两位胆子大的年轻人,用铁锹托起"乌龙"放进麻袋,抬到寨海子外一片圪针树密生的树林里去放生。

发现"长虫"后,大家捡拾砖头都很谨慎,先用木棒扒拉开砖块,再搬送。底碴里发现不少蝎子,也有土鳖子,都是传统的名贵药材。有人收集起来,留作治病,唯独没有再发现旧纸币或金银财宝之类。

墙　倒

屋底碰旧纸币的事武向仁没有给出处理结论,麦生家扒屋的事只好暂停告一段落,留下一堵西山墙在那里萧然而立。

银锁听说麦生家扒屋扒出旧纸币被大队治保主任查到了,心里替他捏一把汗却无能为力。在那个年代,大队治保主任是一个"大头儿",一般平民百姓拿他奈何不得。

荞花满肚子苦水没处倒,如果用"义愤填膺"这个词来形容她此时的心情,一点也不为过。可她没有做出任何义愤填膺的举动,而是选择了沉默。

早晨,天空沉静,草木欣然。阳光携着五彩斑斓的云朵绽放在老铁匠院子里那棵五月的槐花树上,映射出一穗穗淡淡的金黄。老铁匠吃下两块老婆子给他炕的槐花饼,把没吃完的两块找条毛巾包起来装进裤兜里,咕噜噜一气喝下半瓢凉水,披上一件外套就去了人民公社。

老铁匠想找公社里最大的"头儿"说事,在公社大院门口正巧碰到民兵营长。说明来意后,民兵营长把老铁匠带到公社书记办公室。

书记衣着朴素,和蔼可亲,老铁匠见到他没有一点拘束感。他还不知道坐在他面前的就是全公社最大的"头儿"。老铁匠讲了麦生家屋底碰里旧纸币的事,书记听后笑了:"这老头儿挺逗,作废的钱还藏这么严实,一定有故事吧?"

老铁匠听书记这么一问,立马来了精神,接着把淮海战役时他和麦生爹一起如何推着独轮车去淮海战役总前委给解放军送粮食、解放军战士生活如何艰苦、首长如何非要给他们一些中州票作为补偿的情况叙说一遍。

书记听后很惊愕,也很感动,思索一会,自言自语道:"照你这样说,首长给你们的是中国人民银行在发行第一套人民币之前还没有来得及兑换完的地方本位币。老头儿保留的是对中国人民解放军的一份情结啊。"

公社书记对老铁匠肃然起敬,站起身来给老铁匠敬烟、倒水。他向老铁匠了解了老碱窝村的生产情况及广大社员群众的生活需求,之后安排民兵营长马上通知老碱窝大队治保主任,无论是什么币,都要马上无条件归还给麦生。

武向仁正在筹划如何让麦生和荞花两口子都牵涉到中州币事件,让他俩一同戴高帽子游街的事,听民兵营长这么一说,立刻火冒三丈。但当他听说是公社书记的命令后,那股恶气不得不憋在肚子里。他气得一连咳嗽好几声才把那口浓痰从喉咙里咳出来,满脸乌紫,差点因此丢了小命。

老铁匠从公社回来后,什么话也没说,就当啥事都没发生过一样。他既没告知麦生,也没去找武向仁,而是抱着一份淡然坐在槐花树下嗅着满树夕阳下的芬芳。

武向仁皱着眉头,铁青着脸极不情愿地来到麦生家。他嘴唇抿得老高,依然做出一副居高临下的态势,一言不发地把小木盒揣到正欲出门却与他打了对面的麦生怀里。麦生接过小木盒子,像接过一块烫手红薯,舍不得丢又没地儿放。这时,武向仁没好气地说:"留着给你爹买纸烧吧。"

武向仁说完这句发泄恶气的话,环顾小院,荞花拿把扫帚埋头扫地,理也没理他。武向仁被扫地出门,灰溜溜地走了。

被渲染得沸沸扬扬的老纸币事件就这样偃旗息鼓了,可麦生家扒屋时留下的那堵西山墙却依然耸立在那里。转眼到了庄稼苗间作管理的时候,间苗、薅草、锄地,生产队里农活多起来,扒山墙的事自然就被推后了。

武向仁那句"给你爹买纸烧"的话提醒了麦生,他怕这些中州币留下来日后再给子孙带来祸害,于是在傍黑时分悄悄到爹娘坟头上把它烧了。临去时,荞花提醒麦生:"别忘给咱爹娘说一声,他老人家留下的布包我们给收藏好了。"

麦生从坟地回来,趁机绕道银锁家商量拉土垫地基的事。他走到银锁家门口时迟疑了,俗话说"烧纸不串门",虽然他到坟上烧的不是冥纸,可也是烧了纸呀。想到此,麦生正要掉头回家却正好与银锁撞个正着,银锁招呼他到家说话,麦生说就在这坐着说吧。

麦生把武向仁归还了爹留下的老纸币以及他刚把老纸币拿到爹娘坟

上烧掉的事说一遍,银锁听后沉吟片刻,却想不出"臭鸡蛋"葫芦里卖的什么药,他拍拍麦生肩膀说:"烧就烧了吧,留着也没用。"

银锁想知道拜托麦生打探的荞花身世的事有没有进展,可麦生偏不提,他也不便催问。麦生说,他想在最近几天把南大沟挖淤泥时翻上来的沙土拉回来,既做挑墙掺拌淤泥用,也把地基垫起来。银锁满口答应,安排麦生再找三个人,准备两辆板车,到时他带闷葫芦他们四人带两辆板车去,四辆板车一下午就能拉好。

这是一个天气晴好的下午,八个男人个个光着脊梁穿着大裤衩,脖子上挂一条擦汗毛巾,每人甩掉成碗汗珠,把垫地基的土全都拉到了麦生家的院子里。留作挑墙的土堆在老屋地基的中间位置,堆起一个高岗。因为西屋山墙还没扒,土不便摊平。

五嫂忙着帮荞花烧水,看土堆越聚越大,问荞花:"这些土都垫在地基上吗?"

荞花说:"五嫂放心,不会的,地基只是垫得和您家一样平就行了,这土是掺着淤泥挑墙用的。"

五嫂连击双掌,手一摊,脚一顿,扯下头上手巾甩出个花儿,笑嘻嘻地说:"我也就是说说,真高点也没啥,你家是上首,俺家是下首。"

说是这样说,其实五嫂心里还是放心不下。自古都是水流东不流西,她担心麦生家地基垫高了,水通过她家向西流出去,那样对她家不好。

有五嫂帮忙,荞花晚上炒几个菜,麦生买了两瓶高粱大曲。干活的人坐在梧桐树下,围着案板,一边喝酒一边聊天。麦生说:"过几天我想把这棵梧桐树刨了,凑些檩棒。"

银锁望着瘦猴子不说话。瘦猴子嚼完嘴里菜,咽下肚说:"我会拉锯,刨树时给银锁哥说一声,招呼我们几个都来帮忙。"

矮冬瓜抢话:"我爬树在行,爬到树上帮猴子叔拉锯。"

闷葫芦低头吃菜,笑笑,不言语。

大家聊得正在兴头上,队长绕过土堆来到梧桐树下。麦生忙把酒瓶里仅剩不足半两酒倒进碗里,拉队长坐下吃菜喝酒。队长接过碗一饮而尽,抹抹嘴,没坐。然后说:"这阵子忙,只能过几天再扒这堵山墙了。"

大家伙都应声附和,说不急,反正就剩这一堵墙了,好扒。有人问队长:"'臭鸡蛋'还干涉咱扒山墙的事吗?"

队长说:"干涉要扒,不干涉也要扒。麦生家急等着新屋住,总不能因这堵墙就不盖屋了吧?"

麦生借机把准备刨梧桐树的事也给队长说了。队长说:"刨吧,这阵子都是田间管理的活,男女都能干,你少出几次工。"

刨树那天,银锁带着手下三员大将都来了。瘦猴子钩爪锯牙地把锯齿打磨一遍,拧紧绷线,和矮冬瓜一起爬到树上;银锁和闷葫芦拉着绳索把控大树枝坠落方向。眼疾手快,半晌工夫,高大的梧桐树上帽就被锯秃了。小院子立马变得空荡荡,半个村庄都随着变了模样。

从大树枝里挑出四根可以做檩棒的直干,量够一间屋尺寸,剔除枝权,和银锁家三根杨树檩棒码放一起,盖屋的檩条算是配齐了。

下余的依式截距,一根根长短不一的木棒先堆放起来,留作日后给焕焕和盼盼做嫁妆用。

梧桐树干已经出现中空迹象,瘦猴子和矮冬瓜拉掉树身最顶端那根直枝时,看到有蝙蝠在洞口闪了一下又钻入树洞里。他俩把这情况说给银锁听,银锁劝麦生:"树身明天再刨,天黑时你拿根木棒使劲敲打树身,把蝙蝠赶走。"

蝙蝠是吉祥物,俗话说"蝙蝠到福气到"。蝙蝠夜里出来活动,天黑时稍微惊动惊动它们,它们就会飞出去。

麦生听说梧桐树里有蝙蝠,不敢轻举妄动,依照银锁所言行事,晚上敲击树身时,果然有蝙蝠闻声而出。第二天刨了梧桐树身,几个人费九牛二虎之力把树身挪到一处不碍事的地方,等树身晒干,新屋盖好,再锯板。

屋扒了,那棵招祸又纳福的梧桐树也刨了,只有一堵西山墙和一间厨屋孤零零地留在院子里。

又到关公磨大刀的日子，雨季来了。今年汛期的雨一次比一次大，老天爷好像要把满肚子郁闷都发泄出来一样。大雨下了整整一夜，到天亮时，雨仍然没有停下来。

连同五嫂家院子里的水都要通过麦生家流进小蒲坑里。院子里积水有脚脖子深，眼看要漫过厨屋门槛流进来。

麦生起床，荞花也跟着起床。荞花欠起身，揉揉眼，一副心神不宁的恐惧神情。麦生问："你怎么啦，身体不舒服吗？"

荞花不语，身子缩作一团，示意麦生看看床底下有没有什么东西？

麦生下床，爬进床底又出来，把整个小厨屋的地面翻腾一遍，什么奇异的东西也没发现。他隔过两个孩子，把荞花揽在怀里，安慰她："你又疑神疑鬼啥来？"

荞花哆哆嗦嗦地说："我临醒时，突然梦见屋底碰里的那条'乌龙'了，梦见它又爬回咱家了。"

麦生笑了。"别说女人，男人见到'长虫'都害怕。你是被那情景疑在心里了。"

麦生的一番抚摸与安慰解除了荞花的恐惧心理，她匆忙穿好衣服下床，折起被单给三个孩子盖上肚子。

麦生说："我去外面提些土来，把门口垫高一层。"

荞花说："我跟你去，帮你抬。"

麦生笑笑，深情地看荞花一眼，对她说："外面雨大，你身上刚过去，不能淋雨。"

说这话时，麦生俏皮地指了指床檐子上挂着的尚未晾干的"骑马布"。荞花脸刷地红半截，埋进麦生怀里。麦生顺势拍拍她后背，示意别让孩子醒来看到了。

麦生要用厨屋外放着的粪箕子擓土，荞花不让，说粪箕子太大，装满湿土擓不动。她爬到床上，摘下挂在屋墙上平时用不着的那只藤编小筐，让麦生用筐子端。

荞花正要把床单扯出一条给麦生披上挡雨,被麦生制止了,他怕孩子着凉。荞花知道三个孩子在他心里比啥都重,尤其是荆州,就是他的心肝。

麦生穿上一件旧褂子,一手提筐子,一手提铁锨,一头钻进大雨里。

端来的土倒在厨屋门口,荞花用锅铲子摊平,伸出一只脚把土踩紧实。一个端,一个踩,雨水暂时漫不过来,荞花把麦生拽进屋里,让他歇歇再干。麦生坐在小板凳上,荞花拿条干毛巾给他擦身上的雨水。

麦生脱掉被雨水淋透的褂子,赤裸上身任由荞花擦拭,幸福像小蒲坑的水一样充盈而饱满。

荞花的手时不时摸摸麦生宽厚的胸膛,想想两人紧紧贴在一起的那份甜蜜,再看看床上三个乖巧的孩子,她像是一个将眼泪埋葬于午夜月光里的独行者,穿着自己喜欢的鞋子走自己的路。

荞花从没在心里去评判过自己的男人,除了那次偶然滋生的对银锁的赏识外,更没拿别的男人和麦生做过比较。只要自己的男人对自己好就行,没必要苛求他有多大本事。

看屋外的雨没有停歇的意思,麦生伸手扯过那件湿褂子就要披上继续去端土,荞花拽回褂子扔一边,找出一件干褂子让他穿上。

麦生说:"穿上还是要淋湿。"

荞花说:"淋湿了我再给你洗。"

荞花帮麦生扣扣子,麦生伸手轻轻拧一把荆州的鼻子。荞花责怪道:"让他多睡一会,不就多安生一会吗?"

麦生说:"把他弄醒了,别让他尿床。"

麦生再次钻进大雨里端土,荆州哼哼唧唧醒了,接着焕焕、盼盼也醒了。荞花顾不得踩土,忙着给三个孩子穿衣服,麦生自己端土直接就倒在屋门口。

麦生往筐里扒土时,突然感到身后一个巨大的魔影向他扑来,黑黢黢的魔影离他越来越近,以至于他连挪动脚步的机会都没有就被魔影扑倒在地。

随着轰然一声巨响,麦生家的西屋山墙倒塌了,麦生被砸在屋墙下。

荞花扔下孩子就往屋外跑,站在滂沱大雨与迷蒙之中,她没有再看到那堵孤零零的山墙,也没有看到麦生的身影。整个天空在她面前顿时变得一片混沌,她像是在天塌地陷中逃生的狂人,深一脚浅一脚地奔向倒塌在土堆上的屋墙。

那是一股超越常人的巨大潜能!荞花竟然抱起一块半个石磨大的墙土,一块、两块……她终于看到了麦生血肉模糊的头颅。当她手臂插入麦生头颅下的时候,她再没有了力气,整个人瘫软在地,身下的雨水变成一片猩红色。

五嫂跑出来时,看到荞花在搬墙土,她一下明白了眼前所发生的一切。她平日里的粗喉咙、大嗓门失去了呐喊的能力,喊出的声音淹没在大雨里,像孩子在嘤嘤啜泣。

三个孩子被娘的举动惊呆了,站在大雨里高声哭泣。"哒哒、娘;哒哒、娘……"哭喊声一波高过一波,随着雨声飘散开去。

村里人陆续冒雨跑来,墙土很快被搬开。妇女们把荞花拖进厨屋,放在床上,掐人中、灌温水,荞花慢慢地苏醒过来。

大队部赤脚医生赶过来,拿听诊器听听麦生心脏,摆摆手,说麦生已经停止呼吸了。

所有围观的人都无语,分不清从面颊上流下来的是泪水还是雨水。雨哗哗地下着,几把陈旧的油纸伞齐刷刷地蒙在麦生身上。

人们站立在一起,低着头,任由血水从脚下淌过,任由雨水在头上冲刷,心里郁积的话在这暴雨肆意下变得苍白无力。

老铁匠拉来一捆塑料雨布,拨开人群,默不作声地摊开。人群一下散开,七手八脚拉开塑料雨布盖在油纸雨伞之上,给麦生遮挡风雨。

雨停了,整个村子炸开了锅。人们用老铁匠抱来的塑料雨布就势在麦生被砸死的地方搭起一个灵棚。

麦生死后,荞花一声都没有哭,她被妇女们架到床上,两只眼睁得溜圆却是呆滞无光，嘴里一直在小声嘀咕着一句话："我要杀了他，我要杀了他……"

侧耳趴在荞花嘴唇边的妇女听清了她说的话后，就一直守在床头，任由其他女人催促说"听听荞花说什么了，要不要再给她灌点水喝"之类的话，那妇女总是摆摆手说："她神志不清，别磨唧她了。"

荞花的大脑是清晰的，此时她脑海里也许已经泛出无数个杀死武向仁的念头。"用刀捅死他？用绳子勒死他？还是让狗嚼了他……"她甚至后悔当初在玉米地里怎么就没有使劲抬起膝盖把他的两个蛋子抵烂，让他当场就死于非命。

麦生的死，让生产队长心里也很纠结。搬掉墙土裸露出麦生的尸首后，他就一直双膝跪在麦生头前，俯下上身为死者遮挡雨水。人们拉起他，为麦生蒙上雨伞，他仍然单膝跪地，双手插在蓬乱的头发里，直至老铁匠来了，他才起身帮着拉雨布。他是后悔没有及时安排人手把西山墙扒掉。

在麦生灵棚前，有人说："村里出这么大事，'臭鸡蛋'好坏也该伸伸头。"说这话的人是在故意挑起众怒。其实每个人心里都明白，"臭鸡蛋"武向仁就是这场灾难的罪魁祸首。

不用挑，老铁匠早已沉不住气了。他跑到武向仁家门口，高声喊道："臭鸡蛋，麦生被砸死了，你别躲在屋里当龟孙！出来看看这棺材瓢子怎么出？"老铁匠喊一阵，没有回声，索性径直推开他家屋门，武向仁老婆颤颤巍巍地说："他出去了。"老铁匠临走时又骂一句："龟孙羔子，跑了我也给你完不了事！"

银锁听说麦生被山墙砸死了，他没有马上赶过来。麦生不会开口了，委托他打探的荞花身世的事也被他带走了。

农村出了丧事，各村有各村问事的大老知，银锁去了也轮不上说话。他怕自己来了说深说浅都不是，招惹是非。当然，除此之外，他还有更重要的事要做。

银锁走进爹的房间，帮爹穿衣，端来一盆洗脸水放在爹的跟前。爹洗好脸,银锁又帮爹填好一袋烟叶,擦根火柴燃上。他望着爹说:"哒,您身体硬朗着呢。我想跟您商量个事。"

爹说:"有啥事你就说吧。"

银锁娘死了之后,年迈的老爹一直和银锁住在一个屋檐下。银锁两口子从没惹爹生过气,爹认为只要是他想做的事,都是对的。爹知道他人缘好,为人仗义。

银锁说:"哒,前庄麦生被屋山墙砸死了。"

银锁说这话时,眼里噙着泪,声音有些哽咽。当然,关于荞花是不是他被送人的妹妹的事,他暂时还不能给爹说,因为关系还没到这分上,特别是在现有情况下,更不能说。

爹说:"那也是个苦命孩子。他爹在时,我们也都熟识,一家都是好人。"

银锁说:"哒,您也知道,我和他交往不错,他死得急,撇下三个孩子年龄还小,又单门独户,没人照应,我想把咱家给你扶的寿材先借给麦生用了。"

爹仰头想了想说:"只是这寿材是二四板的,富有人家不担待,只有委屈麦生这孩子了。"

银锁听后,咚的一声双膝跪地,给爹磕了三个响头,泪涟涟地向爹保证:"哒,您老放心,过了这事,我就是砸锅卖铁也要给您扶一副四五板的寿材!"

银锁主动让出了爹的寿材,解了麦生下葬的燃眉之急。荆州被近门叔辈抱着给他爹摔了"老盆"后,麦生入土为安。

认 亲

当初麦生计划赶在雨季前垫好地基,秋天打底硋。麦生死了,荞花带着三个年幼的孩子,还能不能撑起这个摊子呢?荞花不敢去想这些事,再坚强的女人这会儿也没了主张。

银锁心里比荞花还乱。当初盖屋是他拿了主意的,主张扒掉再盖。屋扒了,家里顶梁柱走了,不能眼睁睁地看着荞花娘儿四个挤在那一间小厨屋里过日子吧?况且,他在心里已经认定荞花就是自己的亲妹妹。

没有由头,荞花那间低矮厨屋银锁是不能轻易踏入一步的,更不要说名不正言不顺地帮荞花把屋盖起来。寡妇门前是非多,不知道老碱窝村里的长舌妇们在背后会怎样议论?到那时,不但荞花会被唾沫星子淹死,银锁就算有一百张嘴也说不清。

剪不断,理还乱。习惯于粗线条生活的银锁此时不得不静下心来梳理一团乱麻般的思绪。

母亲临终遗愿像一团火,火光就在河彼岸。能不能跨越这条河,怎么跨越这条河?银锁感觉非常无助。

麦生是第一个倾听他心声的人,结果一句话都没给他留下就把眼睛闭上了。按讲,银锁最信赖也是最该与其商量的人是他媳妇,但他当初是想等麦生给一个准信再把这事给她说,有麦生作证,不怕媳妇不信。如今麦生死了,他无凭无据地说出这件事来,媳妇又该怎么想?

望着躺在床上的媳妇,银锁心里五味杂陈,翻涌着千言万语,却不知道从何开口。

银锁眼前不禁浮现出他娶亲的一幕⋯⋯

八年前那天,天空下起鹅毛大雪。生产队太平车被人们扎上了车棚,蒙上了花被单;两头黄老犍牛牛角上系了红绳子,车厢里坐着四位接新人的姑娘。老把式赶牛,两名年轻人帮着车把式调转方向,太平车欢天喜地出了村庄。

人们忙着搬桌子、搭喜棚,等待新人下车后拜天地、拜高堂、夫妻双双入洞房。

谁料想,在接新娘回来的路上,太平车拐弯滑进沟坎。老把式扯着嗓子高呼新媳妇和车上接送新人的姑娘们赶快下车,银锁媳妇就是不下。银锁还没有来鞠躬、迎娶呢,新媳妇哪能半路上下车?她就是这样一个认死理的人,以至于太平车翻到沟里她也没有往下跳,硬生生地被车前杠砸在车下。

新过门的媳妇从第一天起就成了残疾人,银锁爹娘像对亲闺女一样对儿媳妇。请郎中、煎中药,经过两年细心调理,媳妇腰虽不能直立,却能拄着拐杖下床。第三年媳妇给银锁生下一个胖小子,农村人喜得贵子,起贱名,好养活,银锁爹索性就给孙子起名"臭蛋"。臭蛋满月后,媳妇却犯了月子里的病,从此再没能起床。

媳妇既是进银锁家门时落下的灾,也是给他生儿子时留下的病。银锁一直对媳妇恩爱有加,舍不得让她受一点委屈,更不会轻易惹她生气。

都说女人敏感、疑心重,有第六感,像银锁媳妇这样长期卧床的女人第六感更敏感。银锁明知做好媳妇工作是他打通认妹妹的第一道关口,可思前想后,觉得还是不能急于与她商量这事。

银锁在二大娘那里确认二大爷是把妹妹送给了西乡。虽然西乡只是一个模糊概念,银锁坚信西乡最起码是在村庄一路向西的方向,少说也得出省界。

银锁和麦生一起去荞花家看条石时,通过村里老年人了解到荞花爹就是从西边沿黄河故道一路逃荒要饭过来的。老年人回忆,荞花爹说他是背着荞花顺着黄河走,没想到越到平原地区水灾越重,走两个多月,看到东南方的小山头,他就朝着有山的地方走,后来实在走不动了,就落脚在南山下这个村庄。

人们所说的南山,其实就是刘邦斩蛇起义的芒砀山。从芒砀山向西北数百里再没有山,因此居住在黄河冲积平原上的人们也就叫芒砀山为南山。至于"西乡"这一概念那时在许多人心里并不明朗,那是黄河肆意泛滥时有人在陇海铁路上爬火车越过黄泛区去谋生时留下的一个泛泛称谓。银锁这个尚没出过远门也没坐过火车的人,无论如何也理不清这一空间概念。

银锁选了一个闲静的时候给老爹说出荞花可能是他的妹妹的猜想,老爹听银锁说出若干条理由后半晌没有说话。把银锁妹妹送人在当时是一个无奈之举,目的是想给孩子留一条活路。二十多年里,老爹虽然嘴里没有说过这事,心里却无数次在想这丫头片子到底是死了还是活着,听儿子这么一说,老爹恨不得立马就去前庄看看这个叫荞花的苦命孩子。

银锁答应找机会带他去看荞花,结果机会不找自来了。生产队长来找银锁。队长说,荞花最近几天在众乡邻的劝说下情绪稳定了,想来答谢老爹的大恩大德,帮她家度过难关,没让麦生裸晾尸骨。

银锁只是推说看在他和麦生分上,答谢倒是不必,但荞花能来,他们全家都非常欢迎,老爹也想见见她。

生产队长和银锁说这话时,就坐在银锁媳妇床帮上。她知道银锁把老爹的棺材让给了麦生,银锁给她说麦生被屋墙砸死时,她眼里噙着泪说:"不如让我这累赘替他死就好了。"银锁听后,眼睛瞪得溜圆,高高举起的巴掌轻轻抹了一把她面颊。媳妇闭着眼,泪水止不住流出来。

那次在二大娘家求蝴蝶神看病,银锁媳妇并不是真睡着了,她是不想见生人,懒得说话,装睡。二大娘拉着荞花站在梁头下求药时,她睁开眼偷看。她对荞花一举一动、一言一行都很爱怜。荞花述说苦难身世,她心里一样酸楚,也流泪,只是别人没有发现。

那会,银锁媳妇从心里还真对荞花滋生一丝妒恨。那是荞花拉着麦生的衣角低头随男人走出屋门的一刻,荞花五官端正的脸庞,周周正正的身材和夫走妻随的一幕,让卧床的银锁媳妇顿生妒意。

那份妒意早已被大风刮到九霄云外了。银锁媳妇听到荞花要来,整个人身心不禁为之一震,一种久违的快乐在心腹里充盈、跳动。这种快乐来自于女人潜意识里,是从"同是天涯沦落人"心境里产生的一份哀怜。她心里一定在想:银锁在荞花一家人最落魄的时候帮助了她,她俩以后定能成为寂寞时说说心里话的好姊妹。

是到该给媳妇兜底的时候了。银锁送走生产队长,把从第一眼看到荞花时那种心理反应,到后来听到她身世联想到和自己同年同季节出生以及娘临死时对自己的交代统统向媳妇说了一遍。媳妇听后沉默不语,脑海里极力搜索对荞花的记忆，以期从银锁和两个姐姐身上找出共同点。可那记忆太模糊了，总也想不清楚。

队长带荞花来，老爹、二大娘老早就坐在银锁媳妇床前等待。荞花提二斤点心，二大娘接过来。荞花跪下就给老爹磕头，二大娘连拉带拽也没能阻止她额头着地咣咣地磕三个响头。

"孩、孩子……"老爹声音颤抖着说不出话，老泪纵流。

荞花被拉起后，半身坐在银锁媳妇床头。银锁叠起老爹床上被子垫在媳妇头下，托起她身体，半仰半卧在床上。两个女人第一次紧紧地拉着手，荞花的眼泪滴在银锁媳妇手面上，银锁媳妇的眼泪流在被角上。

当人带着意念去看人和物时，意念就会占上风。无论是老爹、二大娘还是银锁媳妇，怎么看荞花就是他们一家人，不但眉眼像，就连说话声音也像。

老爹想好的满肚子话从见到荞花第一眼起就多余了，所有想盘问的话，答案都写在荞花脸上。二大娘已经知道荞花身世，也不好再问什么。

屋子里空气似乎凝固了，只能听到两个女人在抽抽嗒嗒地哭泣。老爹时不时叹口气，从喉咙眼里干咳一声。银锁搓着手，不知道说啥好。荞花看时间不早了，起身要走，老爹抖动着干瘪嘴唇喊声"闺、闺女"，便泣不成声。荞花回过身来，再次跪下给老爹磕头。

银锁送荞花和生产队长回去，走到村口，老远看见武向仁路过。队长眼疾手快，忙站在荞花身前，与银锁寒暄，挡住荞花视线。武向仁看到这情景，心里发怵，钻进路旁玉米地里。

真是巧合！武向仁自麦生被屋墙砸死以来很少在村里露面，回家也是绕道后庄村口。他怎么也没想到今天会在这里碰到他们三人，联想到村里有传言说荞花要杀他的话，恨得牙齿咬得蹦蹦响。

这是一个月黑风高夜，一条黑影窜进生产队牛屋院落。正出门给牲口淘草的饲养员发现动静，把淘草筐倒进牛屋石槽后，一直趴在窗户缝里往外看。过好大一会儿，他发现黑影只是扛走生产队一床耙具，并没有想偷牲口的迹象。

老饲养员多个心眼,怕坏人搞破坏故意声东击西引他出去,再回过头来毒害牲口或偷耕牛,就没有跟过去。黑影消失,另一位饲养员出来淘草,老饲养员把刚才发生的情况给他说了,并安排他看护好牲口,自己去队长家汇报。

饲养员赶到队长家,队长和银锁正促膝交谈,老铁匠也坐在一旁。听了饲养员的描述,队长哈哈大笑,说一定是谁家的柴垛或厨屋被风刮开了,扛耙具去压砖头,明天就会把耙具还过来,用不着大惊小怪。

荞花去了银锁家后,银锁一家乱了粥。老父亲彻夜难眠,做梦都喊闺女,让银锁不知道下一步该怎么做了。乡里乡亲,遇事爱找信得过的人商量;再说了,下一步真要认妹妹,还要靠老铁匠出来帮他说话。

老铁匠虽然是村里经过风雨见过世面的人,但这样的事他还是第一次遇到。凭直观感觉,他认为这事不可能。按说银锁二大爷人高马大,带着孩子出去一定是爬村北陇海铁路上火车,坐到没遇灾年的地方才把孩子送人,可荞花爹也是在灾年里才逃荒要饭到这里,从情理上说不过去。

老铁匠就是老铁匠,既然不能排除荞花就是银锁亲妹妹的可能性,便选择沉默。他要静观事态发展再拿主意,因为他脑子里一直抹不去"臭鸡蛋"的影子,不知道他下一步还会不会再做出什么坏事来。

果然不出所料,天刚亮,大家还没起床,武向仁老婆就在队长家门口嚷嚷开了:"队长,出大事了!你快起来去看看吧,有人要烧死俺一家呢。"

队长起床,披件外套就走,到武向仁家门口,武向仁正满脸愤慨又洋洋自得地叉着腰在门口等着。他什么话也没说,只是从鼻孔里哼一声就摆摆手带队长来他家屋后。

屋后一床耙具搠在屋墙上,耙具下有一个盛柴油的空瓶子;屋檐的麦草被拽掉一块,散落地面。被拽掉麦草的屋檐空白处放着一把棉絮扎的燃火棒,燃火棒已经浸过柴油……

看到耙具,队长立马回想起昨晚饲养员报告的情况。他看武向仁一眼,

160

脑海里顿时浮现出饲养员口中那个一把扛起耙具就走的矮胖黑影来。

武向仁看队长不作声,主动说道:"这是有人暗中搞破坏!"

队长不紧不慢地说:"还好,这是不幸中万幸,不然,主任您……"队长从武向仁拿麦生家旧纸币说事以至于麦生被屋墙砸死这件事里也学到了他爹那份胆量,对武向仁不依不饶。

"那是因为我起床早,放火的人听到开门声吓跑了。"武向仁补充道。

"是的,那女人就是听到俺家开门声吓跑的。"武向仁媳妇随声附和。

武向仁狠狠地训斥他老婆:"滚!你女人家瞎喳喳啥。"

队长本想说昨晚饲养员看到偷扛耙具的是男人,转念一想:不能说,还没有到说的时候。

武向仁清清嗓子,伸个懒腰,在生产队长面前显得故作镇静又不失领导风范。"你在这负责给我保护好现场,我要去县公安局报案。"

武向仁去县公安局报案了,队长在武向仁家屋后帮他守护着现场。到出早工时间,队长迟迟不敲铁犁铧,早有消息灵通人士把武向仁家差点被人放火的信息传播出去,他家屋后围了里三层外三层的人。

在等待公安人员到来的这段时间,队长估摸已把这件事的前后经过猜测得差不多了,却唯独忘记安排饲养员暂时不要把昨晚看到有人从牛屋偷扛耙具的事说出去。中午时分,两名公安人员随武向仁来屋后勘验现场。围观人群里就有人当着公安人员的面大声喧哗,说是饲养员昨晚看到有人去牛屋偷耙具了,原来是放火用的。公安人员当然不会放过这一重要信息,勘验完现场后就找饲养员谈话。

武向仁去报案时,公安人员给他做了问话笔录。他在笔录里口口声声说是天快亮时,他在屋里听到有动静,起床开门时放火的人听到门响跑了。他绘声绘色地描述自己跑到屋后看到远处一个逃跑者的瘦高身影,是男是女没看清,这与饲养员看到的那个偷扛耙具的矮胖身影根本不相符。

公安人员在提取作案工具时,对那个捆扎精致的棉絮燃火棒很感兴趣。估计公安不单是想从燃火棒上提取放火者的指纹,更多的是弄不明白

中篇小说

Zhong Pian Xiao Shuo

放火者为何会在这个对于蓄意放火来说只是一个引燃辅助物的物件上下这么大功夫？借着耙具爬上屋墙，划根火柴点燃燃火棒的工夫，也就可以直接点燃干燥的麦草。耙具和燃火棒之间本来可以省去一样，作案者为何要多此一举呢？

从武向仁家屋门转到屋后的距离可以推算出出门走路所需时间。在这个时间内放火者不可能从耙具上退下来跑到武向仁只能看到远处身影的距离。莫非是放火者在没有听到声响之前就提前逃跑？那么，作案者如此精心准备又主动中止作案、仓皇而逃，犯罪动机是什么？一连串疑问摆在公安人员面前，看似千头万绪，实则早已显山露水。

武向仁向公安人员陈述的怀疑对象，荞花排在第一位，银锁排第二位，队长排第三位。他不但分别说出三个人各自要报复自己理由，还描述三人在后庄路口合谋作案报复的情景。

公安人员在大队部分别对这三个瘦高身材的人进行问话，作案嫌疑一一被排除。问话期间，武向仁多次提出他是大队治保主任，要求参与审讯，都被婉言拒绝。他气得在大队部院子里大喊大叫。

公安人员再次来到武向仁家，提出要到他家屋里看看。公安人员从他睡觉的床上拿走了他枕在头下那条裤腿角磨烂后被掏出棉絮的破棉裤，同时也把身材矮胖的他重又带回县公安局。

真是"机关算尽太聪明，反误了卿卿性命"，武向仁犯诬告陷害罪被送进班房，整个老碱窝村的人无不拍手称快。可这安生的日子还没过几天，公社民兵营长却带人住进老碱窝村。原来是武向仁被送进班房后，又检举荞花和银锁有不正当男女关系问题。

麦生尸骨未寒，荞花又遇霜雪羞面。在农村一旦有这种事传言，消息传得比寒冬里的北风刮得都快，任你有多么清白，跳到黄河也洗不清。

好在公社民兵营长是个耿直正派人，做事讲究方式方法。他对外只是说大队治保主任被逮了，他是奉公社书记之命进驻老碱窝村，一方面协助公安继续彻查武向仁问题，一方面配合抓好全大队社会治安工作。

民兵营长很快从老铁匠那里了解到银锁和荞花之间那层秘而未宣的亲情关系。这是老铁匠设的局,箭在弦上,不得不发,到底他俩是不是亲生兄妹,老铁匠一直持怀疑心理。

事情到这分上,只能顺水推舟。老铁匠找荞花谈这事,荞花一开始坚决不认,她说爹在世时经常给她絮叨娘生她时受的那份苦,现在说娘不是亲娘,说爹不是亲爹,她怎么也不能接受这个现实。

毕竟爹娘都不在了,银锁爷俩对她家的恩情堪比亲哥亲爹。面对一盆污水马上就要被泼在头上,荞花在老铁匠一再劝说下,不得不抱着认干爹干哥的心理勉强接受了这份突如其来的亲情。

在老铁匠主持下,银锁一家主动登门认妹。那天,银锁和他的两个姐姐都来了,众多村邻都赶来凑热闹。荞花家寂寞荒凉的小院一下热闹起来,连五嫂家院子里都站满了人。银锁两位姐姐提前给三个孩子买了做新衣服的布料,也给荞花买了一身。当两位姐姐抱着荞花哭时,不少人在议论,说姊妹三个长得真像,这么多年的血缘亲情终于团圆了,以后娘几个的日子也有依靠了。

银锁媳妇深知荞花生活艰难,认妹那天她不能来,提前几天就私下给银锁交代,叫他买好老爹的衣服布料及帽子、鞋子,去荞花家时背地里交给荞花,让她回门拜见老爹时带来,免得荞花再为此破费。

原定第二天队长就带荞花去后村拜见银锁爹并去银锁娘坟头上烧纸,五嫂不同意,说要给三个孩子把新衣服做好再去,也体体面面。荞花云里雾里像做梦一样,心里压根儿就不相信这一切是真的,但她已无力改变这个现实,一切尽由五嫂安排。

荞花身心憔悴,像一只漂泊于大海的孤帆,在风雨里飘摇,随时都有可能被一个浪头打翻。她太需要一个避风港湾,只要这个港湾能带给她安全和温暖。

经过几天的反复思量,她相信银锁一家都是好人,对她是真心相认。她心里那份不是亲妹却被误认为亲妹而欺骗一家人感情的愧疚心理,在银锁一家人亲情感染下,正像冰雪一样被一层层化解。她宁愿相信爹隐瞒了她的身世,人世间不可思议的事情太多了,像那雷声、那火球怎么就会把麦生的耳聋震好了呢?

去后村拜见老爹那天,五嫂也跟着去了。

麦生被屋墙砸死后,兴许是胆小害怕,五嫂一改往日大大咧咧的脾气,与荞花保持不近不远的关系。两家之间坍塌的那个土墙豁口处时常放些乱七八糟的物件,挡住了孩子去她家所能抄的近路。

这几天,土墙豁口处被五嫂打扫得干干净净,三个孩子的新衣服都是五嫂亲手缝制的,她要把荞花的衣料也做了,荞花死活不愿意。

银锁一家像过年一样迎接荞花到来。银锁端一盆温水给老爹洗脚,他知道荞花带来的礼物里有给老爹买的一双解放牌胶底鞋。

握住爹的脚轻轻地揉搓,不经意间,银锁发现爹的大拇指比二指、三指短出大半截;二指和次小指下磨出厚厚老茧。银锁退下鞋子,看看自己的脚,和爹的一模一样。他摸着自己脚前掌的老茧,心想:怪不得自己走路走不快,原来是大拇指向下蹬地时使不上劲。

恍惚间,银锁猛然想起娘临终时一直晃动脚丫的情景,娘一定是在暗示什么,难道娘是想说他和妹妹都遗传了爹脚的模样?

银锁来不及过多思索这个问题,荞花已经到了村口,两个姐姐及家人也都来了。银锁忙着迎接客人,倒水递烟,家里一片喜庆,二大娘和五嫂拉着手嘘寒问暖。

忙活完一阵,一家人要去娘的坟地。银锁在爹的房间看两个姐姐和荞花围坐在爹跟前,三个女人一律手纳千层底宽口吊带布鞋,脚面上穿着洋袜子。银锁心想:包括两个姐姐在内,要想看到女人的脚趾头还真不容易。

荞花怀着极其复杂的心情跟着银锁一家人去了坟地。在坟头前,两个姐姐哭天抢地,拉着长腔哭得泪流满面。荞花哭不出声,她稍微挪动一下身子,与两个姐姐拉开些许距离,便一头趴倒在地上。虽然眼泪湿巾,可脑海里闪现的却是死去的爹娘和麦生的身影。当两个姐姐拉她起来时,她发现自己就趴在银锁身后,银锁的一只脚被她压在了身子下。

银锁就这样一直跪着,面对长眠于地下的娘。他在心里默默地向娘祈祷,向她老人家述说如何完成她临终遗愿。那只被温暖着的脚,幸福着自己的幸福。

<h1 style="text-align:center">打 硪</h1>

乌云渐渐散去,天空晴朗起来,秋高气爽。

按照银锁爹对荞花生辰八字命盘核算,避开冲煞之日,选在农历八月初九打夯、垒硪。

打夯加垒硪,不再单选日子,一气干完,称作打硪。银锁和三个伙计干不了打夯的活。一人扶夯,需四人拉夯,少说也得五人才行。银锁的两个姐夫赶来帮忙,六个人,正好能"拉开栓"。

银锁做事讲究。村里有位干建筑的老大,银锁提前去拜见他。银锁说,妹妹家日子过得紧巴,加上麦生刚走,这盖屋前期打夯、垒硪的活就由我们亲戚相互帮衬着干,不再麻烦老大了,吃好吃孬都是自己一家人的事。

老大早已认可银锁踏实仗义的为人,听银锁这么一说,老大不允,说他外气了,自己说啥也要加入到他这个家庭建筑队里来。银锁心里明白,是老大不放心,这也正中他心意。他心里确实不踏实,干干扶墙的活还行,领人盖屋对他来说还真是大闺女出嫁头一回。

银锁爹早早起床,老人竟然带把菜刀到村后河滩上砍来一把桃木棍,让银锁带去定四方位。银锁把桃木棍交给老大,老大一看就明白什么意思,屋地基上搭过麦生灵棚,桃木驱邪。

老大拿罗盘左看右瞅,开了宅运。矮冬瓜按老大指定位置手扶桃木,闷葫芦提锤楔。瘦猴子点燃了鞭炮,随着一阵噼噼啪啪鞭炮声响,打夯在应了王安石《元日》里"千门万户曈曈日,总把新桃换旧符"的吉言中开始。

瘦猴子和矮冬瓜推着平板车从老大家把夯石连同配套家什拉来,老大扶夯,银锁、闷葫芦和两个姐夫一起拉绳子,在老大第一声"嗨哟"声中,夯石被高高拉起。

所谓夯石,就是生产队废弃的一个大石磙。那年生产队打场,随着赶牲人手中长鞭干咔的一声脆响,两头黄老犍拉着石磙连跑两圈,滚圆的石磙却无声无息地裂开了两块。石磙不能再轧场打麦了,却正好是打夯的好物件。不再滑圆的石磙用苘绳摽起两根木棍,甩出四根绳子,变成了大石夯。它从麦场压麦岗位上退下来,又派上新用场。

瘦猴子和矮冬瓜一前一后铲土、清场,时不时帮荞花干些倒水、递烟的琐事。矮冬瓜不消停,爱热闹,跟着夯石,挥舞胳膊,一遍又一遍地领唱打夯歌。"打夯拉起来哟——嗨哟!五人打夯要心齐哟——嗨哟!四根绳子齐用力哟——嗨哟!扶夯人分南北哟——嗨哟!"打夯若要夯下力,全靠喊号子。俗话说:打个热闹夯,越打劲越强;打个哑巴夯,越打越窝囊。

歇息一会儿,银锁要扶夯,老大心领神会地让位给他,瘦猴子接替拉绳。

老大说:"一夯压半夯,夯夯有力量。"

内行看门道。银锁已看出打夯时务必使夯头垂直落地,且后一夯需接搭前一夯头着地印迹长度的五分之一。银锁回头看看老大扶的夯,夯夯夯头都是垂直落地,砸过的地面坚实而密集,没一点松泡。

银锁第一次扶夯,怎么都抱不稳,夯头不是左一下就是右一下。老大知道这不是银锁一个人的过失,瘦猴子也是第一次拉夯绳,不会用力。四个拉绳的人提夯时若是用力不平均,扶夯者很难保持夯头平衡,而且一会儿就会累得满头大汗。为了让银锁掌握扶夯要领,老大把瘦猴子手里的夯绳又接过来,银锁很快就掌握了扶夯技巧。

老大跟荞花开玩笑:"你有这样一个聪明的哥,以后他做了建筑队的头头,挣了钱,你就净跟着沾光吧。"

荞花对别人拿她和银锁做亲兄妹说事,从心里还没调整过来,只好苦笑一声,附和说:"那是。"

虽然外人把荞花看成银锁的亲妹妹,可她心里别扭。她不敢正眼看银锁,若是两人四目相对,银锁的脸瞬间就会切换成麦生的音容笑貌。每每如此,荞花心里五味杂陈,脸上不自觉地泛起一阵红尘,面颊儿微微发烫。

赶上麦生烧五七纸那天,银锁带着臭蛋,荞花带着她的三个孩子一起到麦生坟前。荞花把提前想好的话在心里默念十几遍,她想当着银锁的面给麦生说"银锁就是我哥,哥来给你烧纸上坟了,你放心吧,以后我们娘四个的日子有哥照应着呢"的话,可话到嘴边,抬头望望身前三个孩子,终究没说出口。

荞花常常睁着两只大眼睡不着觉。"我和银锁这算啥呢?沿着这条路走,以后会走到一个什么样的境地?"这世界上活着的人中,没有任何一个人比她更清楚她和银锁的关系,是七不沾八不连的关系。

说是满肚子苦水没处倒,苦水有时也能转化为甜滋滋的味道,以至于让她欲吐不舍、欲咽不能。孤独寂寞的夜晚,脑子里偶尔泛起一丝魔鬼般邪念时,她打自己嘴巴、扭自己耳朵、掐自己手腕,手腕上被她掐出鲜红的血印子。

一上午,在齐声高喊号子声中,欢呼劳动告一段落,底硷地基被砸得实实在在。荞花在五嫂帮助下,也做好了午饭。

午饭很丰盛,两个姐夫第一次来荞花家,都没空手,每人提一块猪肉。荞花家无遮无挡的院落里,肉味飘出很远,让来往行人无不驻足闻香。

歇息等待吃饭时间,大家胡乱地坐在地上,有的喝水,有的吸烟,唯有瘦猴子拿着铁锨在屋地基中间燃放鞭炮的地方挖挖铲铲,把本已紧实的地面挖出一方匝地烟尘。

矮冬瓜训斥瘦猴子:"你瞎捣鼓啥,不能消停会儿,坐下歇歇吗?"

银锁和老大望着那地儿发愣,不言语。瘦猴子不怀好意地看矮冬瓜一眼,把铁锨扔在一边,伸手拉起银锁两位姐夫,向老大使个眼色说:"来,我们给矮冬瓜'打夯'。"

四人起身,扯胳膊拽腿把矮冬瓜挟起来,轻轻抬起,又轻轻放下,在那片新挖的地面上折腾一阵。矮冬瓜拍拍身上泥土,看大家强装笑颜里夹杂着不像纯粹嬉闹成分,心里终于明白几分。

一个朝气蓬勃、生龙活虎的年轻生命在这里升起、升起、再升起,驱逐了所有的不吉利。那地儿是给麦生搭灵棚的地方,不然,瘦猴子也不会把鞭炮在那儿燃放。

打夯代表着新事物的基础,寓意新成果到来。新婚夫妇入洞房后亲朋们把两人在新床之上抬起放下,以此烘托喜庆的气氛并寓意新娘子早生贵子,这项活动也被俗称为"打夯"。一直以来,老碱窝婚礼上都有这一传统保留项目,由于娱乐性强,日渐成为婚礼上闹洞房的重头戏。

瘦猴子这样做,是想给荞花家盖屋垒碰烘托一份喜庆。银锁明白,老大等人也明白,只有矮冬瓜年龄最小,明白得最晚。

午饭后,开始垒碰。别说,要没老大在场,银锁还真傻眼。单说底碰下一层条石怎么放,他们就不知道。附近村子里还没有人家用过条石做底碰,麦生开了先河,可惜他自己看不到了。

摆放好条石,在石碰上垒砖。如果不是规划在原来三间房屋基础上再扩盖一间,条石和砖头足够垒出"平窗碰",那才叫气派呢,村子里第一家。

老大从袋子里掏出瓦刀,向人炫耀自己在南边盖屋时家家都是"平窗碰"。条石和砖头垒到窗户底口,盖好的屋就是遇到再大的连阴雨,也不返潮。

瘦猴子听得直流口水,嘴上却说"莫看别人穿花衣,莫要狗眼看人低。他那平窗碰有啥好,不见得有咱三层碰的屋厚实,冬天暖和夏天凉。"

老大让瘦猴子怼一句,脸上有点挂不住,回应道:"你就是啄木鸟下油锅——嘴硬骨头酥。你要是手里有票子,还不得想着盖浑砖到顶的瓦房!做梦吃糖果去吧。"

干活不"抬杠",嘴上痒得慌。打一阵嘴仗,是老大的瓦刀施展机会的时候了。矮冬瓜和瘦猴子和泥铲泥,银锁给老大打下手,手把手地跟老大学砍砖,垒砖头碰。两个姐夫把院子一角的碎砖头、瓦片、碳碴子等捡过来,填塞到底碛空隙里。

那几年,盖屋的还不叫泥瓦匠,大家都称泥水匠,泥瓦匠是盖瓦房才有的名字。老大手里的瓦刀就像舞台上的报幕员,虽然高大上,但亮相机会不多,也就是在垒底碛、砌屋山时得以施展一下。盖一栋房子,多数时候是与泥和水打交道。

五层砖碛砌好,"填圈"的活才干了一半。"填圈"要等单砖碛壁凝固才不至于撑碛。两位姐夫和泥拌填圈料,老大招呼他们把拌好的料填上、封口,剩下的明天再填,防止填早了,撑开碛壁。

干完一天活,老大等着去剃头。剃头师傅家离老碱窝村十几里路,师傅包的村多,轮一圈过来,少说也要月余,赶上农忙或天气不好,时间还要再长一些。上次来时老大在外村给人盖屋,没赶上,一头乱发像抱窝的老草鸡。

老大是最后一个等着剃头的人,今天排到武向仁家管剃头师傅吃晚饭。他老婆已经来喊剃头师傅吃饭,蹲在剃头挑子前等着。

老大不耐烦,懒得理她。一个女人家蹲着崴着地挨着剃头挑子不离地,像个啥样子?低头看她从地上捡起一撮脏乱的头发拿在手里摆弄,老大感觉恶心,索性闭眼不再看她,心想:"臭鸡蛋"才蹲班房几天,你就发贱?

老大剃完头,天已稍黑,他与师傅告别后迈步就走,把师傅和"臭鸡蛋"老婆甩在了村头麦场里。

第二天,闷葫芦钩砖碛缝,老大和银锁用白石灰给砖碛喂缝,两位姐夫继续填圈,瘦猴子和矮冬瓜拌白灰。各自分头忙活的时候,两位姐夫先是窃窃私语,继而连吼带骂,情绪不可控。

"怎么回事?"大家都围拢过来。

昨天填过的圈被撬开一块又重新填上,二姐夫心细,看是新印,就扒开看看。一看,里面竟然有一窝囊乱头发。

这是谁干的缺德事?这是在故意咒人。按老辈人说法,谁家盖屋时,要是被人在屋底碛里放了头发,就是在诅咒屋主人一辈子都过不素净,扎扎歪歪,烦心事接连不断。

谁能干出这等事来?老大一下明白过来。他想起昨天剃头时"臭鸡蛋"老婆的龌龊举动,心里早有了答案。

老大抓起一团泥巴,把一窝囊乱头发裹在泥巴里,使足力气,像铅球运动员一样踮起脚尖,旋转半身,忽地一下扔进小蒲坑里。

随着小蒲坑咚的一声闷响,平静的水面泛起一圈圈涟漪,在水面荡漾。"没事了,都让大水冲跑了。"老大说。

"好了,都干活吧,不知道是谁家不懂事孩子调皮捣蛋闹着玩的。"老大像没事人一样催促大家继续干活。银锁不说话,其他人也不好再议论。

活计干完,拾捯利索,银锁让两位姐夫趁天不黑早点回家。荞花一再挽留吃了饭再走,银锁说:"不必了,都是一家人,不走夜路姐和我们两头都放心。"

看银锁有心思,闷葫芦三人也不提在荞花家吃饭的事。荞花生气地说:"饭都做好了,这是咋啦?"

银锁说:"不吃就不吃呗,都是自己人给他们客气啥?"

人都走后,银锁提出端两碗菜去老大家喝两杯小酒,老大自然不推辞。荞花拿瓶酒交给银锁揣在怀里,剩下的菜三个孩子饱顿口福。

银锁憋不下这口气,两杯酒下肚,问老大:"你说那头发会是谁放到屋底碴里去的,这不成心祸害人吗?"

老大说:"这还要问吗,武向仁老婆呗。昨天我剃头时看她喊师傅吃饭,蹲在地上捡头发,就觉着不可思议,哪会想到她竟然干出这么下三烂的事来。"

"这事不能给她算完,不然她得寸进尺,以后不定还会干出什么坏事来。"几杯小酒下肚后,银锁气得脸都发紫。

老大劝慰说:"你别急,这事容我想想。这种人是得教训教训她,只是咱得想出个两全其美的办法来。"

最后大家一起拜托一看相先生整治了武向仁老婆一次。

这个好吃懒做的女人便开始为大家铲土垫屋碰,她破例扛起铁锨先垫自家屋檐沟,也算是熟练一下垫屋檐沟的活计。

邻家女人看她铲土垫屋碰,感到奇怪,瞪大眼睛没言语。武向仁老婆转身说:"我也把你家屋檐沟垫了吧。"说着就干起来。

女人把自家男人喊过来,男人要自己干,她死死拽住铁锨把不松手。女人趴在男人耳朵上低语:"不会是想男人想出精神病了吧?随她吧。"

武向仁老婆得了花痴,劲没处使,到处给人家垫屋檐沟的事一个村子里人都知道。有男人故意唱风凉腔:"早知道有这等好事,我也不该那么勤快地把自家屋檐沟垫上了。"

垫完整整二十一家,"臭鸡蛋"老婆累得睡了两天。她起来后换了一个人似的,气色好了,干活出工及时了,还主动跟人打招呼,人也低调老实了。

大家看她不像精神病人,渐渐亲和她,没多长时间,女人们"姊妹长、姊妹短"地包容她,不再躲避她。她也不再东跑西溜赶集逛会,就随着村里那群老姊妹有说有笑下地干活劳动。碰到和荞花在同一田间劳作时,故意找荞花搭话。

久而久之,荞花虽然心里有疙瘩,表面上也不表现出来,不再有横挑鼻子竖挑眼的对立情绪,各自心里舒坦许多。

挑　墙

屋后那堆胶泥是去年冬季银锁、瘦猴子他们几个帮着麦生从南大沟拉来的,经过将近一年的雨淋日晒,大块头的已破成碎块,小块头的一层层粉裂。

把胶泥运到屋底碰框子里,摊开,偶有泥堆底部大块头翻到上面来,再经过今年一冬冻化,明年开春就能全都变成腐熟淤泥土。

天气晴好时,荞花带着三个孩子用筐子往屋底碰里运土。荆州扶筐,荞花铲土,焕焕、盼盼两个孩子抬,蚂蚁搬家一样。

这天，娘儿四个干得汗流浃背，正气喘吁吁地坐下来歇息，银锁来了。

银锁瞪荞花一眼，训斥道："这能是孩子干的活吗？恁几个累半天不如我几铁锨摞进去的多。孩子闪汗生病了，看你哪值哪？"

说罢，银锁拉起三个孩子，分别给他们穿好衣服，提起条筐，扯着回到院子里，把独自坐在胶泥堆上歪头擦汗的荞花一人摞在胶泥土堆上。

看银锁生气，荞花表面上不理不睬，心里却禁不住涌起一股暖流。这是麦生不曾给予过她的感受，麦生总是宠着她、惯着她，相对于那种甜腻的味道，银锁带给她的是一种酸甜滋味。

焕焕回去给娘披上外套，拉娘回家。焕焕说："娘，舅买了三刀子糕点，你也去吃几块吧。"

荞花跟着焕焕一起走到厨屋门口，看盼盼和荆州正在大口吃糕点，没好气地嗔怪银锁："到处都是花钱地方，你就惯着他们败坏吧。"

银锁说："爹叫买的。"

荞花说："反正是败坏了，我也吃一块！"她伸手捏起一块三刀子放进嘴里，一边嚼食，一边把捏三刀子的两个细弱手指肚搓来搓去，张开闭合，感受糖稀黏合难分难舍的情意。

一块三刀子咽进肚里，荞花问银锁："我一个女人家，也不知道开春挑墙前要置办哪些事，你给我说说，我心里也好有个数。"

银锁说："最近两天，我带瘦猴子几个人先把胶泥摞屋底碰里摊平，年后再翻一遍。这事不用你问，你把三个孩子带好就行。"

银锁看荞花同意了，接着说："前段时间，我听说有人爬火车拿旧衣服去西乡换红芋片，偷偷在集市上卖，能挣钱，我也想去试试。"

"那是投机倒把，是犯法的事，你也敢试？"荞花担心。

银锁说："我先试一次，不行就不干。"

荞花没再说啥，默默走进厨屋，翻箱倒柜找出几件麦生穿过的旧衣服，打个包，塞给银锁。

银锁已让瘦猴子帮他联系了去过西乡的人，答应带他一起去。他早就有想去西乡看看的想法,只是没机会;现在有了,他哪甘心放过呢。

摊土那天,荞花几次想找机会劝银锁:去西乡换红芋片要是有风险就别去了。她想把那份担心和害怕说给他,但最终没机会说出口,若真是亲妹妹对哥牵挂,她可以揪着耳朵把他拉到一边唠叨一番,但当牵挂里含有另一番难以名状的情意时,那份内心衷曲却羞于启齿了。

银锁是在村后陇海铁路火车小站爬货车去的西乡。空车皮原是装煤的,几个人紧紧挤在车皮一角,预备盛红芋片的布口袋当作大带子用,把棉袄掩紧实,扎在腰里,抱团取暖。

货车颠簸一夜,天亮时停在一个山区小站。有人说:"到了,在这里下车最安全。下车后向站台反方向走,翻过这座山就是路。"

爬出车厢,几个人手脸都是煤灰,俨然就是从矿井里刚上来的矿工,比刻意化装都像。没人盘问他们。银锁随人一起爬上山头,举目四望,山体相连,丘陵起伏。他没看见黄河的影子,但他相信黄河一定来自比这更远的地方。

银锁脑海里突然闪现出老铁匠的话来。"你大爷人高马大,有力气,既然是爬火车抱你妹妹送人,一定是送到了一个没有灾年的地方。"他以前也听人说,那年上大水,黄河泛滥,河水东流,冲击的是平原地带。眼见为实,他第一次看见大山,相信了老铁匠的猜测,也坚信这里一定就是人们传说的西乡。

想到这里,他的心口不禁猝然一痛,"难道荞花……"

他不敢再想。

银锁带的衣服少。别人是老手,换了红芋片,卖了再偷偷溜乡买不能穿的旧衣服拿来换,自然带的衣服多。

这里人拿红芋片不叫红芋片,也不说红薯片,称地瓜干。大概是山区阳光充裕的原因,地瓜干比家里红芋片厚一半,大半口袋却有家里一口袋红芋片的重量。

银锁不会吆喝,也不懂行情,全靠别人帮他换。在一个村庄换地瓜干时,来了位矮小干瘦、赤裸上背耍袄筒子的少年。那少年从衣服堆里挑选一件粗布褂子,说穿上试试,能穿的话就回家拿地瓜干来换。

少年穿上褂子、套上袄筒子扭头就跑,同路人吆喝:"把衣服脱下来再走!"没想到少年不但没脱,反而跑得更快。同路人起身去撵,被银锁一把摁住了。银锁说:"算了吧,你看他脊梁膀子前后上下一般黑,可能一夏一秋都没穿过褂子。"同路人干咽两口吐沫,无奈地摇摇头。

回去时,银锁让同路人扛他的半口袋地瓜干,他抢着扛别人满袋的地瓜干,几个人相处十分融洽。

银锁问同路人:"这里就是家乡人常说的去西乡逃命的地方吗?"

同路人思索一下说:"西乡大着呢,火车进山区再往西,都是家乡人说的西乡。反正没到山区的地方和我们那一样遭遇水灾,爬火车逃命的人不会在那地方下车。"

银锁不语,一路不再说话。

回来后,银锁天不亮去赶早集,趁着打击投机倒把办公室的人还没起床,早早把红薯干卖了。红薯干卖完后,他转悠到供销社,买两双杏黄色洋袜子,揣进怀里赶回家。

银锁媳妇拿着两双洋袜子,左手揉揉,右手捏捏,心里说不出的高兴。高兴之余,她心里也有几分不理解:为什么一次要给她买两双袜子?对于她一个长期卧床的人来说,穿上洋袜子能有啥用?

"新袜子新鞋,光棍半截。"不理解归不理解,洋袜子是那个年代女人身份的象征,她攥着洋袜子,像是攥住银锁的一颗心。她把洋袜子掖在枕头下,每天枕着睡觉,不再失眠,不再闹心,染色棉线的清香陪她睡到大天亮。

银锁把一切看在眼里,后悔自己机关算尽最终还是竹篮打水一场空。银锁已经找机会看过两个姐的脚丫,和他的一模一样,都是大拇指短半截。他本指望媳妇拿到洋袜子后会约荞花来,送给她一双,他借机在荞花试穿袜子时看一眼她的脚丫。看来,他还是太不了解女人,不了解女人骨子里爱的自私性,领悟不透每个女人肠胃里都埋藏着拿老年陈醋当水喝的本能。

天越来越冷。银锁去西乡换红芋片回来后没到荞花家来，荞花有点放心不下。

荞花欠老爹一双鞋的人情，她一直没忘。来银锁家认亲时，送给老爹的那双解放牌胶底鞋是银锁提前买好给她的。那时麦生刚死，又是在那个特殊环境下答应认亲，银锁和老铁匠怎么安排她就怎么做，没有考虑从情分上应该怎么做。

荞花在煤油灯下千针纳万针缝，给老爹做了一双"牛鼻梁"黑哔叽呢棉鞋。她本想做两双，给银锁也做一双，但不知怎么回事，她一想起要给银锁做鞋脸就发烫。

星期天，荞花把焕焕、盼盼安顿好，带着荆州去后庄银锁家看老爹。

老爹坐在院子里晒太阳，银锁媳妇斜着半身靠在床上，有一句没一句地断断续续和老爹聊天。银锁在院子一角让臭蛋帮他扶板凳，正在砍龙翁底。

臭蛋看见荆州进院门，松开正摁着的木板子撒腿就跑，把银锁闪得一屁股坐在地上。老爹见荞花来了，第一句话就问："那两个闺女呢？"荞花说："她俩大了，在家帮着料理些事，没来。"

银锁狼狈不堪地从地上爬起来，还没来得及和荞花打招呼，臭蛋拉着荆州跑过来。他忙把斧头、锯子收拾好，交代说："你俩在这玩木块行，可不准动我的铁家伙！"

荞花进屋和银锁媳妇打招呼，坐在她床头，从布包里掏出"牛鼻梁"棉鞋来，恭恭敬敬地喊声："嫂子。"递上棉鞋说："我针线活做不好，给爹做了双鞋，也不知合不合脚？"

银锁媳妇接过棉鞋，表情复杂。她既没看鞋底纳得紧实不紧实，也没看鞋沿口针脚密不密，只管说："好，好，做得好！"她知道荞花并没有故意羞她的意思，是她自己想多了，她想到自己卧病在床，尽不了应尽的孝道，心里不由难受起来。

荞花拿鞋让老爹试穿，老爹脱掉旧棉鞋，露出一双白棉布掌底袜子。袜子是银锁姐做的,荞花眼前立刻浮现出爹在世时她做的掌底袜子,也是这样的白棉布,禁不住心里泛起一阵酸楚。

银锁望着荞花给老爹穿鞋的身影,看她一抬手一动身的神情和动作,简直就是两个姐的翻版。无论怎样,看不到荞花的脚丫,任何情况也改变不了荞花是他亲妹妹的意念,他是不到黄河不死心。

老爹招呼银锁去南集买猪肉,银锁这才回过神来,应道:"好,我这就去。"

银锁媳妇忙叮嘱:"买肉回来别忘了把两个外甥女带来家吃饭。"

银锁说:"忘不了。"

荞花想知道银锁去西乡换红芋片是否顺利,有没有被查到,看银锁一切正常,这份担忧也多余了。即便担忧,她也不准备再开口问银锁了,因为比她更关心银锁的女人就在跟前。

银锁接来焕焕和盼盼,买了两斤猪肉、一棵大白菜。家里有现成的粉条,老爹要亲自下厨炖肉,让银锁该忙啥忙啥去。荞花理解老爹,他是故意支摆走银锁,让她帮忙下厨。

在厨房里,老爹一下年轻十岁,笑容满面。荞花切肉,他不让,怕切住手;荞花拉风箱,他把肉、菜放锅后马上换过来。他拉风箱,让荞花掌勺,怕灰星子弄脏荞花衣服。

银锁给三个孩子每人砍一双龙翁底,利用一冬雪雨天不出工时,给他们编织龙翁。砍完后,留下一截宽木料,拿在手里反复审视后放在羊棚上孩子够不着的地方。

饭后银锁对荞花说:"砍龙翁底的木料剩一块,你试试吧,看能不能出你一双龙翁底?"

荞花说:"我不要,孩子这些龙翁够你编的了。"

银锁媳妇搭茬说:"今年他剪的苇毛樱子多,用不了也是浪费。管他编到猴年马月,今年穿不上明年穿。"

荞花想问"给嫂子砍一双了吗?"话欲出口,才想到她常年不下床,根本穿不着龙裔。她暗自提醒自己：以后说话做事要多长个心眼，别无意间伤了银锁媳妇。

荞花就势坐床帮上穿着鞋在木板上踩一下，银锁媳妇钩着头看。"不用试了，一看就够给你出龙裔底的料。"媳妇这一嚷嚷，银锁只好把木料收起来，又失去一次让荞花脱鞋脱袜子的机会。

每逢佳节倍思亲。这是麦生死后的第一个年关，临近过年几天，荞花梦里交替出现麦生和爹的影子。她梦见麦生骂她薄情薄意，梦见爹骂她忘恩负义，梦见两个老太婆在院子里打架，一人扯住她一只胳膊，都说她是自己家女儿。

荞花没心情操办年货，看着眼前三个孩子，又不得不强打精神筹办一些。于是，蒸馍、炸丸子、酥菜都是借着五嫂家油锅底子象征性做一点，不缺样就行，不能让孩子也跟着过"肮脏年"。

年三十那天，银锁给三个孩子每人送来一身新衣裳，说是老爹和媳妇让给孩子做的，明天换上，辞旧迎新。

荞花轻声责备："又乱花钱！"

银锁本想说："这是麦生衣服换红芋片卖的钱。"

想想大过年不能说不吉利的话，关键是他怀里还揣着一条紫色方巾，也是他用麦生衣服换红芋片卖的钱买给荞花的。他怕把话说出来，荞花会把方巾和麦生联想在一起，心里难受。

荞花把方巾压在箱底，拿出给老爹做鞋的鞋样子，叫银锁脱了鞋，放在脚底板上量量。

"开春就要挑墙盖屋。我有这份心，但不知道啥时才能给你做出鞋来。"

银锁把棉线袜筒子往下撸撸，意欲把袜子脱掉。荞花拿鞋样子照他手上扇一下，微笑说："隔着袜子量就行了！大冷天的，犯啥病？"银锁抬头看到荞花一副娇羞神情，脑子里蓦然间泛起一缕荞花不是自己的亲妹妹更好的意念来。

这年是"盲春"，年前腊月末就立春了。立春早，天气转暖也早。过了正月十五,天气变暖,摊在屋底磢内的胶泥皆已粉化成碎片,大一些的胶泥块粉化后一层层炸裂开来,碗口大,犹如衰败的莲花。

在一个晴好天气里,银锁来荞花家翻土,把胶泥土和沙土掺拌均匀,同时也和荞花商量挑墙日子。

荞花正想找生产队长协商扒掉的老屋草兑换新麦草的事,队长来了。队长问:"哪天挑墙,日子定下来吗?"

银锁说:"刚跟荞花商量了,打算出正月就挑墙。"

队长犹豫一下,难为情地说:"今年牲口料紧张,打开的那个麦秸垛快掏空了,挑墙的'洋筋'就用'垛帽'草吧。多给一些,挑墙用不会有多大影响。"

荞花不懂队长说的"垛帽"草是啥意思?抬头看银锁。银锁解释:"队长的意思是说挑墙的'洋筋'用麦秸垛上帽老草就行了,给生产队省出些草料。"

荞花说:"我不懂,恁看着办吧。"

银锁转脸给队长说:"没事,就用'垛帽'草。才不到一年时间,筋道劲损不到哪去,挑墙用不碍事。"

快出正月那天,队里空心麦秸垛扒了,没有掏完的好麦草拉到牛屋里铡碎后喂牛,剩下的运送到荞花家屋底磢里。

第一天挑墙,来了八九个人。按挑齐屋檐墙、山墙高出五十公分墙体算,墙要分三茬挑完。

计算出第一茬墙需要的土方,把土摊三十公分厚,浇透水,上面撒上麦草。之后,有人拿抓钩子搂土,有人牵牛踩泥,有人撒麦草。翻一遍土,撒一层麦草;撒一层麦草,牛踩一遍;牛每踩一遍,抓钩子搂开一次。如此反复,几个回合,泥土踩熟实了。

挑墙和上梁一样,打下手的人多,能操动泥叉子接土挑墙的"师傅班"人少。掺入"洋筋"的泥土被牛蹄子踩熟实,像是一件浸透水的破棉袄,扯不动,撕不烂。传送泥土的人立起泥叉子,使劲砸两下,砸断"洋筋",铲起来摞给师傅。师傅用三根铁杆前头焊了铁片的另一种泥叉子接过来,挑到墙上。

有位传送泥土的年轻人看师傅们接土挑墙活轻松,便来一句:"师傅,听说我们这往南百十里地方,盖屋不叫挑墙,叫踩墙,咋回事?"

没听出弦外之音的师傅接茬说:"一个道理,叫法不同呗。"

领头的老大瞪着眼,生气地说道:"那边是老黏土,师傅的泥叉子砍不下来,你的泥叉子也铲不上去。师傅站在墙上用脚踩墙,你用手搬泥也不好受,这边沤我脚丫子,那边也照样沤你狗爪子!"

听懂的人知道年轻人是故意将师傅们的军,嫌他们不赤脚上墙踩泥。听双方对垒,皆哈哈大笑。

第一茬墙挑三十公分高,专门负责刷墙的师傅提泥叉子登场。他把墙刷一个来回,把鼓出来的墙体刷平,然后蹲在墙角眯起眼瞄了又瞄,之后站起身来,干咳两声,清清嗓子说:"别打嘴皮子仗了,我们这师傅也少不了踩墙。三娃子,你揽的那段墙凹了,上去踩踩吧。"

三娃子扔掉泥叉子,走到年长者跟前,眯起眼睛张望一番。他不是不愿赤脚上墙,是不知道凹进去多少,需要踩到什么程度。

三娃子赤脚在墙上踩,刷墙师傅眯眼丈量。

"再踩两下,还差一点。"师傅刚想说"行了!"三娃子一下跳下墙来,双手不停拍脚,骂骂咧咧:"我的乖乖来,踩到蚂蚁窝了!"三娃子痒得直跺脚。

挑第一茬墙的第一顿饭,好歹也要体面些。银锁是讲究人,大家吃的、干的都是他的脸面。

纯好面馍吃不上,荞花包的花虎卷子。好面皮,玉米面瓤,一开锅满院散发香甜。一盆油煎红芋粉,一盆面煎辣椒段,还有肥猪肉炖茄子、辣椒面糊子、瘦肉炒咸菜。南集上打来的散酒倒在搪瓷茶缸里,轮番一圈一圈地喝。好酒的呼噜一大口,咂咂嘴唇;不胜酒力的抿上一小口,龇牙咧嘴。

一顿饭的工夫,新挑墙土阴晾了。大家歇息,刷墙师傅一遍遍刷墙,把新挑墙面来回倒去刷得像线打一样平整。

银锁散烟,接烟人把烟卷拿在手里捻过来捻过去,舍不得吸。当初银锁来给麦生家扶墙时,麦生招待他的就是一毛四一盒的大铁桥烟。银锁建议荞花把烟档次降下来,丰收牌就行,不深不俗。荞花不愿意,不知道她心里咋想的,仍然用"大铁桥"。

头茬墙挑好,约定十天后再挑第二茬。晚饭后,大家陆续散去,银锁拾掇好家什,正准备离去,荞花叫住他。

女人就是女人,心里搁不住事。案板前只有银锁和荞花两个人,荞花问:"你去西乡换红芋片,没遇到麻烦吧?"

"没有,顺利得很。"银锁说。

"那当然了,麦生和你一块,他会保佑你的。"

银锁激灵一下,起一身鸡皮疙瘩。荞花看他诚惶诚恐的样子,反倒忍不住扑哧一笑:"紧张啥,你不一路都背着麦生衣服吗?"

银锁回过神来,无可奈何地摇摇头。他感觉以前那个不敢正眼看他的妹妹骨子里还有一股调皮味,像三月里应时桃花正在慢慢开放。

"麦生那衣服八成新呢,我没舍得丢。远怕水,近怕鬼;在家熟人忌讳,到外地就没这些讲究了,好坏也能御寒。"荞花解释。

银锁点点头。其实,他从接过麦生衣服那一刻起,心里就犯嘀咕,感觉自己拿麦生衣服去换红芋片是不是缺德了?后来心里也是这样想:麦生又没得过什么病,眼不见为净。现在才知道,荞花并不是单单让他换红芋片,是想让麦生保佑他一路平安。

荞花问银锁:"西乡远不远,是不是我父亲带我出来逃荒的地方?"

荞花早看透他去西乡换红芋片还另有企图。

银锁一时语塞,回答不了这个问题。他反问荞花:"你知道你出来逃荒的地方是哪儿吗?"

"我不知道,但我听爹说过,他本想带我去山区,那儿没有水涝,可他迷失方向,就一路往这边来了。"

荞花说出这话,银锁已经有心理准备。他想过了,就算荞花不是他送人的妹妹,认也认了,权当多一个亲人。

荞花的心思和他不一样，大有一股打破砂锅问到底的拧劲。她不在乎结局，只想在他俩之间有一个明明白白的结局。在这点上，两人的思想大相径庭。

　　荞花不知道银锁心里还潜藏着一个秘密，在没有揭开这个秘密之前，无论自己怎么想，荞花怎么说，他都不甘心承认她不是自己的亲妹妹。荞花要是知道他还有这个心思，一百个脚丫也脱下来让他看过了。

　　挑二茬墙比头茬墙有难度，师傅们要爬到墙上去接泥。伸出的泥叉子能不能接住砍上去的泥巴，既要靠手腕力气，也要靠腰部挺力；二者协调不好，就有可能连人带叉子一起摔落下来。

　　银锁没这个技术，只能干传泥活。铲起一叉子泥巴摔向半空，再准确无误地砍在师傅泥叉子上，没干过这类活的人，一轮泥浆甩完，胳膊就会酸疼发麻。

　　歇息时，银锁甩着胳膊龇牙咧嘴，荞花在一旁看着心疼。

　　老大凑过来，对银锁说："我劝你，这挑墙活你就不要学了。要不了几年，可能家家都能盖起浑砖到顶大瓦房，挑墙的活计过时了。"

　　自从老大以毒攻毒教育好"臭鸡蛋"媳妇之后，银锁对他敬佩有加。那天，银锁找老大，想好好答谢看相先生，请人家喝两盅，老大不同意。他说："你就别添乱了，人家是外地人，接了这宗看相活计，三年两载也不会再出现在我们这了。"

　　银锁说："他干的是惩恶扬善的好事呀。"

　　"是好事，方法也不地道。"老大摆摆手说，"这事你知我知，天知地知，以后咱俩任何时候都不要再提起。"

　　银锁对老大的话言听计从，从心里信服他。麦生死后，银锁不得不操起帮荞花盖屋这份心，盖好荞花家的屋，他有了盖屋经验，有拉班子组建建筑队的想法，可八字还没一撇，就被老大识破了。

　　老大不妒才，看中银锁是干建筑的料，刻意引导他。银锁看在眼里，记在心里，感激不尽。

银锁回过神来,调侃似的回应道:"真到我能干建筑那一天,还得靠老大扛大梁。"

两人各自吸完手里烟,招呼接着干活。二茬墙怎么说也要比头茬墙慢一倍工时,本该第二天下午才能干好,结果中午就提前干好了。干活的都是跟着老大和银锁混的人,不敢懈怠。二茬墙挑到与窗户齐口,泥浆漫过窗口"过木"。

完工时,老大安排手下人,下次来挑三茬墙,能找到耙具、木板、绳子等家什的,尽量带来。三茬墙要搭架,指望东家也不好操办齐这些物件,大家都帮衬点。

因为三茬墙间隔时间要长,至于哪天开工,暂还没定,等银锁通知。

挑了两茬墙,荞花家大变模样,不再空荡荡了。屋后那条路有了遮挡,娘四个坐在院子里说话吃饭,避开路人视线,再也不用为迎不迎合过路人打招呼而犯难。

大约过了半个月,连续几天都是晴好天气,正适合挑三茬墙。

老爹让银锁把家里一团苘麻带去,搭架用;银锁媳妇不让,说哪有抱团苘麻走亲戚的,不吉利,用洋红染了头再带去。

老爹也是疼闺女疼得一时糊涂了,没想这么多。因着苘麻是人死后孝子系在腰里的绳索,人们对此都很忌讳,不送人。亲朋之间真需要,也是染了红头再送。别看银锁媳妇十几年大门不出二门不进,心细着呢。

挑三茬墙,墙的高度增加了,挑墙和传泥不能一次到位,要搭架。好在荞花家有去年刨下的一棵梧桐树,长短粗细枝杈都能派上用场。再加上大家带来的耙具、木板和绳索,架子搭得牢牢靠靠,稳稳当当。

老大和银锁估算一下土坯数量,除去前后屋檐压一层墙坯,剩下的土坯砌屋山头。如此算来,屋山至少还要挑出五十公分高的墙面。

山墙的墙面靠泥叉子传不上去泥巴,老大和银锁一人把住屋山一头,骑在上面,放下绳索,用泥兜子向上拉泥。拉上来的泥巴团成块,用手直接摔在墙面上。两面高出屋檐的土墙,虽只有五十公分高,却用了整整一个上午时间。

墙面挑好，老大亲自出马，在前后墙安放梁头部位重新开槽，镶入木棍，做好"簸弓子"。"簸弓子"要与梁头大小相称。小了，梁头卡不进去；大了，不稳定。老大拿根高粱篾子丈量来丈量去，来不得半点马虎。

梁头是老屋上扒下来的，两头四面找平，很规整。老大丈量梁头时，突然想起一句话来，问银锁："古人都说'卖牛不卖绳，卖屋不卖梁'。我就捣鼓不明白，梁头支在屋上，卖了房屋，梁头肯定也得卖给人家呀？"

银锁也知道这句话，上一句好理解，下一句他还真没认真思量过。他拍着脑袋想了一会说："过日子要为日后留点后路呗。俺爹就经常交代我，卖牲口别忘拿回笼头笼嘴，卖猪羊别忘带回绳索。不然，以后就喂不起来'牲灵子'了。"

荞花看两个男人被一个小问题难得抓耳挠腮，笑道："恁俩真笨，'卖屋不卖梁'是说屋能卖，扒屋扒下的梁头不能卖。恁还以为真是说卖屋时要把梁头拆下来？"

两个男人恍然大悟。老大夸赞道："荞花妹妹脑子灵活，我盖这么多年屋，这个问题也思考了这么多年，都没有迷过窍来。"说罢，三人大笑。

上　梁

上梁是建房的一个关键环节，传统意义上所说的"上梁"是指安装屋顶最高一根中梁的过程。在上梁典礼中："上梁有如人之加冠"，故有"栋梁"之说。

农村盖屋，上梁代表房屋"上帽"一次完成；包括土坯砌山墙、安装檩棒、缮草等一系列的活计。

盖屋上梁，不仅是一家人的大事，也是一村人的大事。一家盖屋全村帮。

上梁要选"圆月"时辰进行，农历十五，合家团圆，寄寓了一份美好的祝愿。老爹捎信让荞花来一趟,问三个孩子生辰有没有与上梁时辰相冲?荞花说,没有。上梁的日子就定在第三个月的圆月之日。

有了日子,时间过得飞快。银锁招呼手下几个伙计把村后小树林里拖好的土坯拉到荞花家院子里,码好;把安放檩条的扣坯沿预留沟槽砍好,单独放一起。同时,把老屋上扒下来的屋笆一根根放倒,仔细检查一遍;拆揭时不小心折断的地方重新扎紧实,老苘坯子沤开的地方换上新苘坯子系紧,堆放起来。

荞花提醒银锁:"屋笆还差一间屋的呢,麦生在时没来得及操办。"

瘦猴子忙说:"俺姐,你就放心吧。年前入冬时俺几个就去北大沟里打了芦苇,都在俺家堆放着,这几天就把缺的屋笆给扎起来。"

荞花感动得泪水在眼眶里打转,责怪银锁不该不给她说一声。没多有少,没好有孬,总不该白着几个人出力吃罪。

荞花安排焕焕带好妹妹弟弟,自己去南集打酒买菜,晚饭好好款待几位。

银锁没有阻拦她,只是在荞花前脚走后,他后脚就去老铁匠家,借机请来一并答谢。老铁匠来了,带来几十个钯焗子。

瘦猴子、矮冬瓜拿着钯焗子乱比划,不知道用在啥地方,就连闷葫芦也不知道这钯焗子能派上啥用场。

老铁匠笑笑,故弄玄虚,就是不说穿。闷葫芦闷声闷气地反问一句:"这是不是放梁头上和'爬拉猴子'钉一起?"

老铁匠夸闷葫芦别看平时不吱声,就是心里有数。他说:"用钯焗子把檩条和梁头叉手上'爬拉猴子'固定在一起,日后就算檩条掉劲,也不会松动。我也是在南集看到杂货店有卖,知道用途后琢磨着打一些,试试管不管用。"

别看瘦猴子瘦,脑袋就是转得快。他抓耳挠腮想不明白一个问题:"既然钯焗子的用途是把檩棒和叉手固定起来,就没必要再在叉手上固定那个'爬拉猴子'木块了。多此一举不说,怎么也没有把檩棒直接钉在叉手上更结实。"

真是后生可畏。老铁匠拍拍脑袋，连夸瘦猴子聪明："回去我再打几个长点的钯焗子，试试直接把檩棒钉叉手上怎么样？"

荞花回来，听大家正在议论钯焗子的用途，联想到老铁匠平日里对她家的好，担忧承受不了这么大人情而心里不安。她也不知道这些钯焗子需要多少钱，掏出身上花手绢里包着的一卷毛票，硬往老铁匠口袋里塞。

老铁匠生气了，跺着脚说："我和你家老公公就是出生入死的好弟兄。你家盖屋这么大事，我能眼看着不帮一点忙吗？"

荞花无语。不遇事不知人情重，困难时才知道啥叫情谊。她感激身边每一位让她感激的人。

大家围坐在一起，有酒有菜，有说有笑地享受着荞花的感谢宴。老铁匠让荞花也入座，她不能拒面子，挨着银锁坐下来。老铁匠几杯酒下肚，话多起来。他问在座的人："知道以前盖屋选梁有哪些讲究吗？"

大家摇头。老铁匠对荞花说："你家中梁不能换，虽是老梁，还要放在脊檩位置。当年你老公公盖这口老屋时，三棵用作脊檩的中梁是我俩跑到南山脚下在一片树林里选出来的。几十里路，俺俩硬是一步一步地抬回来。"

矮冬瓜耐不住性子了，问道："为啥要跑这么远买三棵脊檩呢？"

"以前盖屋讲究选脊檩不选独木，要在树林里选又高又直的树做脊檩。我们这里黄河屡屡泛滥，哪有树林？"老铁匠抿一口酒，夹一筷子菜咽下肚，接着说，"选中树林里脊檩，刨树时还不能伤及四周矮树，那才叫难呢。"

银锁说："叔，你要是不说，我们这一代人还真不知道以前盖屋选脊檩有这么多讲究。"

老铁匠爽朗地笑了，摆摆手说："那都是过去老思想了，咱不信那个。我是说，既然新屋还用老檩棒，那三根脊檩就还放原来位置，既贴合，又不辜负荞花老公公当年一份苦心。"

荞花听得云里雾里，但她听出了她老公公当年也是一个能干活能吃苦实实在在的庄户人。

吃喝完毕，大家各自离去。临行，银锁告诉荞花，三天后，后村的木匠来给"砍行条"。

荞花不懂，直摇头。大家都笑，矮冬瓜给荞花解释说："砍行条，就是砍檩棒，给多盖那间屋增添的檩棒找平，好摆屋笆、缮草。"

后村来两位木匠，年岁稍大的老木匠带一位年轻徒弟。老木匠抬起一根檩棒，左照照，右瞄瞄，翻过来转过去，一根檩棒少说也要翻转三五个回合，最后才把檩棒放地上，得意地说："就选这面。"

徒弟拿出墨斗，扯出线头，在檩棒上方位挂上墨斗线钩，上下不断移动，直至老木匠点头默许，才敢把墨线拉到檩棒的另一头。老木匠审视一会，走到檩棒中间，确定无须再调整墨线方位，捏住墨线，慢慢拉起，快速丢下，砰的一声，墨线在檩棒上打出一条完整的黑色直线来。

"小木匠的料，大木匠的线。"新添的每一条檩棒都被打上墨线后，徒弟扛出锛镢正欲砍去墨线上方檩棒鼓出的木料，老木匠抬起一根老屋上扒下的旧檩棒，招呼徒弟过来观看。

老木匠指着檩棒找平处对徒弟说："你看看，那年代的木匠把这锛镢砍得多平，像是锯子拉过来一样。"徒弟啧啧称赞："好手艺!"其实心里明白老木匠是嫌他的锛镢砍得不够平。

徒弟扛着锛镢"砍行条"，老木匠找个小板凳坐在厨屋门口，找话题给荞花拉家常。老木匠常年在外做活，见多识广，嘴闲不住，爱说。他问荞花："你老爹和银锁姊妹几个对你亲吗？"

荞花说："亲姊妹还有不亲的道理吗？"

老木匠说："你能保住这条命，真得感谢你二大爷。你二大爷活着时身强力壮，是有名的'磨动天'。那年要不是他把你揣在怀里爬火车到西乡送给一户富裕人家，你哪能活到今天呢？那年成，养活一个娃都没保障，何况你是双胞胎姊妹俩？要不，饿死的还不得是你个丫头片子。"

老木匠不说不说二百句，说得荞花瞪着眼无所适从。等老木匠停歇，荞花问："你和我二大爷熟悉？"

老木匠说:"都是邻村,我爹在时经常说起他。听说他把你送到西乡回来时,火车到咱这小站不停,他是从火车上跳下来的,摔得鼻青脸肿。后来有一年灾年,我爹和他一起爬火车去西乡讨饭,还找过你呢,说是你养父母带着你搬家了,没找到。听爹说,大山里人家那年成都能吃饱饭。"

不知道老木匠这些话有没有给银锁说过,银锁不傻,要是听到这些话,他定会相信荞花不是亲妹妹。

荞花从心里埋怨起银锁来了,以前有干活的人来他都随着一起来,偏偏今天说搭不上手要晚来一会。荞花多么希望银锁能听到这些话,不再把她当成亲妹妹!

银锁来了,老木匠不再喋喋不休,该说的话都说完了,找不到话茬了。银锁陪两位木匠吃顿家常便饭,向老木匠讨价付钱,老木匠说:"都是自家人,算了吧。"

银锁说:"那可不行,盖屋不砍人情梁,咱不能乱规矩。恁是靠手艺吃饭的人,不能让'木匠睡没腿的床'。'墙倒屋不塌'靠的都是师傅您眼力活了。"

荞花虽听不懂其中暗语,但她明白当地有木匠不砍人情梁的规矩,爽快地按价付钱。

两位木匠走后,荞花问银锁:"你平时跟他俩来往多吗?"

银锁说:"听说老辈交往深,我们这一辈没来往。怎么了,你问这干吗?"

荞花说:"他说他认识二大爷,他爹还和二大爷一块去西乡讨饭时找过我呢。"

银锁说:"别听他瞎说,他是有名的嘟噜嘴子。他的话要用筛子筛,二斤米八斤糠,虚头大着呢。"

荞花笑笑不再言语。银锁岔开话题去干活,他把找平的檩棒重又码放整齐。码放最后一根檩棒时,脚下不小心被一截桐树枝杈挂了一下,哧啦一声,裤缝被刮擦开半截。抬脚走路,像是女人的开叉旗袍。

荞花一边责备他干活不当心,一边去屋里端鞋筐子。已到谷雨节气,银

中篇小说 Zhong Pian Xiao Shuo

锁早就脱掉棉裤,换穿单裤。荞花认针线,让银锁坐在板凳上,跷起腿来,扶着他小腿肚子,把刮擦开的裤缝敉起来。

为不至于针扎在银锁腿肚子上,荞花无奈,每缝一针都要把手贴在他腿上。银锁腿肚子上浓密而毛茸茸的汗毛摩擦得荞花手心发痒,好几次她不得不停下手里针线活,调整一下自己的心境。

银锁闭眼任由荞花缝线,心里却翻江倒海一般。他感受荞花温柔小手的温度,同时也思量荞花为什么要告诉他老木匠说的那些话。啪地一下,荞花的手拍打在他腿肚子上。

"敉好了!"荞花说。

银锁活动活动抬麻木的腿,坐在凳子上没有立马站起来。荞花突然向他发令:"别动,顺便量量你脚底板,看我纳的鞋底子合不合你脚。"

荞花去拿鞋底,银锁绻起裤腿,一只手拽着袜筒子,不知道这次是脱还是不脱袜子好。有几次银锁都想把袜子脱下来,他是想荞花若是看到他俩一样的脚趾头,就会有不一样的表现。荞花一眼瞥见他那举动,心里又好笑又纳闷:"干吗他总是想脱袜子呢?难道是他老婆下不了床,他没有被人洗过脚?"

荞花扭头进屋,点着柴火,拉起风箱,三五下烧出半盆热水,端出门外,命令道:"把你的臭袜子脱下来吧!"

银锁紧张了,摆着手说:"别、别,量一下鞋底就行了。"银锁说话间,荞花顺势把他的袜子一把拽下来,把两只脚摁在盆里。

两人都不说话,空气静止一般,只能听到荞花小手在盆里翻上翻下溅起的水声。荞花拿条毛巾给银锁擦过脚,起身倒掉洗脚水,再次拿起鞋底子在他脚底板上量一下,牙缝里勉强挤出"正好"俩字,便扭头进屋,再没出门。

荞花量脚底板时,银锁分明看见她眼角噙着泪花,也听出她是抽噎着说出"正好"两字。

真是女人的脸六月的天,说变就变。荞花这脸变的让银锁分不清所以然。是因为看到了他的脚指头，还是因为……

银锁穿好鞋袜，快快离去，连招呼也没给她打一声，任由她趴在床上哭泣去吧。

快到上梁日子，荞花按银锁安排，做一面红布小旗，拿去让五嫂看。五嫂说："你又不是小孩子了，做这干吗？"

荞花心想，怪不得人家说不怕真不懂，就怕装不懂。心里想归心里想，话不能说出来，便一本正经地说："我听老年人说，咱两家是齐脊，到上梁那天，把这小旗挂在你家屋脊上，免得我家占去你家风水。"

五嫂甩甩袖口，满面笑容道："哪有这么多的老道道，信则有，不信则无。"

荞花一再安排五嫂："上梁那天，我家事多，这小红旗先放你家，到时千万别忘了让人帮着放上去。"

五嫂笑吟吟地说："好、好，别操我家心了，到那天我帮你搭手做饭。"

圆月之日上梁，提前一天老大带人来垒"山花子"墙，闷葫芦几个人只能跟着打下手。老大带来的师傅两人抱一面山墙，接坯、砌墙；瘦猴子站在五十公分宽的屋檐墙面上用绳向上拉坯，双腿发抖，不得不让矮冬瓜把他换下。

山墙越垒越高，矮冬瓜拉上来的坯放在屋檐墙上，闷葫芦向上传递坯块越来越吃力，每往上爬一个台阶都力不从心。矮冬瓜再次换位，接替闷葫芦。老大笑言："看来以后组成盖屋的班子，小侄子要挑大梁了。

第二天上梁，银锁来得最早，他是挂帐子贺喜的第一位亲戚。按老辈人留下的规矩，舅舅的帐子挂在最前面，姑姑、姐妹依次在后。

上梁挂帐子最伤姨的脸面，姨没血脉，不算亲戚，帐子挂门后。无论从麦生和荞花哪一方算，都没舅、姑和姨。"老猫屋上睡，上辈传下辈"，依照荆州辈分算，银锁是舅舅，帐子理当挂在最显眼处，银锁两位被荆州喊姨的姐姐家帐子只能挂在门后位置。

新屋门口拉一根绳子，左上首挂上银锁六大尺紫红色灯芯绒，门后两位姐姐的帐子是六小尺红布。

盖屋的泥水匠分工协作，先安放梁头。

梁头竖起，鞭炮齐鸣，横梁上贴着黄纸对联，上书"上梁欣逢黄道日，立柱巧遇紫微星"。横梁安放进"簿弓子"里，打上木楔子，师傅们齐动手扣上梁头叉手。两人把做中梁的脊檩抬进屋框里，免去出梁、拜梁的礼俗，屋檐上站着拉绳的人，屋檐下站着手举木棍向上撑的人。一切准备就绪，上中梁的时刻到了。

老大拿银锁姐的两块红布帐子调角系在一起，一端系上布鞋垫，另一端系在脊檩中间位置，寓意给新屋主人铺垫家底。

老大亲自爬到梁头叉手顶端，之后高呼一声："上啊，大吉大利！"

俗话说：宁让青龙高万丈，不让白虎抬抬头。脊檩被缓缓拉起，在老大指挥下始终保持东端稍高于西端走势，慢慢被拉到叉手和屋山头位置上。

脊檩安放停当，钉上老铁匠的钯焗子，老大把提前装在身上的糖果、花生从高空抛向四方，让看热闹的人争抢。他一边抛，一边唱："抛梁抛到东，东方日出满堂红；抛梁抛到西，麒麟送子挂双喜；抛梁抛到南，子孙代代做状元；抛梁抛到北，囤囤粮食年年满。"

七道檩安放完毕，师傅们齐口夸赞老铁匠的钯焗子管用。边檩没有钉"爬拉猴子"，直接钉老铁匠后补的加长钯焗子上，果如瘦猴子预想得一样，结结实实。老铁匠被人夸得站在一旁合不拢嘴。

第一天上梁，第二天是铺屋笆。铺屋笆之前砍平屋檐墙，垒一层坯，伸出屋檐墙外，尽量让屋檐远离墙根，减少下雨时屋檐沟水浸蚀屋底碴。

有人爬到屋檐墙上就开玩笑："那怕什么，咱村里不是有专门垫屋檐沟的人吗？"众人都知道这话是说武向仁老婆，不少人跟着哄堂大笑。唯有老大和银锁装作没听见，没笑，也不便制止。

陈旧的高粱秸屋笆被一捆捆传递上来，老大招呼每三捆旧屋笆中间夹一捆新芦苇屋笆。大家有序地递笆、摁笆，内行的师傅一脚站在屋檐上，一脚蹬着边檩，把笆头摁在坯里。

上午屋笆排好，下午上大泥。老大站在屋顶喊荞花，问她石灰膏淋在哪里了？荞花迷茫地摇摇头。

老大看银锁也跟着摇头，自知说话鲁莽，出言欠思量。马上自我解嘲道："没事，咱这有腐熟胶泥，也用不着石灰膏。"

屋笆上抹泥，一般是两层泥，俗称"上大泥"。第一层抹相对干硬点的黄泥，第二层再抹稀软黄泥。第二层的稀软黄泥里如果掺入一定量的白石灰膏，既可防止屋笆发霉，也可防止雨水渗漏，再好不过了。

盖屋里大事小事，样样都靠事主操心，一样想不到都不行，泥水匠说要啥就是一声。家里的，外头的，这段时间以来，银锁忙得晕头转向，忽略淋石灰的事也正常。

其实，第二层黄泥里掺石灰膏的人家只是少数，大多数人家为了省钱都不掺。

老大从屋顶上下来，指挥泥水工在和稀软黄泥时不要贪图懒省事，多放些腐熟的胶泥在里面，把泥踩熟成。

老大安慰荞花说："多放些胶泥在里面，不比放石灰膏差。"

荞花早都听懂看明了，便善解人意地爽声笑答："您以为俺家多有钱哪？人家'好户人家'才用石灰膏，俺压根就没想过用石灰膏。"

听荞花这么一说，银锁心里那份愧疚顿时释解许多。

"上大泥"是盖屋中最苦的活。泥浆传到屋檐上，站在屋檐上的人挥舞铁锹、甩开膀子把泥甩到屋顶最高处。抹工叉开腿，脚踩檩棒位置，俯身抹泥，既要小心谨慎，还要抹得平整。一根标尺放在泥浆上，凸凹薄厚一眼就能看分明。抹工像登山攀岩运动员一样，上下左右、瞻前顾后。

屋顶两层黄泥全部抹好，已近傍晚时分，泥水匠们从屋顶上爬下来。讲究点的围着一盆水挤着洗手洗脸，不讲究的直接找到自己衣服穿上，抓把干土搓搓手。大家不再贪图东家晚饭，在拉让中推托走人。

谁家都有盖屋的时候，富的富打算，穷的穷待承，盖屋对每个家庭来说都是一道坎。穷帮穷，难帮难，大家携手渡难关，早已是老碱窝村祖辈传承的淳朴民风。

大家要走,老大交代完明早需操办的"拍耙"和铡刀等事宜后,吆喝一声:"明早雨下不大,大家早来!"大家齐声附和:"好雨!"之后,各自离去。

老大抬头望天空,对银锁说:"这天还真不好说。"

大家都走了,只有银锁站在捆好麦草前有点放心不下,他既怕老天下大雨冲毁屋笆上大泥和冲散已经捆好的麦草,也巴望老天真的能滴下几滴雨来,哪怕像新屋里屋笆上滴下的水滴一样也行。

银锁按老大旨意去东村借石灰。明天压屋脊的大泥必须要掺入石灰。荞花找出荆州一双布鞋,提着走进新屋。

屋虽没缮草,屋的模样已经成型。天暗下来,屋内黢黑一片。泥浆里的水分渗透屋笆"啪嗒、啪嗒"滴落下来,感觉房屋内在下着小雨。黑暗夹杂着水滴声,让荞花感受到一股凉飕飕的冷气。

"麦生,父不在,子为大。你离开这屋子吧,今晚就由荆州在这住了,你不用再担心俺娘几个风餐露宿了。"荞花把荆州的布鞋放在东上首第二间屋里,目光在黑暗中久久地巡视着,他希望能看到麦生的影子,看到麦生从屋里走出去。

第二天,泥水匠们陆续来到荞花家。有人见荞花就笑吟吟地恭喜:"荞花,你家真有福。雨淋笆,要发家。"

荞花竟然不知道昨夜里下了几滴小雨,有几个粗心的泥水匠也不知道昨夜下雨了。直至爬到屋顶,看到屋笆上抹平的泥浆被雨滴打出一个个雨点,才相信下雨是真事。

有人说,是老大昨天临走时的那句话顶用。也有人说,老大在每家盖屋排好屋笆下工时都说这句祝福话,也没见得都下雨,还是东家的造化。

泥水匠们在屋顶上议论雨打笆这事时,武向仁老婆正走到荞花家屋后。她停下脚步,仰脸看屋顶,再低头看脚下泥土,确有雨滴打过的痕迹。她开心地笑了。虽然屋顶上没人留意她的神情,但她笑得很真诚。

武向仁老婆绕道五嫂家,从怀里拽出一个包包,递给五嫂说:"嫂子,俺求恁帮个忙。俺两口子以前犯浑,做了对不起荞花的事,俺后悔了,向她赔不是。她家盖屋来,俺也帮不上忙,这几个鸡蛋给她中午招待配盘菜吧。"

一条蓝棉线织的短手巾里包着八个鸡蛋,像是特意从南集刚买的,蛋壳上还带着新鲜的血印。五嫂为难了,她明知道荞花不会要,可她还是把鸡蛋留下了。

屋顶缮草是从下往上缮。昨晚的雨还不至于把麦草湿透,有人从井里挑来两筲水,喷洒在麦草上,然后提起铡刀铡草。一捆草从中间铡开两截,齐面在外,留作屋檐。顺着屋檐再往上缮草就不需要铡了,把缕好的草捆递上去,师傅们取开草捆,铺平了,拿"拍耙"拍齐苤,顺手一拉,"拍耙"上一排排钉子自然就把横草顺直了。真是一物降一物,这外形丑陋,似木抹子的家伙,是专门在盖屋缮草时对付乱草的。没有女人木梳的外表,却起到木梳一样的作用。

该吃中午饭时,两面屋顶的草都缮好了。一口袋生石灰见水后吱吱啦啦地冒着热气,白生生的像一朵绽放的雪莲。有人说,要是有鸡蛋放在里面都能烫熟。五嫂说:"别净想好事,鸡蛋炒豆角了。"

五嫂拿来鸡蛋时,荞花执意不要,说忙活恁这么多天了,哪还能再破费。五嫂说:"今天是盖屋最后一天,有肉没有蛋,是咱招待不圆满。"

五嫂是把生米做成熟饭,再给荞花解释。自古冤家宜解不宜结,她相信荞花是通情达理的。

大家正要吃饭,闷葫芦把几捆整棵麦秸提出来,端着搪瓷茶缸喷水。老大招呼他快来吃饭,闷葫芦说:"现在喷了水,饭后缮屋脊时正回潮,好用。"

午饭后,掺拌石灰和泥的和泥,缮屋脊的缮屋脊。

屋脊用整棵的麦秸中间折弯,折成牛梭子样扣在上面,抹一层厚厚的石灰泥浆,压上两层砖头,虽然比不上麦生家老房子小瓦扣的屋脊好看,却也结实延年。

屋山头沿口压一层砖,砖铺到脊头时,老大手挥瓦刀,"砰砰"几下砍砖,塑形,垒出个兽头。

老大是最后一个顺着杆子从屋顶上爬下来的人。他把五嫂家屋脊上的红布小旗拿下来,交给荞花。之后洗把手,擦把脸,双手抱拳,对着银锁和荞花说道:"恁哥我就这点本事,好与不好,恁姊妹俩多担待点。"

情　变

让老大猜对了,银锁带着手下几个人还真干起泥水匠行当。不过,他们不是从打夯垒碰开始,而是从荞花家盖屋的最后一个环节干起。

新屋缮草后七八日光景,经历基础沉淀,趁着墙体尚没完全干透,要及时泥墙。所谓"泥墙",就是对屋内墙面粉刷。

虽然泥水匠的抹刀——光图(涂)表面,能掂动抹刀也是一门手艺。几个靠扶墙起家的人在荞花家盖屋上大泥时第一次挥舞抹刀,却也干得有模有样。

屋笆上大泥,老大故意让闷葫芦、瘦猴子和矮冬瓜接替爬上屋顶抹泥,比照葫芦画瓢,多少掌握点基本要领。屋脊镇顶,老大、银锁各把一面,两人面对面舞动抹刀,师傅手把手教徒弟。在屋脊上老大告诉银锁:"下一步泥墙,我就不带人来了,你们几个摸索着干吧。"银锁知道老大是故意历练他,也是给荞花省去些招待,点头应承了。

土挑墙面要想粉刷平整,少说要三遍功夫。第一遍是硬泥粗抹,把刷墙刷出的"洋筋"抹泥得贴附在墙面上,让挑墙"洋筋"再次充当抹泥"洋筋",拉扯着硬泥补平坑坑洼洼。

荞花对银锁带的一帮人已不陌生,视闷葫芦和瘦猴子如兄弟。矮冬瓜早就喊荞花嫲嫲了。

干自家活,荞花也搭手帮提水、和泥。矮冬瓜招呼荞花:"嫲嫲,你一次提半水筲水就够了,多了你提不动。"

瘦猴子突然发问:"荞花姐,你们那里也喊姑姑叫嫲嫲吗?"

荞花说:"是的,也喊嫲嫲。"

闷葫芦终于又说话了,他说:"就我们这一带把姑姑喊嬷嬷,以前是回民的称呼,后来就都跟着喊了。"

瘦猴子不服气,想顶对闷葫芦,转脸看银锁瞪他一眼,便低头干活,不再抬杠。

矮冬瓜看不得瘦猴子挨训,一高兴把一铁锨泥浆甩在银锁脖子上。银锁气得直跺脚,朝着矮冬瓜怒骂道:"我的乖乖,早两天刚夸你以后盖屋挑大梁来,你这是越夸你胖你越喘了。"

一天时间,几个人在嬉笑中泥完两间屋墙面,虽显得有点狼牙顿挫,却实实在在把刷墙刷得刺猬样的满墙横七竖八的"洋筋"掩在了泥巴里。

再之后泥过第二遍和第三遍墙,矮冬瓜不但和泥的麦糠掺拌匀称,泥浆也摔得到位。闷葫芦和瘦猴子手里的抹刀不再只走直线,慢慢地也能拉出弧线。

荞花问银锁:"你真想拉班子干泥水匠?"

银锁说:"不是我想拉班子干,是老大想跟我合伙干。他说外地不少地方泥水匠都不再干人情活了。泥水工自己做饭,收工钱,年底给生产队交钱换工分。"

荞花听了点点头,补充一句:"老大是个厚实人,咱可不能抢人家饭碗子。"

银锁说:"这个我懂。"

荞花几天前就看到银锁褂子腋窝下炸了线,挣开一个口子。她想让银锁脱下来给他敹上,每次想开口时,脑子里总是闪现出打雷那晚麦生穿错她褂子撑烂的情景。荞花不迷信,心里却犯嘀咕:"怎么烂得这么巧合呢?不但都在同一只胳膊下,连口子长度都差不多。"

"索性就让他这样穿着去!"荞花是把银锁也当作穿错了她的褂子,借机享受几天内心愉乐。

新屋完工后捶地面不在建筑程序。"好户人家"铺巴砖,一般人家锤地面,也有的锤也不锤,直接铲平住人。

焕焕每天带着妹妹弟弟在新屋里跑来跑去,非常开心。生活就是这样,有许许多多的墙,就像银锁帮忙给他们家筑起的家的墙。虽然把娘四个圈在自己围墙中,同时也让荞花在一片迷茫中似乎迷失了自己。

经历就是在筑墙或拆墙,阅历世俗的枯荣,便有了一切爱和恨。生活中没有墙,再苦再难都能把它挑起来;生活中有了墙,再高都能翻越它。而心中那堵墙,却是人生道路上的屏障,它防范了风雨,同时也阻碍了墙外美丽的景色。

那天银锁说几天后来捶地面,荞花心里很矛盾。盼他来,又不想让他这么快就把地面捶好。地面捶好了,他还会经常来吗?他褂子腋窝下那个开口她还没有给他敥上。

人处在迷茫中,一旦失去心中那份依赖,就会感觉脑子被抽空一般,心空落落的。

无论荞花愿意还是不愿意,银锁都如期来了。捶地面是慢工,人多也窝工,再说闷葫芦他们靠抓工分吃饭,缺工太多银锁也过意不去,所以捶地面的活就没再麻烦他们。

银锁推着板车先送来一捆麦草,他知道荞花家房子缮草后麦草一点没剩。荞花不懂,问银锁哪里还能再用着麦草?

银锁就把捶地面要先把地面挖起来,浇水,撒入麦草,赤脚踩泥,之后快干时再撒上麦糠捶打的过程给她说了一遍。

荞花心想:"我也不能再当甩手客了,就帮着踩泥吧。"

生产队等着用板车拉粪,银锁还要回去一趟把板车送去。焕焕和盼盼去上学了,荆州听说舅舅要拉空车回去,早早趴在板车里,不愿下来。

银锁说:"也好,让他和臭蛋一起好好玩一天吧。"

五嫂急于上工,出工前给猪拌的食太热,没敢往猪圈里端,怕被猪拱翻盆,临行前交代荞花等猎食冷凉帮忙给端到猪圈里去。荞花差点给忘了,银锁走后,她急忙去办。

银锁回来把最东面一间屋的地面挖起来,撒上水和麦秸,卷起裤腿,脱掉鞋袜，踏入泥浆里去踩。

一大捆麦秸撒入少许后，剩余的就堆放在内门外。荞花一屁股坐在麦秸上，脱掉鞋袜，卷起裤腿，抬脚走进内间，一脚踏进泥浆里。

当雪白的小腿肚和脚丫伸进内门一刹那，银锁眼前犹如闪过一道耀眼的白光。一段时间以来，为了这双脚丫，他苦思冥想，夜不能寐，如今脚丫赤裸裸地展现在他眼前。

荞花踏进泥浆，脚却踩在麦秸空隙处。一只小脚被泥浆包裹住的同时，另一只脚踩在硬块上，痛得哎哟一声，使尽全身力气也没有拔出来。她身子摇晃几下，险些摔倒。银锁上前一把扶住她，挟住她的腰，连抱带拽地把她拖出来，放在那堆麦秸上。

银锁什么话也没说，把水筲里的半筲水倒进泼水用的脸盆里，抓起她的脚放进盆里清洗，看脚心有没有被扎破。

还好，脚心只是被硌出一块红印，像是烙在雪白肌肤上的一朵含苞的梅花。

捧着那只脚丫，银锁的心乱极了。荞花的大拇指不但没有短出半截，相反，大拇指出奇的长，长出第二指寸许。银锁捧着荞花的脚发愣，好大一会都没回过神来。

"男人的头女人的脚，能看不能摸。"荞花闭着眼，脑子里一片空白，呼吸急促，六神无主。

银锁回过神来，放下脚丫，喃喃地说一句："荞花，我终于相信你真的不是我亲妹妹。"

荞花说："我压根就知道不是你亲妹妹。"

"可你以后永远都是我妹妹，到天荒地老。"银锁一冲动，不由地脱口而出。

"我是比你亲妹妹还亲的妹妹。"荞花的脸红得发胀，声音小得只有他俩才能听到。

荞花抬头看银锁，不知什么时候——也许是把她放在麦秸上的那一刻开始,他就单膝跪在荞花面前。也许,银锁只有保持这一姿势的力气了,他的心跳得厉害,浑身发抖。

"把你的褂子脱下来吧,胳肢窝里炸线了,我给你敹敹。"

荞花抬手解他褂子纽扣,一颗、两颗……纽扣被解开,荷尔蒙激发的胸毛暴露在荞花面前,一股暗流在汹涌,犹如一列火车冒着燃气从远处飞奔而来。

荞花情不自禁地扑入银锁怀抱,两具瘫软了的身躯紧紧地拥抱在一起……

一切归复于平静之后,荞花瞪着一双大眼看屋脊,眼里噙着泪。

银锁问:"你哭了?"

"不关你的事!"荞花转身趴在麦秸上,哭得梨花带雨。

稍后,荞花一骨碌爬起来,撩起衣角擦泪,面带微笑,出门拿来针线,给银锁敹褂子。

银锁穿上褂子,两人都没心情再踩泥捶地了。

银锁说:"我回家吧,荆州和臭蛋在一起调皮,怕是老爹看不住他俩。"

荞花说:"你走吧,焕焕放学了,我让她去接荆州。"

银锁走回家,两个娃正在院子里玩"跳房子"游戏。媳妇问他,怎么这么早就回来了?银锁破天荒给媳妇撒了谎,说是挖土踩麦秸的活干完了,过两天才能正式捶地。

银锁不想待在屋里,他怕与媳妇目光对视那一刻,那一刻让他真正理解了什么叫心虚。为防止媳妇再问长问短,他搬个板凳坐在院子里,盯着荆州的脸庞发呆,以期从他脸上过滤出荞花的神情来。

午饭后,媳妇说外面没风没火的,要坐在院子里晒晒太阳。银锁帮她穿外套,帮她穿鞋,媳妇执意不肯赤脚穿鞋,从枕头下摸出杏黄色洋袜子,让银锁帮她穿上。银锁不得不捧着媳妇的脚给她穿袜子。由于媳妇的脚常年不经风雨,不曾在鞋窝里磨蹭过,脚底板上没有一丝老茧,脚趾下和脚后跟的肌肤都和荞花被硌出红印的脚心一样白嫩。

一日内捧过两个女人的脚,他心里说不出是喜还是痛,他的眼前浮现出结婚那天把媳妇从太平车下背回来的情景。

媳妇能拄着拐杖下床走路后,有喜了,两条小腿肚浮肿,皮肤像要挣裂一样发亮。他每天跪在床前给她轻轻揉。生下臭蛋后,浮肿消退,腿肚变得一条粗一条细,为此他没少给她按摩。

银锁给媳妇穿好袜子,倏然发现她的两条腿肚一样饱满水润,已分辨不出哪条粗哪条细了。内心里的悔意翻涌上来,他不敢抬头,顺着媳妇的两条腿肚上下揉搓。

"这大白天里,你瞎揉搓啥呢?"

媳妇的话把他从沉思中唤醒,他急忙给她穿上鞋,起身携起媳妇因长期卧床而臃肿的腰,拖着她一步步走到屋外,放她坐在长凳上。

傍晚时分,焕焕来了,接走了荆州。这丫头丝毫没提她娘在家干啥,银锁想知道却没好问。

不论是银锁,还是荞花,这一夜注定是个不眠之夜。

荞花哄三个孩子吃晚饭,自己早早躺在床上。她想痛痛快快地睡上一觉,什么都不想,可一次次清空归零的大脑瞬间又被挤占得一塌糊涂。荞花揉揉肩胛的酸痛,想到那胡须那胸毛,心不住地咚咚乱跳,脑子里不自觉又想起麦秸上刻骨铭心的爱。

画面、情景、人物像五月的杨絮悄无声息地飘来又悄无声息地飘去。她脑海里漂浮着的主人翁是银锁,杨絮里也夹裹着银锁媳妇的面容和老爹的身影,甚至那火球那雷声那墙倒时的一声悲鸣竟然也混在杨絮中飘忽不定。

她心里烦躁不安。

荞花一夜翻来覆去几乎没有合眼,天快亮时,看看身边三个尚在熟睡的儿女,她的心突然像一团乱麻撕扯不开。

俗话说"纸包不住火",武向仁当初就莫须有地检举她和银锁有不正当男女关系,如今这事万一走漏风声,三个孩子将来怎么做人?

她认定自己是世界上最坏的女人,死后要在刀尖上走、要在油锅里煎熬。她不但对不起三个孩子,也伤害了恩重如山的老爹和银锁媳妇。她下定决心要斩断这团乱麻,做老爹孝顺贤惠的亲女儿,做银锁媳妇地地道道的小姑子。

行善行,自我救赎。

荞花坚信她能做到这些。爹爹活着时不止一次给她提起她家原本是殷实之家,只因为爷爷抽"老海",最后家道中落。每次听后,她都冲着爹发怒:"我就不相信天底下有想戒戒不掉的瘾!"

荞花的泪水再一次顺着面颊流落枕巾。她心疼银锁,心疼他万一不能理解她换一种方式对他好的内心苦痛。如果说三个孩子是她坚强活下去的希望,那么,银锁就是支撑她希望的精神支柱。

一连两天,银锁没有来荞花家捶地。不来也好,荞花借机平复一下自己的心情,她真的不知道该如何面对他。

第三天,银锁来了,把闷葫芦带来了。闷葫芦平素少言语,银锁媳妇和他见面的机会也不多,不会把地面还没挖好的话无意间说给银锁媳妇听。

闷葫芦干活从不藏奸,只一上午工夫,两人就把剩下三间屋的地面挖起来,泼上水,把麦秸踩在泥浆里。

荞花专门去南集买了二斤猪肉。厨屋外贴着南墙的地锅框还是春天打碰时闷葫芦捡半砖头给荞花支起来的。吃饭人少,荞花炖猪肉贴锅饼。她说,今儿要好好款待葫芦哥,要银锁陪他喝两杯小酒。

饭后,银锁坐在院子里陪闷葫芦说话,荞花捯饬东西总是丢三落四。她洗涮完锅碗瓢盆躲进小屋,突然又想起棉油罐子还放在锅台上,就招呼焕焕把油罐子抱屋里来。

焕焕年龄小,做事不知道小心,脚下拌一下,油罐子摔在地上。罐子没摔烂,油却洒了一地。焕焕自知惹了祸,哇的一声大哭起来。

荞花跑出屋,与银锁两人对视一眼,目光各自闪开。

闷葫芦说:"没事,不伤大财气,我会给油提清。"

闷葫芦自顾找来铲子、脸盆,把油泥铲下来,放进锅里,兑了水,燃着柴火,拉起风箱,从油泥里把棉油提炼出来。

荞花一把将焕焕从银锁怀里拉过来,举起的巴掌缓缓落下,没打在孩子身上,倒是面对银锁发狠道:"我不打你,这是咱俩的错,是我的责任。谁都会犯错,但错误只能有一次,绝不能再犯第二次!"说罢,啪啪两声,她狠狠地扇自己两个巴掌,扭头进屋,趴在床上呜呜大哭起来。

三个孩子从没见过娘如此举动,齐刷刷地跪在床前。焕焕哭得鼻子一把泪两行地向娘认错:"娘,是我的错,是我不小心把油罐子摔了。"

银锁自然能听懂荞花话里有话,阴沉着脸,低头抽烟,陪着闷葫芦炼油。

掺入麦秸的泥浆七成干的时候,银锁带着手下三个人都来了。矮冬瓜扛着半截槐木钉出的支架,闷葫芦扛大锤,银锁和瘦猴子各自扛把铁锨。地面平整后,撒上麦糠,闷葫芦和矮冬瓜抬着支架楔地面,银锁甩起大锤砸墙边,硬是把看似快干了的地面砸出水渍来。

银锁不说话,大锤甩上甩下,大汗珠子顺着脖子往下淌。荞花咬着牙,狠着心,强迫自己不去看他。

矮冬瓜说:"嫲嫲,我敢说咱这几个村,没有谁家的地面有您家砸得结实了。等地面干了,多扫几次地,浮皮的麦糠扫掉了,地面油汪汪的,像镜子一样平整光滑。"

荞花笑着说:"嫲嫲留意点,凑巧了,一定给你说个俊媳妇。"

荞花第一次从内心里主动把自己当作银锁家族一员,心甘情愿地担当起嫲嫲的角色。

荞花家新屋盖好了,娘四个搬进新房。"茅草顶,土坯墙,冬天暖,夏天凉。"荞花一家在宽敞明亮的新屋里度过一个清凉夏季,暖融融地熬过一个风雪寒冬。

一冬的温暖,不但来自于新盖的房屋,还来自于银锁给荞花一家四口编织的龙蓊。银锁连天加夜赶着把四双龙蓊编织出来,他知道接下来他没有空闲时间编织龙翁了。

这一年,老大和银锁给大队谈好了组建建筑队的事。老大主动让贤,让银锁担任建筑队队长,他给银锁打下手。

日子过得飞快,转眼又到六月六。龙王爷这日晒龙鳞,百姓也借吉祥晒家底;各家院子里摆满衣被鞋帽,花花绿绿,像个大卖场。

荞花把认亲时送她的那块布料给银锁媳妇做件新褂子。她带着这件新褂子领着荆州来银锁家,把老爹屋里的棉衣棉被全抱出来,挂在院子里晾晒。同时也把银锁屋里乱七八糟的物件搬出来,摘下房箔子铺在院子里,晒了满满一箔。

老爹的一件棉布黑袍子有年头没洗过了,荞花往外抱时,一股辣眼刺鼻的脑油味。她不动声色地悄悄把黑袍子放在一边,然后拉起银锁媳妇手说:"嫂子,我扶你到院子树下凉快。"

荞花和银锁媳妇面对面坐在树荫下。荞花说:"嫂子,俺想给你商量个事。"

银锁媳妇点点头。

"你看咱爹年岁越来越大,身体一天不如一天;俺哥领着一帮人在外盖屋,一天到晚不着家。我想把你和爹都接到俺家去住,也好有个照应。"荞花说。

"那哪行呢?我还好说,爹老了,晚上起夜都得靠银锁照应,住一起多不方便。"银锁媳妇思前想后,"你还要抓工分,把一老一残都推给你,外人也会戳银锁脊梁骨,骂他不孝顺。"

荞花笑了:"嫂子,俺不给你说过吗,俺家是四间屋分割开的,东西两间各有门,恁住东边两间,俺娘四个住西边两间,有啥不方便?

"至于工分,我都想好了。俺哥盖屋,咱挣不了工分不怕,大队答应年底拿工钱换工分,不落透资户就行了。

"嫂子,俺家里有梧桐树料,回去我就请木匠解板,给你做个推车,我到哪推你到哪。"

银锁媳妇被荞花一片真情所感动,止不住泪花流。她捏起头巾一角,抹着眼泪说:"等天黑银锁回来了,我给他说说。"

荞花把晾晒的物件拾掇好,临走时带走了老爹的黑袍子。她知道这黑袍子上的脑油不是一棒槌两棒槌就能捶下来的,要用老土碱浸泡,再拉到小蒲坑里使劲敲几遍,才能洗干净。

晚饭后,银锁来找荞花。银锁媳妇把荞花的话原封不动学给了他。银锁不同意,赶过来责问荞花怎么能有这样的想法呢?

荞花说:"我只图天天看到你就行,别的啥想法都没有!我能服侍嫂子,能给爹捧屎端尿,吃再大苦受再大累我愿意。"

银锁无言以对。

荞花把麦生爹藏在屋檐下的银镯子、银簪和玉钗包好交给银锁,让他去城里换些钱来,早点把爹的寿材置办好,让他看着心里踏实。

银锁捧着布包,像是捧着荞花的一颗心。这是一颗滚烫的心,让银锁拿不起放不下。

由于银锁和两个姐姐都坚决反对,荞花没能把老爹和银锁媳妇接到家来。

银锁的建筑队一段时间后小有名气。政策越来越宽松,城里私人盖房子的也多起来。一天,银锁带人在县城盖屋,一早赶到工地就看到一个老头在弓腰清理工地杂物,他以为是东家在帮他们干活,走上前说:"老先生,这些活都归我们干,就不劳驾您了。"

老头抬起头来,银锁一眼就认出是武向仁。武向仁怯怯地说:"银锁,我不是人,以前干了这么多对不起老少爷们的事。我改造好了,以后再不做亏心事了,你就收留我吧。我搬砖提泥的活都能干,还能住在工地看守。"

一时间,银锁心里七上八下,拿不定主意。留他不好,不留他也不好。老大一步跨上前来,拍拍武向仁的肩膀说:"你能找到咱自家人盖屋的工地来,说明你还知道老少爷们是你的依靠。像犯错的孩子,躲出去再长时间,最后还想回家。你就在这干吧,提泥兜子正缺人手呢。"

老大不甜不咸、不软不硬几句话,说得武向仁心慌脸红,点头应承。

武向仁出狱后变得蔫头耷脑,像经霜的茄子,再也看不出往日里的张狂。他自知愧对乡邻,在众人面前抬不起头,老老实实出力干活。大家都看银锁和老大脸色行事,看他俩并不歧视他,也没人揭他短处。

县城老城河边缘有一处私宅,宅基主人隔三岔五来工地看银锁他们盖屋,横挑鼻子竖挑眼,或说墙垒得不平,或说墙缝宽窄不一。银锁跟他理论,老大暗示银锁:"别理他,看不出来吗,他是想找我们建筑队盖屋才故意损咱,好压价。"

果不其然。这家房屋快盖好时,那家主人再次上门,主动提出盖屋的事。银锁和老大跟他去看地方、谈价位。

上一家房屋盖好,马不停蹄就转入城河边这家盖屋。这家的房屋地面基础已经打好,接手后就直接垒墙。

此时,城里人盖屋不但浑砖到顶,而且免去上梁那些烦琐事,时兴楼板平房。上楼板没有机械设施,是墙上人用绳子往上拉,地面人用棍往上顶,使得全是蛮力。

站在墙上拉楼板的人不但要有力气,还要会使巧劲,把握平衡,双方同时用力,稳稳妥妥地让楼板两头都压住墙面等宽的距离。

上楼板那天,老大站在墙上指挥拉楼板,放楼板;银锁在地面指挥人举着木棍向上撑楼板。

武向仁平时干的都是提泥兜子搬砖头的活,跟着大伙上楼板是第一次,生手生脚,只能在地面举棍。

第一块楼板拉上去后,第二块楼板压在第一块楼板上,墙上的人从楼板两头使用撬棍拨动楼板,一点点挪动位置,紧挨着第一块楼板铺在墙面上。

第二块楼板从第一块楼板上移动出来时,地面上武向仁几人使劲顶着木棍。大概是墙上的撬棍用力不均匀,第二块楼板的边角脱离墙体!

"不好,下面人快闪开!"老大高呼。

眼尖灵活的人弃棍而逃,楼板的重量全都压在武向仁一人身上。他摇晃着笨拙的身子想逃,但因手中的棍承重太大,迈不开脚步,挪不动身躯。手里举着的木棍不堪重负,发出咯吱的声响,只要一松手或棍棒折断,武向仁顷刻就会被压在楼板下。

在这千钧一发之刻,银锁一个箭步跨过去,抱住武向仁就往外推。就是那一刹那工夫,楼板落地,银锁和武向仁两人都被压在楼板下。

千斤重量从高处坠下,武向仁的上身已经脱离楼板;银锁被拍在楼板下鼻嘴流血,圆睁着的双眼从此再没合上。

银锁死了,武向仁被砸断了双腿。

武向仁被送进医院,老大领着建筑队的工人们抬着担架,迈着沉重的脚步,从三十里外的县城喊着银锁的名字一步步往家走。

银锁救了武向仁一命,撇下卧床的媳妇、年迈的爹和年幼的儿子走了。前后几个村庄的人都沉浸在悲痛之中,银锁家院子里聚满前来吊唁的人,哭声连天。

荞花和老爹没哭。荞花紧紧抱着老爹,老爹抚摸着荞花的头,两双呆滞的眼神共同构筑一个极其复杂的内心世界。

银锁死后第二个月的同一天,老爹撒手人寰。他是带着一个月来那副恒久的目光而走的。没有怨,没有恨,直至闭上双眼时都没有一点痛苦表情。他始终认为他的儿子做的是对的,对得起老少爷们,对得起父老乡亲。

老爹是放心不下儿子,跟着他去了另一个世界。把老爹送到南北坑,荞花带着三个孩子搬进西下首两间屋,东边两间屋打扫得干干净净。

荞花推着梧桐树板打做的新推车,带着三个孩子来到银锁家。

三个孩子进得屋来,同时跪在银锁媳妇床前:"妗子,带着臭蛋跟俺走吧,以后咱两家人一起过……"

荞花推着嫂子,四个孩子每人怀里抱着一个包裹,银锁媳妇从后村迁居到了前村,迁居到了银锁亲手盖起的土坯房里。

梧桐树板新做的推车一路吱吱作响,银锁媳妇坐在推车上不住回头观望,她恍若看到四个孩子的身后还有老爹和银锁的影子。

钥　匙

用开启人心智和心志的两把钥匙,脱掉贫困的帽子,从农耕民俗文化里找到一条奔小康、建设美丽乡村之路。

——题记

"拧天转"是有姓有名的,他叫熊老四。

在坝子村大人小孩都喊他"拧天转"。不少从外村嫁过来的媳妇和村里的小孩竟然不知道他还有熊老四这个名字。

一大早,熊老四蹬着那辆旧得叮当作响的三轮车去镇政府领取救助。他或多或少每次总能领回一些,颠簸在坝子村与镇政府之间五公里碴石路上,也算是疲于生计吧。

熊老四原是一名身强力壮的泥瓦匠,想当年在那个不大不小的建筑队里,他算是一把干活好手。天有不测风云,十年前的一天,在给村小学建教室时,他不慎从脚手架上掉下来,腰骨摔伤,再也干不了重活。

那一摔,伤的不光是腰骨,也有外肾,最严重的是也摔伤了他的心态和脾气。

两个女儿相继出嫁后,一向胆小怕事的老婆马秀便成了他的出气筒。

说不定马秀哪句话说错了或是哪件事做得不合心意，他立即就会火冒三丈，暴跳如雷。

一条分辨不出颜色的破旧"羊肚子"毛巾搭在光溜溜的头皮上，熊老四推着三轮车正要出门，马秀突然想起她要到邻村二女儿家看看，怕万一熊老四提早回来开不了门，她又要遭罪。于是，她紧赶几步，把房门钥匙摘下来交给熊老四。

熊老四一路骑骑歇歇。半路上，他停下来，轻蔑地望着不远处山脚下的养兔场，心里腾然冒出一股无名之火。

"呸！"他对着养兔场狠狠吐一口唾沫，唾沫星被风带起溅他一脸。熊老四仗着没人听得见，恶狠狠地骂一句："神气个熊，你家老娘不是和我一样吃低保吗？！"

养兔场是村文书二姑家儿子牛二办的。牛二在坝子村周边十里八庄都有名气。他头脑灵活，早几年靠开山卖石料发了财，再加上和村文书是姑舅老表，年轻气盛，结交场面大，难免身上会有一股张扬和霸气。

如果不是上级来人清理核查低保落实情况，如果不是村干部贪污农村中小学教育化债资金被检察院逮捕了，熊老四也不知道村里还有这样一位低保户。现在村里人都知道了，但惧于"兔子大王"牛二的名气谁也不在私下议论这事。熊老四满肚子怒气，也就只有在这种环境下才敢发泄出来。

熊老四骑着三轮车嘎嘣嘎嘣地到了镇政府大院，在一站式便民服务中心领取三百元救助款，正欲回去时，迎面碰到镇民政办主任——坝子村包村干部杨旭。

杨旭老远迎过来，一副笑脸给熊老四打招呼："老四呀，你这个季度的救助款领了没有？"

熊老四面无表情地点点头，算是回答杨旭。

望着熊老四一副满不在乎的样子，杨旭对这个二女户中的贫困户感到无奈与悲伤。当初熊老四因为腰骨摔伤到镇政府上访时，拿个凉席往镇政府大门口一睡，不吃不喝不言不语，来个老牛大憋气式的软上访。杨旭跑上跑下,帮他入低保,申办贫困救助,并劝慰他以后干不了泥瓦匠重活,可以干些力所能及的轻活,日子会越过越好。没想到这么多年过去了,熊老四却躺在低保与救助这张软床上再也不起了。

杨旭到了快退休年龄,他想利用这个机会再劝说一下,希望其干些力所能及的活,把日子过得更好一些。于是,杨旭连哄带拽地把他拉到办公室。

"老四呀,我听说你村牛二养兔场推行公司+农户合作化形式?"

"什么吊公司假蝼蛄?我不懂。"熊老四一听杨旭提起牛二就来气,故意揣着明白装糊涂。

"不是假蝼蛄,是可以换钱的活兔子。你领养些兔苗,养大了,公司收回,不愁销售,这活你干得了。"

没想到杨旭这番话让熊老四火气一下蹿上来,他把刚领到的三百元钱掏出来,啪的一声砸在杨旭办公桌上,眼眶炸裂似的瞪着杨旭,憋好大一会,说道:"牛二他有钱回收我的兔子吗?他要有钱他老娘……"

熊老四本想说,牛二有钱他老娘还会吃低保吗?但话到嘴边又咽了下去。

这就是拉着凉席躺在镇政府门口一句话不说的软上访户熊老四的性格。心里不平衡扭曲下形成一肚子委屈,他像吸回将要滑出的鼻涕一样无奈地把话吸回肚里。享受过鼻孔通畅呼出一丝快感之后,他理智地切换主题:"我有钱自己养,也不会领养他牛二的兔子!"

没等杨主任回过神来,熊老四抓起桌子上三百元钱,装好,头也不回地径直走向停在门外那辆破旧三轮车。

看着熊老四渐渐远去的背影,杨旭心里一阵酸楚……

从二十多年前做民政区员那天起,杨旭已记不清救助过多少贫困户。虽然这种阳光普照式的救助就像撒胡椒面一样看不到明显效果,但在特定环境下也帮助不少家庭度过困境。有人调侃他工作一辈子干得都是好事,他每每以此自豪。但在低保这个问题上,一向老好人思想严重的他没能认真把关,对村干部报上来的低保户名单落实审核时甚至是睁一只眼闭一只眼,最后在临近退休时落个党内严重警告处分,着实让他有种人前抬不起头的感觉。

与熊老四打这么多年交道,从内心深处也打出了感情,如何引导熊老四脱贫,成了他退休前的一个心结。

把阳光注入心扉远比给阴暗潮湿的房子打开一扇窗要难得多。杨旭陷入深深的思索中,他无法理清到底是熊老四狭隘的心胸上了锁还是自己的心智被锁上了,怎么就找不出开启的钥匙呢?

回去的路面依旧是坑坑洼洼。破旧三轮车随路面震动,熊老四身子也因此跳动不已。大约骑了两公里路程,熊老四身体极不舒服。他不得不停下来,从棉袄口袋里掏出一盒皱巴巴的香烟。烟盒里除了打火机只剩两支烟,他点燃一支,猛抽一口,吐出的烟圈萦绕在眼前形成一股浊流般的迷雾。

熊老四看路上没人,索性就站在路边小便。他一只手扒着棉裤裆,另一只手抽着烟,腾不出手来扶着软绵绵的"老二",结果小便淋得棉裤拉门前一大块都湿透了。熊老四弯腰从内裤里掏出垫在裆下那条潮湿破毛巾,擦擦裤门前尿湿的地方,叠好毛巾,重又垫在内裤里。

提好裤子,熊老四闻闻手,一股浓重的骚味。没地方洗手,他就在棉裤上搓了搓。今天的骚味像是故意和他作对,怎么都挥发不去,总是在他鼻孔前飘浮。熊老四知道,他那毛病,只要骑三轮车路途远些就会加重。这不,临来时他特意在内裤里放一条毛巾。

肚子里的苦水在他心胸间翻滚,找谁去说呢?自从那次在学校建房时从脚手架上摔下来,他的那玩意儿就没再发挥过作用。夜深人静时,他把马秀剥个精光,翻过来倒过去,就是做不了那事。他骂马秀、打马秀,马秀噙着眼泪任由他发泄心中苦闷。

不但那事做不了,"老二"就像关不紧的水龙头,不经意间就会流出一股尿液来。夏天还好,到了冬天,棉裤裆里总是湿漉漉的,让他走起路来很是不爽。

他也去医院看过，医生说他是外肾损伤导致的前列腺问题，到这个年龄，即便手术也不会有多大效果。他干脆就不看了，一是花不起这个钱，二是丢不起这个人。

他心里恨。恨谁呢？他自己也说不清楚。恨自己当初在学校建房时没做好安全防范工作，自己不小心掉下来了？还是恨村委会给他们建筑队的钱少，没有资金买安全设备？

以前熊老四心里可真没这么想过。如果不是村委书记、主任和文书都因为套取中小学危房改造教育化债资金坐了班房，他也不知道改建学校国家给那么多钱。当时学校危房改造时，他还喝着号子招呼手下人要抓紧把教室建好，说这是造福子孙后代的事，村委会给多少钱就要多少钱，不给就一分不要了。

"拧天转"就是"拧天转"，如果他不是天生的拧种，也不至于像现在这样穷困潦倒。村干部贪污教育化债资金那件事，有人一次就送给他一万块钱封口费，他没要。

熊老四单门独户，没有儿子，是村里人常说的绝户头，再加上自己这一残废，他的脾气变得更加古怪孤僻，遇到一点鸡毛蒜皮的小事也能让他郁闷几天。

马秀日子过得比熊老四还苦。村里那些老姊妹看熊老四这副德行，以前经常和马秀一起拉拉呱、聊聊天的人，现在也不敢了，见马秀都躲得远远的，怕熊老四当面打马秀，跟着下不了台。

熊老四从路边的沟坎上站起来，拍拍腚上泥土，转动三轮车把，把车推到路面中间正欲上车骑行，突然听到后面有小车喇叭声。他就势站在那里，一动不动，任由喇叭声越来越近，喇叭越按越响。

三轮车的外侧磕石路面是一个碓窝，小轿车放慢速度，内侧轮子在碓窝里加大马力爬出来，外侧轮子险些崴进沟里。小轿车脱险后，司机使劲按几声喇叭扬长而去，带起一溜尘土全都撒在熊老四脸上。

熊老四不在意这些，用手抹一把脸上的土尘，嘴里嘟噜几句只有他自己才能听到的话语。他怀疑司机一定生气骂他了,于是他嘟噜的那几句比司机骂得还难听。

熊老四骑上三轮车,心里充满惬意。"有钱怎么啦?开了小轿车就比人高一头?你那几个臭钱还不是卖假烟假酒坑蒙拐骗得来的。今天老子就是不给你让路,你还不得乖乖地绕过去?"

熊老四猜想开小轿车回来的人一定是村里在城里开店做生意的人。他越想越兴奋,想到兴奋处,不由得骂出声来:"哼!修路还要我兑配套资金,滚你娘的球吧。这路一辈子不修才好呢,看哪个王八蛋用得多,反正我家连一辆蹦蹦蹦机动三轮车也没有。"

熊老四回到家,马秀在屋门外搬了两块砖头垫在腚下坐着等他回来。看见这情景,熊老四脾气一下又冒出来:"你不进屋做饭,坐在这求神仙咋的?"

"钥匙不是给你了吗?"马秀站起来,迈动着瑟瑟发抖的脚步,小心翼翼地绕到熊老四身后。

"谁让你给我的!"熊老四吼一声。他掏掏两个裤兜,没有钥匙;摸摸上衣口袋,也没有钥匙;再看看那辆破旧三轮车里面,车厢空空如也。

"给我了,钥匙呢?!"熊老四一步跨到马秀对面,扬起拳头就要打马秀。马秀躲闪身子,强辩一句:"你出门时,我不是把房门钥匙摘下来交给你了吗?"

熊老四想起马秀把一个孤零零钥匙交给他,不丢才怪呢。于是,高声吼道:"交给我了,钥匙呢?!"这句话,熊老四一连吼三遍,一遍比一遍嗓门高,气得马秀嘴唇发抖。

马秀流着眼泪,壮着胆子和熊老四讲理:"钥匙在你身上,找不到还能怨我?!"这是马秀在熊老四摔伤之后这么多年第一次和他强辩。

这么多年了,熊老四也是第一次看到马秀竟敢这样无视他的威风。他无法容忍,顺手捡起地上半块砖头向着马秀扔过去。

砖头擦着马秀的耳际嗖的一声飞过,马秀吓得一屁股坐在地上。一时间,马秀脑子里翻卷起多年来跟着熊老四过的心酸日子,一种生不如死的感觉立刻占据她心头。

马秀一骨碌从地上爬起,扭头就走。

"你别再去祸害闺女,有种你去死吧!"熊老四对着马秀的身影狂吼。

熊老四吼一阵,累了,顺势一屁股坐在马秀垫的砖头上,从上衣口袋里掏出那个皱巴巴的烟盒。抽出烟盒里的打火机及最后一支烟,他使劲地把空烟盒捏攥在手里,把没撒完的气都用在上面,就在他准备把烟盒扔出去的时候,他的手心被膈疼了。

撕开被揉成一团的烟盒,钥匙竟然在烟盒里。

在熊老四中午赶回家的路上,天空已变得白白唧唧,沉闷阴晦。午饭后飘起零星雪粒。

到半下午时,雪越下越大,天空中飞扬着鹅毛般大雪花。今年冬季一直干燥无雪雨,快进入腊月,下一场大雪也算是应允了干冬湿年的老俗语。

杨旭是那种乡镇里极为多见的"一头沉"干部,家住在距离镇政府不远处的龙王庙村。看着雪越下越大,想到家里还有些需要整饬的东西,便披件雨衣,早点往家赶。

下雪天,杨旭贪图方便抄小路,翻过铁路就到家。快到铁路时,四周已是白茫茫一片,他看到左前方铁轨下面似乎坐着一个人。

杨旭停下脚步,定神注目,确实是一个人正坐在铁轨石子垫层上。大雪天里坐在这里的人只有一种可能,就是想卧轨自杀!杨旭不容多想,快步朝着那人走去。

这会没有火车驶行,杨旭沿着铁路壕沟一步步走近。快到跟前时,那人站起身就想翻到铁路对面去。杨旭看清是一个女人,他大声喊道:"大妹子,你先别走!我下雪天走迷路了,想问问你,龙王庙怎么走?"

那女人迟疑一下的当儿,杨旭已经站在女人对面。女人说:"前面就是龙王庙。"说罢,低下了头。

眼前这个娇小的女人，杨旭似曾相识。可女人的头上、衣服上都落满了雪，睫毛上也挂着一层雪花，杨旭一时想不起是哪个村庄的女人。

"大妹子，我看你面熟，哪个村的？"杨旭问。

女人没理杨旭，低头就往前走。杨旭顾不得这么多，一把拽住她，说道："我是镇里干部，你有什么难处只管给我说，我给你做主。"

趁火车没有驶来，杨旭拽着女人翻过铁路。过了铁路不远处就是他的家，他要把这个女人带离铁路这块危险之地，回到村子里再说。

杨旭把雨衣脱下来，披在女人身上，容不得女人挣脱，硬是把她往家里拖。

杨旭走进家门时，几乎变成一个雪人。他在门外抖掉身上的雪，拉下女人身上的雨衣，站在门口的老婆猛地一惊，张张嘴，没有说出话来。

"大哥，我求你行行好，放我回去吧，我真的不想活了。"杨旭刚一松手，女人扭头就跑。杨旭老婆已经听明白，追过去拦腰抱住那女人，抱回屋里。

杨旭换好衣服出来，老婆已经帮那女人擦掉头上、身上的雪，倒一杯开水放在她面前。杨旭看女人一眼，突然想起来，忙问道："你不是坝子村熊老四家里的吗？"

"杨主任，你真不该救我，我跟他过够了，还不如死了好。"显然，马秀早就认出了杨旭。

杨旭想到上午才见过熊老四，但却不知道他家到底又发生了什么事，以至于差点酿出人命来。

马秀把熊老四上午从镇里回来没有找到钥匙，险些一砖头把她砸死的事叙述一遍，眼泪汪汪地说："杨主任，你看我这日子还有法过吗？明明是他找不到钥匙，却差点把我砸死。"

"钥匙"俩字在杨旭心里引起一阵猛烈震动。上午还在考虑怎样才能找到开启他心胸的钥匙呢。

"这钥匙究竟放到哪里了？"杨旭心中暗自嘀咕。

听到这里，杨旭老婆不由得插一句话："真不像话，动不动就打老婆，是不是心理变态。"

马秀望望坐在眼前这位一脸和善的姊妹，一肚子苦水想吐个干净淋漓。她撸起胳膊，掀开后背，露出一条条新旧叠加的伤痕。悲伤地说道："这些都是被他晚上发疯时打的。"

杨旭闪开，走进内屋，隐隐听到马秀在向他老婆述说那些羞于启齿的悄悄话。他明白了个中缘由，也为熊老四扭曲的性格找到了一丝理由，似乎离找到那把开启心智的钥匙越来越近。

马秀在杨旭两口子劝导下，解开了心里的疙瘩，不再想去死了。她女儿家离这不远，雪夜明朗，她要去女儿家。她说，准备死时，她是看过女儿和外孙后才去的铁路；大不了以后她就住在女儿家，不回去和他过了。

杨旭老婆说啥也不同意她在这大雪夜贸然外出，吃了晚饭，陪她在家里偏房住了一宿。

杨旭自己躺在床上，翻来覆去，几乎是一夜无眠。坝子村是他的联系包扶点，自从村书记一帮人贪污教育化债资金被逮捕判刑后，村里人心不稳，班子不健全，各项工作都难以推进，成了全镇的老大难村、软弱瘫痪村。当初镇党委书记有意想让他把这副挑子担起来，他没有接受。不是他拈轻怕重，是他年龄到快退休的节骨眼上，怕人说闲话。因为低保户问题他受过一次处分，他怕工作万一再有什么闪失，对不住自己一家人。

天快蒙蒙亮时，他在半睡半醒的浅睡眠状态里做了一个梦，梦见自己戴着红领巾在少先队队旗下庄严宣誓；还有上学当班长时经常背诵的那段"艰苦的工作就像担子，摆在我们的面前，看我们敢不敢承担……""毛主席语录"，他竟然在梦境中一字不漏地背了出来。

雪的白驱赶了黎明前的黑暗，天比往日里亮得提前许多。杨旭欠起身来，脑子里还在回忆着背诵"毛主席语录"的情景，可他醒来后想再复述一遍，却怎么也背不完整。

"人老了，就是好怀旧。"杨旭自言自语。

"看来，人的大脑还挺复杂的，潜藏着巨大的潜能呢。"杨旭在想。

他决定起床去找熊老四,和他坐下来好好谈谈心,看能不能也解开他心里的那个疙瘩。

一夜大雪,处处银装素裹。没膝雪地里,出现两个男人的身影,是杨旭和熊老四。两人在坝子村后一望无际的雪野里不期而遇。若是在平时正常天气环境下,熊老四只需抹个弯就能躲过杨旭;可今天不行,两人都是踏雪而行,百米以外就看得清清楚楚,想躲都躲不掉。

熊老四停住脚步,耷拉着脑袋不言语,心想:"大雪天,喝酒天,你杨旭大概是去牛二家吃狗肉喝早酒去吧?"

熊老四如此猜疑,并不是毫无道理。以前村里几个干部遇到大雪天气,喜欢聚在牛二家喝酒。从天明喝到天黑,第二天一早人们看到牛二家门前的路上被撒下一道路标,被积雪浸染成黄褐色。路标或通向书记家,或通向村主任、文书家。黄褐色的积雪包裹着酒精掺拌的鸡鱼肉蛋,从肠胃里再次吐出来,散发着狗屎般臭味。

杨旭本想劈头盖脸痛骂熊老四一顿,看他站着都摇摇晃晃的熊样,又于心不忍。杨旭想凑近熊老四,雪太深,抬腿拔脚都不方便。于是,他只好大声嚷道:"走吧,有话到你家再说!"

熊老四装作没听见,也许他真的没听见,因为一阵刺骨寒风扫着耳际呼啸而过,雪粒扑打在头上、脸上,两人都不禁打一个寒战。

熊老四想走开,他没心思在这和杨旭磨牙,他要去女儿家。他去女儿家也不会承认是因为马秀一夜没归而去找她,他只会说是因为下大雪来女儿家看看。

杨旭也知道熊老四是出来找马秀,一日夫妻百日恩,毕竟是吵吵闹闹、磕磕绊绊过了大半辈子的老夫老妻。他只想先卖个关子,到熊老四家两人促膝而谈时也好以此作为教训他的理由。

没想到熊老四不理会他这一套,扭着身子掼着腰、蹬着雪就要往前走。杨旭只好猛地从雪地里拔出腿来,迎头拽住熊老四,朝他腰部轻轻拍打一下。"是去找你媳妇吧"那句话还没说完,熊老四哎哟一声,脚下一滑,单膝跪在雪地里。

熊老四不是假装，蜡黄的脸色和在这寒冬雪地里从他额头上涔出的虚汗能证明这一点。

"老四，你别心急，你老婆在我家呢。"杨旭搀扶住他，安慰他说。

熊老四含着一双期待而又不解的眼神看杨旭一眼，无奈地点点头。

杨旭想背起他，被他摆手拒绝了。他扬起那副痛苦的表情，低声对杨旭说："没事，天一冷，这地方就疼，过一会就好了。"

杨旭在雪地里弓腰搀扶着熊老四，一双无助的眼神四处张望，突然发现不远处路面上有小车摇摇晃晃地慢慢前行。他摘下脖子上围巾，拿在另一只手里使劲摇摆，车子在与他俩直线距离地方停下来。

是牛二去养兔场路过这里。牛二下了车，深一脚浅一脚地向他俩走来。老远就可着嗓子嚷嚷："杨主任，您这是咋回事？是你欺负嫂子，大清早和你吵架要跑吗？"

牛二走到跟前，低头一看，跪在地上的不是嫂子而是"拧天转"熊老四。他摇头苦笑，弓腰托起熊老四说道："四叔，你这是哪儿不舒服？"没容熊老四回话，一搁劲把他背了起来。熊老四想挣扎，被牛二两只铁钳般的大手紧紧地扣在后背上。

"快，送他去医院。"杨旭跟在后面不停地催促牛二。牛二吭哧吭哧地背着熊老四一步一步地往前挪，费了九牛二虎之力才强行把熊老四哄进车子里。

牛二问："去哪里？"

杨旭说："先去镇卫生院吧，看来他病得不轻，去县医院这大雪天也不好走。"

见是杨主任和牛二开车送来的病人，镇卫生院不敢怠慢，一路绿灯。先给熊老四打针，安置病床，然后进行各项检查。检查结果出来了，医生告诉杨旭，病人是外肾损伤导致肾病综合征并伴有并发性贫血。

杨旭问："这病好治吗？"

216

屋
缘

Wu Yuan

医生说："就是去县医院,也是大同小异的常规性治疗,没有什么特别有效办法。"

为方便起见,杨旭做主就安排熊老四在镇卫生院住院。站在门口的牛二听医生说"外肾损伤"这句话时,表情一下变得很尴尬。

牛二知道熊老四的外肾损伤是盖学校时摔的,想到那件事,他就脸红。

当杨旭从衣袋里掏出身上仅有的几百元钱要去给熊老四垫交医药费时,牛二一把拉住杨旭说："杨主任,这事就不用你操心了。医药费我先给'老拧'叔交上,我车里正好有卖兔毛的一万块钱。"

"熊老四一时半会儿还不上你钱咋办?你养兔场到处都是花钱的地方。"杨旭问。

"看你说的,兔子不喂也要看病,这哪比哪了。老拧叔医保自费的钱我包了;若是剩钱,我也不要了,算是我扶贫。"牛二说。

真是财大气粗!杨旭不解,牛二怎么会对"拧天转"大发慈悲?

牛二说："杨主任,你别拿这眼神看我。我先去车里拿钱,回过头来我再给你细说究竟。"

牛二去交钱,杨旭给老婆打电话,把一早如何遇到熊老四,又如何把熊老四送医院的事说一遍,让老婆转告马秀直接到镇卫生院来照顾熊老四。

杨旭看着护士给熊老四挂上吊水,安慰他说："你就放心治病吧,钱的事不用你操心,农合不能报销的那部分也不用你付,有人给你想办法解决。"

杨旭不知道牛二葫芦里到底卖的什么药,就没把牛二替他交钱的事说出来。他心里清楚,熊老四连牛二的车都不愿意坐,要是知道看病的钱是牛二交的,还不得拔掉针头走人?

牛二交了钱,拿着单子在病房外转悠就是不进来。熊老四的拧劲他是领略过的。俗话说"赤脚的不怕穿鞋的",牛二遇到"拧天转"这样性格的人,平日里说话的张扬也不得不收敛几分。

杨旭选一间没有病人房间,招呼牛二进来。他想听听牛二到底要给他细说什么。

牛二把交款单子递给杨旭,嘱咐杨旭不要说是他交的钱。杨旭说:"我懂,这单子就放在我这里,等到'老拧'出院结账后再说。"

杨旭问:"你要给我细说什么?"

牛二抓耳挠腮,话该从何说起呢?他还没有理出头绪。

牛二"嘿嘿"傻笑两声,说道:"这事说起来,我就脸红害臊。"

杨旭说:"说吧,我不笑话你。"

话还得从检察院来调查教育化债资金问题时说起。那天,牛二破例第一次笑嘻嘻地喊着"拧天转"四叔,走进他家屋门。

牛二说:"四叔,咱都是乡邻乡亲的,以后的关系早着呢。你看,上面来查建学校领取国家补助资金的事,村里几个干部不好说,让我来给你说说。

"咱这不是因为你摔着了,剩下的那几间教室还没来得及危房改造吗?他们几个提前把那份补助款领出来了。到时候上面来人找你了解建校情况时,你就说我们村里确实是改建五个教室,反正他们也不会去学校查看,只要你把村里给你付款的手续补齐就行。"

牛二说完这话,打开手里提着的塑料袋在熊老四跟前晃了晃说:"这里有一万块钱,您老留着养老花。以后有什么病啦殃啦,村里几个干部还会想办法照顾您。"说完这些话,牛二看看熊老四默不作声的神情,凑近他身旁又小声说道,"他们几个让我传话给你,过了这道坎,多领出的那份钱也有你一份。"

熊老四不听还罢,听牛二这么一说,立马气得脸色发青。他夺过塑料袋,一把扔出门外,高声嚷道:"滚!能滚多远滚多远!"

熊老四一下看清了披着羊皮的狼是什么模样。原来村里那几个人五人六的干部,背地里竟然干起这等勾当,还没有他一个普通老百姓觉悟高呢!我熊老四还招呼手下干活的工人说"盖学校是造福子孙后代的好事,村委会没有钱就不要钱了",而他们却借机多领那么多钱装进自己腰包。熊老四后悔当初不该只收那一点工钱,自己还为此落下一身病,甚至连关灯后那些事都做不了。

熊老四越想越气,天天盼着检察院来人找他了解情况。到办案人员找他的时候,他把所有事情都和盘端出,一个细节也没漏掉。

牛二因为贿赂熊老四做伪证,被检察院办案人员带到办案工作区问半天话,还为此写下了悔过书。牛二还算明白,在检察院老实地把他老表求他去找熊老四做伪证的情况彻底交代了,对自己的错误也有清醒认识,得到宽大处理。

牛二的问话材料和熊老四的证言相互印证,为检察机关办理村干部集体贪污一案提供了一份有力的再生证据。

杨旭耐心听完牛二叙述,感到很吃惊。吃惊的不是那几个村干部贪污教育化债资金的事,这事他早都知道。他是没有想到像熊老四这种性格的人在生活如此窘迫的状态下,在大是大非面前、在金钱诱惑面前还能立场这么坚定,这么有正义感!

"如果换成自己会怎样做呢?"杨旭扪心自问。

牛二挠挠头,不好意思地补充说:"说实话,'老拧'叔那天的做法,羞得我有个地缝都能钻进去。我对我老表他们这帮人做的这些事也看不惯,村里建学校的钱都敢贪污,还有什么坏事做不出来!"

杨旭突然有想进一步了解坝子村情况的念头,他顺势问道:"他们几个人没有出事时,不都经常在你家吃吃喝喝吗?"

"我那也是没办法。以前我做石料生意,他们经常给我使绊子,故意刁难我。不是说村里的路被压毁了,不让车过;就是说上面又有文件精神,山不让开了。每次我都得给他们送钱表示表示,还要请他们去家喝酒。到上面真有文件不让开山,他们不也一点都没帮我嘛。"

"你为什么没有把他们这些事也向检察院举报呢?"杨旭问。

牛二看四下无人,诡秘地给杨旭耳语:"我都举报了,没有这些事,他们怎么能被判这么重呢。还有,我母亲吃低保的事,那是他们干的,我家连存折都没有见过。"

　　杨旭再次感到吃惊。这次吃惊的不单是牛二平日狂傲外表下内心所存有的那份追求阳光政治的心结，更吃惊的是村里几个干部竟然抓住自己老好人思想严重、拉不开情面的软肋借机假公济私的行为。

　　听到病房外马秀向医生打探熊老四病房，杨旭起身正要迎出去，牛二拽一把他的衣服，说道："我就不跟着出去了，一会你们进病房，我就回去，养兔场里还有事等着我呢。"

　　"你这一万块钱真不打算要了？"杨旭再次问牛二这句话，一是想探探牛二心态，看看牛二是不是看在他面子上才有这一举动；二是他自己现在还真拿不出这么多钱来为熊老四垫付医疗费。

　　"我真不打算要了，也是弥补我过去犯的错误。反正当初送给'老拧'叔这钱时，我知道这钱也是我出，他们几个不会还给我的。'老拧'叔出院结账时，如果该自己承担的那部分钱这一万块不够，我再添；如果有剩余，就委托您作为救助款给他吧。"牛二很真诚地说。

　　熊老四的病是多年留下的老病根瘀积到一定程度，在这个寒冷冬季里终于到了发作时候。杨旭分别给医生和马秀做相应安排，自己赶回镇政府上班。

　　刚到办公室就有人通知他，下午召开两委扩大会，贯彻落实县委关于开展深度扶贫工作会议精神。

　　中午，杨旭在镇政府食堂吃了饭，按时参加会议。会上，镇党委书记亲自领学习近平总书记在深度扶贫地区脱贫攻坚座谈会上关于"扶贫干部要真正沉下去，扑下身子到村里干，同群众一起干，不能蜻蜓点水，不能三天打鱼两天晒网，不能神龙见首不见尾"的讲话精神。学完文件后，党委书记带头在两委扩大会议上当着这么多人面公开做检讨。他说："总书记的讲话精神一针见血地指出了我存在的不足之处。表面上看，是工作方法存在问题，实质上反映的是我这个党委书记的群众观念和执政理念的大问题。我今天明确表态，我们镇打不赢这场脱贫攻坚战，我就引咎辞职。"

　　会议原定主题是"扶贫工作总结分析会"，书记带头检讨，会议改成了检讨反思会。参加两委会的同志都挨个做检讨，书记提醒说："不说别的，就反思工作中存在哪些问题，怎么整改，有哪些实实在在的举措。"

在这次会议上，杨旭真正理解了什么叫精准扶贫。轮到发言时，他从自己过去一贯形成的粗放扶贫观念，谈到自己对精准扶贫的理解；从自己存在的"船到码头车到站"思想谈到昨天以来的亲身体会和感悟；同时对自己两年前所犯错误再次做深刻检讨。之后，他说："如果党委信任我，我愿意在临近退休之年被派驻到我包扶的坝子村去，以实际行动弥补我的过错。"

镇党委书记当场主持召开党委会。会议研究决定：杨旭派驻坝子村担任第一书记，主抓扶贫工作。

杨旭是赶在上级相关方案出台之前，镇里第一个主动请缨到行政村担任主抓扶贫工作第一书记的人。第一个吃螃蟹的人总是要遭人非议。一时间，各种说法夹带冷嘲热讽纷沓而至。有人说，杨旭是因为受处分被贬职到村里去了；有人说，杨旭是想在退休之前出一把风头；也有人说，这是党委书记和杨旭联手做幌子，杨旭先带头，把其他人派下去之后，杨旭就撤回来了。

书记找杨旭谈话，开门见山地问道："这次镇委派你到行政村担任主抓扶贫工作第一书记，你能不能坚持干到退休呢？"

杨旭掰着手指头算算，自己离退休年限还有一年零三天时间。杨旭说："我自己选的路，就要走到底。只要我健健康康，活一天，我就踏踏实实地在村里干好一天。"

书记咬咬嘴唇，点点头。虽然没有说一句鼓励他的话语，可千言万语都在这一举一动里表达清晰了，无须多言。

杨旭早饭后依旧先去卫生院看望熊老四。这两天镇民政办的工作对于他来说已经可有可无，因为镇党委关于他任职的文件已下发，民政办的工作该交接也都交接了。

杨旭找医生询问熊老四这一个多星期的疗效情况，医生说："从目前情况看，肾病综合征基本控制，但治疗并发性贫血需要一个漫长过程。"医生建议出院静养。

杨旭不明白为什么需要一个漫长过程？医生以最简略的语言回答了他："这是一个由输血到自身造血的过程。"

"那么，怎么才能由输血发展到自身造血呢？"杨旭依仗和医生熟悉，打破砂锅问到底。

好在医生已经查过病房，这会也有空闲时间，借机给老伙计上一堂医疗常识课。医生说："治疗贫血的终极目标是改变造血内环境及体内缺氧状态，修复造血土壤。单靠血液输注和糖皮质激素及环孢素联合雄激素治疗起不到根本效果。最重要的方法是病人要提高免疫力，保持一个良好的心态，达到自身造血的目标。"

医生说的几句医学常识，现在在杨旭听来，却像是在品味一段扶贫理论，多么具有哲理性。

熊老四出院后回家养病，每天有马秀无微不至地照顾，心情一直都不错。最重要的是自己的"水龙头"基本上能关闭，不再经常往外流尿液了。马秀也因这段时间没受窝囊气，心里舒坦，脸上自然有了笑容，干起活来也更有劲头。

看着马秀不知疲倦地忙里忙外操持这个家，再想想那天马秀卧轨的事，熊老四心里既后怕又后悔。马秀离家出走后，熊老四只想她是被大雪隔在闺女家，看她一夜没归也没有音信，他心里才犯嘀咕：马秀平日里也没胆量敢在这大雪天里对他不管不问。联想到自己不计后果甩出那一砖头，越想越内疚。如果那一砖头真的砸在马秀头上，砸不死也要被砸个半死不活。

到底还是那份同床共枕、白头偕老的亲情战胜了他的拧脾气。他拖着头天骑三轮车还没有歇过来的疲倦身躯从被窝里爬出来，短裤里也没顾上垫毛巾，饭也没做、没吃，就蹚着厚厚的积雪出门。

在医院里这几天，熊老四虽然嘴上不说，从心里对杨旭感激不尽。杨旭不但救了他老婆马秀的命，还救了他，救命之恩当终生难忘。

感恩归感恩，以熊老四"拧天转"的脾气，他心里总也消除不了一连串的疑问:村里的几个"大头子"做假账贪污国家的教育化债资金时,杨旭是镇里包村干部,难道这事跟他就没有一点牵连吗?如果没有牵连,那次他到镇上访时,杨旭为什么会对他这么好呢?

熊老四至今还记得他去镇里上访时的情景。

那是秋末的一天,熊老四照旧骑着他的三轮车,车厢里放着凉席子、锅碗勺筷、一只破暖瓶、一把挂面及一块歪歪扭扭地写着"为村里建学校摔成残废无人过问"字样的硬纸箱板,来到镇政府大门口。

他就靠在大门口旁边一棵国槐树下,把标语纸板系在三轮车把上,把凉席子铺在三轮车厢下,蜷曲着身子拱到车底,躺在凉席子上睡大觉。

还没到吃中午饭的时候,熊老四不能忙着给自己做饭。他躺在凉席子上探探情况,看看会有哪路神仙来接待他。

有小轿车从外面驶入镇政府大院,熊老四想着一定会有领导从小车里下来询问他情况。他有点紧张,毕竟是第一次上访。熊老四紧闭双眼,装出一副可怜巴巴的样子等待着领导到来。五分钟过去了、十五分钟过去了,一个小时过去了,熊老四真的迷迷糊糊睡着了。

睡醒之后,他侧过身,透过车轮看镇政府大门口。他看到或骑车或步行的人们匆匆下班路过,却没有听到任何人对他议论。当然,熊老四只能看到人们脚上的鞋子或车轮子,看不到人们间或扭过头来看他的神情。

他失望了,要为自己的上访再增加点气氛。就在他正准备从车厢底下爬出来,去旁边坑塘里提水支锅煮面条的时候,听到一辆叮当作响的自行车停在三轮车前,他索性蜷曲在车厢下不再动弹。

从三轮车前探头向里张望的人是杨旭。"老四,出来吧,有话我们到办公室去说。"

熊老四不言语,闭上眼装睡。说实话,他最不希望见的人就是杨旭。他是村里包村干部,什么事不知道?

"我下村去了,刚回来路过,你在这睡多久了?出来,咱到我办公室说话去。"杨旭重复着刚才的话,熊老四仍旧不语。"你不是腰不好吗?在这地上睡长会受凉的。"杨旭依然和风细雨。

看熊老四一副死猪不怕开水烫的样子，杨旭没办法。提走他的暖瓶，推着叮当当的自行车进镇政府大院。

十几分钟后，杨旭提来一暖瓶开水，还拿了自己的碗筷。他对熊老四说："食堂已经没饭，我就蹭你一碗面条吃吧。"

熊老四装睡着。杨旭说："我屋里有烧水电磁炉，我借你锅和挂面，把面条煮好再端来，也不白吃你面条。"

杨旭在他房间里煮好挂面端过来，自己先吃一碗。吃过后，他把锅从三轮车前面塞给熊老四，说道："看好了，别让狗过来给你偷吃了。"

杨旭回办公室后心里很不舒服。这事发生在自己包扶村，别人会怎么看呢？是工作做得不到位，还是上访人对自己有意见呢？

他拿出坝子村报上来的低保户名单，认真地重新审查一遍，上面竟然没有熊老四的名字。说实在的，杨旭对坝子村几名村干部的所作所为也很反感，但强龙不压地头蛇。这些事都是他们村里自己拿意见，作为一名包村干部也不好管得太多。

今天这情况杨旭不得不管了。无论是从镇民政办主任位置上说，还是从自己是包村干部身份上讲，他都有责任把熊老四纳入到低保户名单里来。

杨旭找一张申请低保户的表格，给熊老四填好了，径直骑上自行车就去坝子村。他没有午休习惯，到坝子村找到村书记，把熊老四在镇里上访及村里报的低保户里没有熊老四的情况说一遍，建议村书记召集几名村干部开会，把熊老四加进去。

村书记听后不屑地笑笑说："不必了，我让文书拿着公章过来，盖个章不就行了嘛。"

村书记接过杨旭手里坝子村上报的低保户名单表，提起笔顺手划掉一户人家的名字，笔一甩，仰头说道："去掉这家，换上熊老四。"

杨旭问："这家是什么情况？"

村书记说:"这家生活也困难,可他家跟我有点亲戚,免得以后别人说闲话,给他去掉吧。"

说实话,杨旭当时对村书记的行为还很感动。

杨旭帮熊老四办好低保户问题,回到镇政府门前,见他仍然还睡在那里,就和颜悦色地拿低保户申请表给他看。熊老四看到自己的名字,看到坝子村的印章,别的就没细看,他相信杨旭不会骗他。

熊老四想赖一会再走,不至于让杨旭看出来他就是为了低保户的事才来上访。没想到杨旭却说一句:"你要是再不出来,我就把你的锅碗给你唰唰去。"熊老四知道做事不能超越底线,便慢腾腾地从车底爬出来,拉出凉席子叠也不叠,一把撂到车厢里。

离开杨旭也就是十来米远,熊老四扭过头来,对着镇政府大门呸的一声吐一口吐沫,自言自语道:"想让我承你的情,没门!"

在熊老四看来,杨旭一定是看他来镇里上访,才去找村里那几个王八蛋商量对策去了。他们是怕他说出村里建学校的事不得不给他办低保户,是为了笼络他。"谁知道建学校的事,里面会有多少猫腻呢?"熊老四心想。

"吃饭了。"马秀从厨房里端来一碗打了荷包蛋的面条放在饭桌上,柔声细语的招呼声打断了熊老四的思绪……

熊老四深情地望了马秀一眼。天地良心,他从心里对自己老婆很满意,马秀长得并不比别的女人差。他甚至联想到杨旭拽着自己老婆手过铁路时的情景,于是心里酸酸的。

杨旭明天就要到坝子村走马上任了。晚饭后,他让老婆帮他整理被褥、衣服及生活用品。老婆极不情愿,说是坝子村距离龙王庙也就是十里多路,在镇里上班的不少人离家比这还远呢,不也是天天晚上往家跑吗?

杨旭耐心劝导老婆,说是去村里任第一书记,和在镇上班就不一样了。

"哪儿就不一样了?干的不都是党的工作吗?"老婆嘟噜道。

"当然不一样了。你想想,村子里的事哪分白天黑夜呢?"杨旭从来没跟老婆吵过架,即便老婆发火时,他也是笑眯眯地说话。

老婆拗不过他,给他捯饬一大麻皮袋子物件。晚饭后,杨旭把孙子送到儿子家,借口说他妈妈身体不舒服,让他们带一晚上。杨旭在今晚要好好地安慰安慰老婆,谁知道以后得多少天才能回来一趟呢。

到了坝子村,杨旭就住在村部里。新建的村部院落,萧条而安静。院子里东南角有一间空房,离厕所也近,起夜方便,杨旭就住这间空房。

村里提前给他买了一套被褥,还有做饭的家什。杨旭把办公室里的电磁炉和烧水壶带来了,被褥也带来了。他批评村干部不该乱花钱,让把这些新物件退掉。

杨旭报到后第一个不经意的行为让村干部们对他莫衷一是,说是从包村干部到第一书记身份一变,人也变了,打起官腔来了。

杨旭听到这些议论后反倒很怡悦。他已经想好了,这次来坝子村不是一天两天的事,他就要以一种全新的姿态出现。有任务压在肩上,镇党委书记都公开表态:打不赢这场脱贫攻坚战,就引咎辞职。更何况我一个小小的村第一书记呢。

坝子村虽没有建档立卡被定为贫困村,但村里的贫困户比个别被建档立卡的贫困村还多;再加上坝子村是典型的软弱瘫痪村,脱贫工作的难度并不比贫困村小。

按照常规,新来的第一书记首先要做的事就是在村干部的配合下入户调研,摸实情,然后做好贫困户的建档工作。杨旭包扶坝子村已经好多年,对下属六个自然村的村情相对熟悉,有没有村干部陪伴,他也能找个差不多。他向村干部要贫困户档案时,村里几个干部都摇摇头,说这项工作还没有着手做。也难怪,那时镇里没有硬性要求每个村都要给贫困户建档立卡。

既然没做就不急于做了,杨旭要深入每个贫困户的家庭,逐户了解情况,精准识别,找出致贫原因,有的放矢地制定帮扶措施,建立一份更加完备的贫困户档案。

村部离熊老四家不远,晚饭后杨旭去了他家。这是他包扶坝子村以来第一次深入到熊老四家。其实,何止是熊老四家呢,严格地说,他没有深入过任何一家贫困户家庭。当初制定镇干部包扶行政村的目标是发展经济、维护稳定、富裕农民、培养干部,并没有细化到完成脱贫任务。

现在想想,任何理由都只能是一种推托。关键还是自己当初的那份责任心不够,特别是因为低保户的原因受到党内严重警告处分后,思想情绪低落,没有工作热情,秉承着"不干活就不会出错"的工作态度,只想着安闲轻松度日。

贫困户不脱贫能富裕农民吗?做好培养干部工作坝子村还会软弱瘫痪吗? 这几天,杨旭着实地认真检讨自己。

走进熊老四家时,马秀正在洗涮碗筷,熊老四因为天冷早早地坐在被窝里。他家的院落很大,房子是干建筑队时盖的。出厦瓦房,墙面和门前的柱子虽已斑驳脱落,但没到危房程度,显得很结实、厚重。

"老四,当初你盖这口屋时,应该是村里一流水准吧?"杨旭仰头看屋顶粗壮檩棒和平平整整的水泥板,不由得向他调侃道。

"唉! 好汉不提当年勇。都落到这般田地了,连贫困户的名字都混上了。"熊老四唉声叹气。

"那就早点脱贫。"杨旭说。

"狗日的想多戴一天贫困户帽子!"熊老四脱口而出。

"今天我来就是给你聊聊,看咱怎样才能脱贫?"杨旭拉个板凳坐在他对面。

熊老四沉吟一会,说道:"我就是看不惯村里的混蛋干部,一帮坏蛋,一帮糊弄,都是不干正事的种。"

"原来的那些村干部有的不是被逮捕判刑了吗? 现在我来村里任第一书记,有什么想法就给我说说。"杨旭说。

"谁稀罕你来干第一书记了? 你来,村里也好不到哪去……"熊老四本想说"你来了,不也是一样糊弄吗?"但熊老四还没有混蛋到这种程度,特别是杨旭现在已经成了他家的恩人,他出口不能伤人太重。

"那你就给我说说,怎样才能让村里好起来?怎样才能帮你们贫困户早日脱贫?"杨旭问。

要是搁在以前,熊老四肯定会说,想让贫困户脱贫,那就多给钱呗。但熊老四今天没这样说,发自内心来讲,自己怼杨旭那几句,也是为他好,不想让他再来蹚村里那汪浑水。

他想给杨旭掏掏心窝子话,想想办法。"就说我吧,我也不是啥活都不能干。那天你说要我养牛二的兔子,我要是养了,那些救助钱和贫困户政策我还能享受到吗?况且,咱这六个自然村,哪个村都有比我家条件好得多的人家还当着贫困户呢。你要是能有本事把那些不符合贫困户条件的假贫困户都给换了,不让他们享受这些待遇,我第一个带头脱贫。我养兔子我养狗,收入不足,还有两个闺女帮衬着我呢。咱农村人不怕苦,不怕穷,就是看不惯不公平,怕没有说理的地方。"熊老四也不忌讳自己骂自己是"狗日的",他和盘托出心里话。像这样说话,这么多年,他是第一次。

熊老四想想,又说道:"杨主任啊杨主任,你真不该来我们坝子村任第一书记。上次清理低保户,坝子村清理掉的那几户,群众意见大着呢,都是那几个混蛋干部的亲戚。群众对你不信任啊,怀疑你和那帮混蛋是吃在一起的,就连我心里也打嘀咕。"

提起低保户问题,那是杨旭心里永远无法抹去的痛。听牛二说他家"存折连见都没见过"的话后,他心里更加气愤。

就要离开熊老四家时,杨旭半开玩笑半认真地问道:"老四,你家的钥匙最后找到没有?"

"别哪壶不开提哪壶!我气得发火时,那钥匙就在我身上。"

"喔,有这事?你也太混蛋了,你不是故意找茬打马秀吗?"

"不是的。我到处找都找不着,结果钥匙在我攥着的烟盒里。这不,怪难找的。"

"是难找。难找,不也找到了吗?"杨旭低头沉思。

熊老四不明白杨旭在想什么，马上表态："杨主任，你放心吧，今后我再也不打这熊娘们。她要是真死了，我一个鳏夫寡人连个做饭的也没有。"

杨旭要走，熊老四一咕噜从被窝里爬出来，趿拉着鞋，披上棉袄就要出门去送。杨旭发现，熊老四从医院出来后，身体比以前好多了。走进外间，他认真审视一眼日光灯下站着的马秀，脸色红润润的，散发出一缕夕阳里的光晕。

坝子村共有两百零八家贫困户，杨旭带着村文书逐户走访一遍，找出每一家致贫原因。的确如熊老四所说，每个自然村里都有晦涩地说着自己不着边际理由的贫困户，也就是熊老四所说的假贫困户，其中有的还是党员干部的亲人。

已经临近过年，外出打工的人都陆续回来了。杨旭特意打电话通知每一位外出打工党员，要他们回来后都参加党员大会。

开会那天，村部外的路上，自行车、电瓶车、三轮车一溜停出几十米远。院子里坐满了人，有自带小板凳的，有拿张旧报纸就势坐在地上的，也有摘掉帽子、围巾垫在腚下的。有一位八十多岁老党员让儿子用三轮车推着他来参加会议，他不无感慨地说："二十多年了，这样的党员大会坝子村还没开过。"

会场简单，没有贴标语，也没有插红旗，只有一张桌子，两张板凳。杨旭在会议正式开始之前就向参会人员解释，他说："我相信党旗插在我们每一位党员心里。"

村党总支书记兼村主任主持会议。他简单介绍了杨旭基本情况，宣读了镇党委任职文件，接下来就说："下面欢迎坝子村党总支第一书记杨旭给大家做重要讲话，大家鼓掌欢迎。"

新建的村部院落里第一次响起了如此热烈的鼓掌声，也给坝子村增添了一份辞旧迎新的喜庆。杨旭站起身来，给各位党员干部致谢并拜早年，然后从上衣口袋里掏出一沓纸，放在桌面上展开、抚平，郑重地大声念道：检讨书。

"尊敬的坝子村各位党员：今天，我满怀愧疚和懊悔写下这份检讨书，以表达我担任镇民政办主任时违反低保户办理审查规定行为的忏悔之心。对因我个人行为给镇党委和坝子村党总支造成的困扰，表示歉意；对党组织对我的处分及教育挽救表示衷心感谢。

"事情虽然过去两年多，我每每想起都深感内疚。深究其行为根源，是源于我自身的党性观念薄弱，老好人思想严重，对工作极不负责任，缺乏敢于担当精神，以至于被别有用心的人钻了空子，让他们有机会假公济私，中饱私囊……

"事情涉及我们坝子村，也在党员群众中造成极为不好的影响。现今我虽然已经解除处分，到我们坝子村来担任党总支第一书记，我有责任、有必要在我们党总支全体党员大会上做出深刻检讨，接受党员群众的批评教育，接受大家的监督。"

杨旭的检讨书写得非常真诚，态度诚恳，开诚布公，不掩不盖，让在场所有党员受到一次深刻的党性教育。

杨旭念完检讨书，接着说："今天召开全体党员大会，我还要给每一位党员布置一项任务。每位党员都考虑一下，我们坝子村如何让贫困户脱贫？如何走向小康村？走向美丽乡村？我要利用年关这段时间找每一位党员谈心，听取意见。"

杨旭安排村文书把两百零八户贫困户的名单当场公布，让村里的党员们心中有数，按户献计。

杨旭已经把习近平总书记脱贫攻坚的重要论述，把上级领导的重要讲话精神都融合在检讨书里，他是把自己作为反面教材，现身说法，既宣传了党中央打好精准脱贫攻坚战的重大意义，也表达了自己的决心。之后，他示意会议主持人，他的讲话已经结束，可以宣布散会。

这是一场别开生面的党员大会，村党员们听得懂，感触深，由衷地敬佩杨旭不怕露丑的勇气。

散会时，杨旭大踏步走到那位八十多岁老党员跟前，恭恭敬敬地把他从小板凳上搀扶起来。老党员环顾四周,面对身边人群,激动地说:"我们坝子村有希望了,今后大家都要支持村两委工作。"

老党员紧紧地握住杨旭的手,久久不放。十几个党员把他俩团团围住,杨旭感动得泪水在眼眶里打转。

熊老四出院是杨旭帮着结的账,扣除新农合报销后,熊老四该自付两千多元医疗费,牛二那一万元钱还剩下七千多。杨旭心里很纠结,熊老四这两千多元医疗费是从牛二钱里扣除好,还是自己掏钱垫上好呢?

杨旭知道,没有政府可以垫付的理由,牛二是绝不会让他出这份钱的。除非有证据说明这两千多块钱是政府的钱,牛二才能接受。

杨旭在村部里约见牛二,算是他对第一个非贫困户群众代表谈话。

杨旭先问牛二养兔场经营情况,他担心牛二的养兔场是否会涉及禽畜养殖规范化和生态环境问题。果然如杨旭想象的一样,牛二正为养兔场的事发愁。他起先所以舍近求远承包外村三十亩荒山养兔,就是为了避开村里那几个干部,远一点图个清静。现在上级对禽畜养殖规范化整治越来越重视,他也要响应上级号召,实行规范化、标准化生态养殖,开发养殖废弃物的资源化利用。

杨旭问他有什么打算,他说:"我想承包村里岗子山,建一座正规化的生态养兔场。"

岗子山的开发利用问题杨旭不是没有想过,只是没有形成一个完整的规划方案,也不便与牛二谈得太多。于是,他说:"岗子山的规划要集思广益,充分听取群众意见。如果你有这个想法是好事,但你的思路要大,要站在带动全村人共同富裕的角度,设计出一个方案。"

牛二似懂非懂地点点头,虽然他并没有完全领会杨旭的意思,但他看到了养兔场下一步发展壮大的希望。

谈到熊老四住院医疗费的事,牛二说:"我一个大男人,说出去的话,泼出去的水,哪有收回的道理。剩下的这七千多块钱给他也是理所应当,他为了村里的孩子们建学校摔伤，我该帮他，同时也算替我那王八蛋表哥赔罪。"

杨旭说："你这七千多块钱能救得了熊老四一时之急，却救不了他的贫。坝子村有两百多户贫困户，你救助得了吗？你的这份心情我能理解，但这份钱你收起来吧。"

牛二怏怏不乐地接过杨旭手里的信封，里面还有牛二为熊老四个人承付两千余元的发票。

杨旭说："熊老四个人支付的两千多元医疗费，暂时先用你的钱垫付，等下一步上级有了扶贫补助资金时再还给你。"牛二表示，再多的补助资金他也不要，补助给该补助的人吧。

"桥归桥，路归路，哪码归哪码。"杨旭说。

杨旭床下放着一个小木箱，那是当年公社民兵营长送给他的，是民兵训练时盛放手榴弹用的。杨旭敝帚自珍，舍不得丢弃，平时用它装一些生活用品，走到哪带到哪。

如今这小木箱派上了新用场。杨旭是个细心又勤奋的人，他把每天与人交谈所受到的启发回来后都记在本子上。一个月下来，他已密密麻麻地记了两本子。木箱子本来没有锁，随着杨旭日记一般的流水账记载越来越多，他到村里一家小商店买把锁，每天记完，就把箱子锁起来，放在床下。

今天与牛二交谈让杨旭很受启发，如果能把牛二的养兔场壮大，发展成一村一品养兔专业村，不但能把广大村民带动起来共同致富，也有利于牛二养兔场规模化、标准化、品牌化，进一步推进市场化，提高附加值。

"瑞雪兆丰年"，临入腊月时那场大雪给坝子村带来丰收喜庆，同时也给坝子村带来出行困难。那条通向镇政府的碴石路早已布满大大小小碴窝，雪后一个腊月里，车行人往，冻冻化化，碴窝里存了水，路面泥泞不堪，行走起来已是十分困难，老百姓过年走亲戚都成问题。

杨旭听说这条路去年县里就已经立项，按讲项目计划应当下达了。他找来村书记了解情况,书记说:"项目下达了也白搭,筹集村里的那部分自筹资金比吃屎都难。"

"难,咱也得干呀。看看人家外村里自筹资金都是怎样筹集上来的。"杨旭说。

村书记低头不语。显然,他也不是不想把这条路修起来,看来为了这条路的事他确实没少作难。

杨旭安慰书记说:"没事,别的村能做到的事,我想咱坝子村也能做到。这不是春节期间在外地打工、做生意的人都回来了吗?修路是好事,咱借这个机会,串门上户,多做工作,把国家政策讲清楚。中央和省里给计划资金,市县两级给配套资金,鼓励群众采取'一事一议'办法提高修路积极性,我就不信这点钱咱筹集不到。"

杨旭与书记商量后,决定召开一次两委会,专题研究修路自筹资金问题。

会上,两名书记态度坚决,观点一致。总之一句话,变鳖都要把自筹资金筹集上来。村支两委们看任务压在头上,没有退路,只好硬着头皮往上顶。大家你一句我一语,献计献策,最后决定:任务分解到两委会委员,同时制定两条规定:一是不许在自然村以开会形式传达要求;二是不许把任务压给自然村了事。每一位村支委员都要深入到每家每户,先做工作争取在外地工作愿为家乡做贡献的人及这几年在外地打工、做生意的人捐款,之后把剩下的余款分解给非贫困户,最后再考虑贫困户情况。

杨旭带头捐款一千元,其他村支两委委员都或多或少地跟着捐了款。春节过后的第二天,有的自然村就在村子里贴出大红喜报:某某某捐款五百元,某某某捐款三百元……牛二索性把熊老四医疗费报销后剩下的七千多元配够整数,捐了一万元。

算是杨旭进村后一炮打红。有人说是杨旭的那份检讨书写得诚恳;也有人说,是杨旭来坝子村后就很少再回龙王庙给老婆暖脚,让人感动。

总之,修路的自筹资金很快就筹集够了,修路已不成问题。那条被熊老四诅咒为"一百年不修才好"的礓窝碴石路眼看就要变成一条宽广通达的水泥路。

杨旭去县交通局协商坝子村修路事,交通局负责人明确表态,只要自筹资金到位,开春就修这条路。

晚饭后,杨旭打开木箱子,拿出日记本,照例坐在灯光下写这几天的体会及下一步主干道通向各个自然村的修路计划。刚写完站起身,伸个懒腰,把本子放回木箱里,西汪子自然村的两名村组长就来敲门。

来者手里提着食品袋,进门就说:"杨书记,我家过年的菜还没有吃完,想让你帮帮忙啊。"

杨旭说:"好啊,不出十五都是年,弄两杯。"说着就搬出小方桌和小板凳。

杨旭只有两只盘子两只碗,都倒饬出来,把牛肉、猪耳朵、花生米、煮海带分放在碗盘里。来人从羽绒服口袋里往外拽酒瓶,杨旭伸手从床底下摸出一瓶北京二锅头说:"喝这个带劲。"

杨旭坚决不喝他们带来的那一瓶酒,说:"过年的菜我帮你们吃,酒必须带回去,来了就喝我的酒。"

看是一瓶已经开口的酒,来人问道:"杨书记,你平时没事时也弄两口?"

"有时晚饭时弄两口,暖暖身子。"杨旭说。

三人聊着天,喝完了杨旭那瓶二锅头。这时,其中一人说:"杨书记,有件事我们也想检讨,就是怕这事负面作用太大,影响不好。"

杨旭心里一惊,表面上却装得很淡然。问道:"什么事?你说吧。"

"就拿我们村来说吧,当初报贫困户时,有个别家庭确实困难,却爱面子,怕儿子以后不好说媳妇,不愿让报;有的家庭是特殊情况下形成的暂时困难,过了那个坎,就不再困难,却还顶着贫困户的帽子。这样也不公平,也不利于下一步扶贫脱贫工作的开展啊。"那人说道。

虽然杨旭对这一情况已经心中有数,下一步就准备开展贫困户的精准识别工作,但自然村的干部能主动找上门支持这项工作,他却没有想到。

杨旭说:"你们提的这个问题很好,扶贫就是要扶真贫,真扶贫。下一步就开展对贫困户的精准识别工作,让真正的贫困户享受到国家政策普惠,实现脱真贫,真脱贫。"

两人窥出杨旭的态度,知道他在村全体党员大会上说过的话不是走过场,临走时一再表示,一定支持村支两委工作,先把自己亲属中不符合贫困户条件的家庭清理掉,把真正的贫困户换上来,免得让群众说三道四。

这件事说起来容易,做起来却很难。根据党员群众的反映及杨旭走村入户摸排的情况,整个坝子行政村真正贫困家庭没有进入贫困户名单的有三十来户,而目前状况,贫困户里不符合贫困户条件的家庭已经超过这个数字。如何让最贫困的群众脱贫?这是杨旭建立并且健全贫困户档案工作之前必须要完成的一项任务。

杨旭在村支两委扩大会议上直接通报了自己掌握的各个自然村情况,要求村支两委委员到自己包扶的自然村对涉及数据入户调查,通过调查农户房屋、居住环境、生产资料、生活条件、交通出行条件、家庭成员结构等情况,对贫困户和没进入贫困户名单的家庭进行综合评估比对。经过村民小组会议和村民代表大会讨论,按农户人均纯收入从低到高经比对倒排出真正的贫困户。

杨旭强调,对党员干部亲属不符合贫困户条件的家庭主动退出贫困户名单的既往不咎。对有异议的退出贫困户家庭,村支两委会采取民意问卷法和请求镇相关部门参与成立调查小组联合审核,对最终评议出来的贫困户进行公示公告。

任务布置后,杨旭亲力亲为,带头抓落实。忙活一上午,中午煎一个鸡蛋,捡棵青菜,正准备下面条,没想到老婆让儿子骑摩托车带她来了。

老婆一进门就没有好脸色,一把拔掉电磁炉插座,生气地说道:"你饭也别做了,回家去吧,家里还有两口人等着吃你做的饭来。"

杨旭不明缘由,一脸惊愕。儿子忙解释说:"爸爸,你要把人家的贫困户

235

名额换掉,人家找到咱家去,说以后就住在咱家吃喝啦。"

"还有这事?"杨旭不明白这是哪里飞出的幺蛾子,竟然能想出这样的馊主意来。他连忙停了做得半拉不济的饭,随老婆儿子一起回家。

进了院门,见门口坐着一对中年男女,身体硬邦邦的,穿着整整齐齐;看见杨旭过来,不起身不理睬。杨旭主动搭茬:"开门了,屋里坐吧。"

两人耷拉着头随杨旭进屋门,杨旭给他们让座、倒水,然后问道:"我印象中你们是东圩子村的吧?有什么意见给我提吧。"

那男人不语,女人说道:"杨书记,我家是多年前村里给报的贫困户,以前也没享受多少待遇,听说现在国家对贫困户的政策放大了,你又要把我家给清理掉,为什么呀?"

杨旭问:"我印象中那天去你家走访,你家的现状与国家的贫困户标准也不相符呀?"

"有什么不符?不穷,当初村里能给我家报贫困户吗?"那女人振振有词,"我家原是二女户,两个女儿同时考取大学,你说,光是两个孩子上大学我得花多少费用?我们家到现在还没爬出那个坑呢。"

杨旭笑笑,示意她接着说。那女人头一仰,说道:"俺家两个孩子大学毕业了也没找着像样工作,每月还要伸手找我要钱。我们家这个月连给车加油的钱都没有了。俺俩是走着来的,也走不回去了;家里揭不开锅,消除俺家贫困户,俺两口子就在你家吃住了。"

杨旭心里清楚,这两口子是听到风声后故意来给他施压的,对这样蛮横不讲理的人绝不能优柔寡断,听之任之。

杨旭说:"精准识别贫困户是国家政策。国家对扶贫对象落实的是动态管理,并不是认定贫困户的就一直享受贫困户待遇。据我所知,你家两个孩子上大学期间已经享受了国家的教育扶贫政策,目前你家的人均收入已经高于扶贫标准,超出了'两不愁三保障'范围。至于消除不消除你家的贫困户,还要通过问卷调查和联合审核后最终评议。"

说完之后,杨旭安排老婆和孩子整饬西屋,给他两口子铺床、落户。之后杨旭说:"你家揭不开锅,就在我家吃住,三月也管,一年也行,保证不收一分钱伙食费,我家吃啥你们吃啥。"说罢,杨旭让儿子送他回坝子村。

精准识别贫困户的工作虽然进展艰难,最终达到了预期目标。那两口子看村支两委挡针砭底子地按政策办事,也无话可说,知趣地回了家。

最近几日,杨旭每晚都在整理日志,他把每个贫困户致贫原因都分析清楚,并且从致贫人口类别上分出一般贫困户、低保贫困户和五保贫困户;从帮扶措施上对两百零八户贫困户进行分类,为下一步有针对性地建档立卡、制定帮扶措施奠定基础。

小木箱里已经分门别类地盛放了杨旭的五个本子,他像对待宝贝似的把小木箱锁好,才去睡觉。

这天上午,牛二找到村委会,正好村两委几个人都在。牛二拿出一份《关于承包坝子村岗子山发展生态养殖家兔的可行性分析报告》,交与几位村干部看。

"家伙,还玩起真的来了,连可行性分析报告都会写。"村干部们拿牛二逗乐。

牛二说:"我也是堂堂的高中毕业生,文凭不比你们低。"

杨旭拿起《可行性分析报告》翻了几页,问牛二:"你这份可行性分析报告是否可行,还在于你有没有站在引领全村致富的高度来写。你就先说说你是怎么打算的吧?"

牛二经历了上届村干部贪污犯罪事情,经历了他们拿自己老母亲做低保户弄虚作假事实真相被查明的经过,知道了什么是真、什么是假、什么是真诚、什么是欺骗;同时也明白了什么样的人才值得尊重。几年时间,他变得沉稳成熟,那种轻狂浮燥的俗气也彻底改了。

牛二先从养殖粪便等废弃物转化为有机肥料加工的生态化规范建厂、避免养殖污染说起;谈到兔肉的高蛋白、高磷脂、高氨基酸、高消化率和低脂肪、低胆固醇、低尿酸、低热量"四高四低"优点。根据多年来公司采取"公司十农户"做法总结出的不足，又分析了家兔适合于规范化、集约化养殖，不适合于农户零星养殖的原因。最后说："我的意思是在岗子山建设既集中又分离的兔舍，各家各户承租，贫困户不收承租费。我无偿出技术，出兽医，统一种植和明码标价批发进购饲料，在保障出栏量、高效益和兔产品质量的前提下，带动兔肉加工、肥料加工及兔皮销售一条龙生产加工模式。"

几个村干部听得目瞪口呆，打心里佩服牛二的聪明和智慧；唯有杨旭似乎还不满意，接着问道："就这些，没有了？"

牛二笑笑说："我还有个想法，不成熟，说出来怕您笑话。"

几个人都说："说说呗，笑话什么？"

牛二说："孩子们从一进幼儿园，老师就教他们'小白兔，白又白，两只耳朵竖起来'的儿歌，想必每个孩子对兔子都特别有好奇心。咱利用岗子山优势和兔子的观赏特性，设立精品兔子展示区，发展乡村旅游，打造乡村农家乐。路修通了，游人来去方便，说不定能兴旺起来呢。"

有人说，能到这一步，咱坝子村不就变成美丽乡村了吗？也有人说，好是好，这一步跨得太大，怕是咱没有这实力。杨旭只是认真听，没有表态。

牛二的设想在某种程度上与杨旭是不谋而合的，只是走到这一步尚需要时间。关键是第一步贫困户的脱贫工作还没有得到完全落实，所以，他没有急于把自己的想法摊牌。

从杨旭走村入户调研时开始，他就在坝子村发现一个发展乡村旅游的重大商机，他没有说出来，时机还不成熟。听了牛二的设想建议后，他认为只要把自己这一发现添加在牛二的设计里，无异于是为乡村旅游锦上添花，为美丽乡村建设添加一支催化剂。

转眼到春暖花开时节，县委出台了更加详细具体的精准帮扶规范性文件。每个有扶贫开发任务的自然村聘用一名扶贫小组长，每个建档立卡的贫困村都确定一个定点帮扶责任单位，每个建档立卡的贫困户都确定一名帮扶负责人。

非贫困村的扶贫工作队，由扶贫工作队队长和两名扶贫专干组成。扶贫工作队队长兼任派驻村党组织第一书记。

由于杨旭是镇党委派入非贫困村主抓扶贫工作的党总支第一书记,县委没有把他这一特例考虑进去。照样任命一名村党总支第一书记兼任扶贫工作队队长、一名扶贫工作队专干。其实,镇党委也把杨旭这一情况向县委有关部门做了汇报,可能是考虑杨旭已到退休年龄,并没有对他做出变通,只是答复对杨旭的有关任命由镇党委做出相应调整。

镇党委书记再次找杨旭谈话,征求他意见。书记问他:"县里派去了第一书记,你是留,还是回?如果回来,顺其自然;如果留下,只能改任扶贫工作队专干。"

杨旭给予了肯定地回答:"留下,直至退休那天。"

县委派来两名扶贫干部,一名是县政府办公室刘生,担任坝子村党总支第一书记兼任扶贫工作队队长;另一名是县统计局小耿,担任扶贫工作队专干。两人都是大学毕业,刘生四十出头,小耿三十多岁,两人年轻有为,积极向上,浑身上下充满青春活力。

刘生和小耿也住在村部,杨旭以前住的那间屋腾出来做三人食堂。村部的院落顿时活跃起来,晚上不再冷清。院落西南角一片空地被开垦出来,栽上小葱,种上青菜。

杨旭带两位年轻人重又走访一遍村里的贫困户。当两人得知村里贫困户精准识别后被调整五十户时,非常惊讶。刘生不禁问道:"我不明白,坝子村是一个有名的软弱瘫痪村,这项工作你是怎么推动起来的?"

杨旭说:"我也不明白,你怎么就设定坝子村是一个软弱瘫痪村呢?坝子村支两委是一只没有上发条的钟,现在上紧发条,'嘀嗒嘀嗒'跑得有劲着呢。"

刘生想想自己到任一个月来的亲身感受,突然悟出一个道理:"脱离深入调查研究,仅凭别人一定的表现而对他人做出的判断,往往会出现判断失误。这种由人际认知的首因效应形成的认知偏差,后果是多么严重啊!"

"看来,在农村这个广阔天地里,自己需要学习的东西多着呢。"刘生想。

接下来的工作是为每一个贫困户建档立卡。不用扬鞭自奋蹄,这项工作杨旭早就做在了前头。他从小木箱里抽出三个笔记本,让两位年轻人做建档立卡参考。没几天,坝子村贫困户建档立卡工作就做得精准完备。

秋收过后,杨旭有意识地邀刘生和小耿去两家老年贫困户家庭。在一家里屋里,杨旭指着屋山墙上挂着的锄头和筢子以及屋墙角的耙具,问他们:"你们认识这是什么吗?"

两位年轻人勉强能说出名称来,但都说没有见人用过,不知道怎么用的。

杨旭又带他们去一家,在这家放柴草的小屋里有一辆保存完好的太平车。贫困户刘大爷看杨旭带两位年轻人来看,不无自豪地解释说:"这是上世纪 70 年代末农村实行生产责任制时,我们几家共同分得的集体家产。几家当时提出来要劈开当柴火分了烧锅,我舍不得,就把家里喂养的一头山羊抵给他们,过年杀了分肉。直到现在老婆子想起来还唠叨我,说我留这东西有啥用,不当吃不当喝。其实,我是留一份念想。"

出生在干涸故黄河冲积平原上的杨旭和刘大爷一样没听过渔歌互答的悠扬乡调,也没有领略过"帆影悬残照,渔歌入暮烟"的欢快愉悦场面。不同的是,现在太平车在两位年轻人眼睛里看着是一件古董一样,不知其当时的用场。而在杨旭眼前,却随着一阵咕噜咕噜声,太平车进入生产队场院之后,卸车的号子声在他的脑海里经久回荡。

刘生和小耿虽然不理解杨旭为什么要安排这一课目,但在满足好奇心的同时,他俩心里都很清楚,杨旭一定另有想法。

已经到做中午饭时间,杨旭没有回去做饭的意思,而是带着他俩绕道熊老四家。他知道熊老四家厨屋里还放着一台织布机。

已是中午十二点,村里人吃饭没个准点,大多数农户人家才开始张罗做饭,三人直接走进熊老四家院门。

正蹲在院里捡菜的熊老四一看是杨旭带着两个扶贫工作队的人进来,

马上起身,招呼让座。

熊老四在两位年轻后生面前显得有点不好意思,想想自己以前那副吊儿郎当的熊样,他嘿嘿笑两声,两只手使劲地在裤子上揉搓着不知往哪放。

刘生是第二次来熊老四家,情况基本了解。他毕竟也在乡镇工作过几年,熊老四这种情况对他来说已是见怪不怪。他从上衣口袋里掏出一包十元的黄山烟,递给熊老四一支,自己点燃一支,所有的尴尬顷刻间化为乌有。

杨旭说,他俩都没有见过以前的织布机是什么样的,想来你家看看。马秀笑了,望着两个与自己家女儿年岁不相上下的年轻人,眼里折射出一份期待和羡慕,心想:"自己家要是能有一个这样的儿子,该有多好啊。"

熊老四带他俩进厨屋,一个劲地说:"没用的老物件,没舍得毁掉,橧在这厨屋里放东西。多少年都没动过,现在谁还稀罕这玩意呢?"

真的是多少年都没动过了。织布机上挂着破破烂烂用不着的物件,织布机内空里还放有一架捆在一起的纺线棉车子。如果熊老四不解释,他俩还真不知道那玩意儿是什么。

刘生和小耿走出来,看杨旭正入神地审视地上一堆荠菜。两人想:"杨书记是不是中午要给我俩包荠菜饺子犒劳?"从熊老四家拿走些满地都是的荠菜算不了什么,于是两人弓下腰来,想捡拾些荠菜带走。一边捡,一边问:"杨书记,今中午给我俩包荠菜饺子啊?"

昨天刘生去镇里办事,替杨旭领回了新政策出台后他的第一份生活补助费一千五百元。他俩这是借机想敲杨旭的竹杠。

杨旭并不是这样想的。他发现熊老四家地上的荠菜有所不同,全是隔年老荠菜,而且是连根刨起的。杨旭不解其所以然,所以一时想出了神。

熊老四也随着蹲在地上,抓起一把荠菜告诉杨旭说:"隔年荠菜根部肥大,秋凉时候刨下来,可以蒸菜吃,也可以截取下半部根直接蘸酱生吃。荠菜这玩儿,你挖掘得越深,他下部根的味道就越清香。"

说实话,虽然杨旭也是农民出身,同为一方土地养育大的人,但在秋天里生吃荠菜根对他来说还是第一次。他没有生吃荠菜根蘸酱的经历，也不敢妄自断言这荠菜根是否好吃。他用一副征询的目光看着刘生和小耿问道："今天的午饭我们就在这吃荠菜根蘸酱吧？"两人只好无奈地点点头，表示同意。

熊老四慌张了，马秀也紧张了。他家啥时经历过这样大场面，县里派来的领导在自己家吃饭。他后悔自己不该刨下这一堆老荠菜来。

马秀整理一下蓬乱的头发，胡乱地挽个结，拿条花毛巾蒙在头发上，撸起袖子就忙着蒸馍、蒸菜。熊老四小心翼翼地挑选最好的荠菜根剪成段，清洗干净，趁人不注意还要嘴嚼一下再确定剪截部位，生怕根段有痂，咬不动。

更不知所措的是刘生和小耿，上级明确要求不准接受群众的吃请招待，杨旭怎么就明知故犯呢？

杨旭不但明知故犯，这次错误犯得还彻底。他索性打电话把村总支书记和村文书及其他在家的村支两委都叫过来。

大家陆陆续续来到熊老四家时，一筐馒头、一盆蒸荠菜根、一碗随蒸菜一锅馏出来的辣椒面酱、一盘洗得干干净净的新鲜荠菜根段已端上饭桌，满桌散发着一股荠菜特有的清香味。

其实，在熊老四刚一说出荠菜根能吃时，杨旭就坚定了这种味道。这是大地的味道，是杨旭从小就耳熟能详的家乡"荠菜当灵丹"的谚语味道。

在大家赞不绝口中，馒头、蒸荠菜、荠菜根，还有那一大海碗的辣椒面酱眼看要一扫而光。杨旭突然深情地望了熊老四一眼，问道："老四，说说你是怎么琢磨出这荠菜根味道的？"

熊老四没有想到一堆烂荠菜让他得到如此的夸奖和认可，久违的那种当年干建筑队头头时的自豪感从内心深处升腾起来。他想了想，说道："这荠菜春天叶儿嫩的时候，俺也是吃叶；秋天里长出来的是隔年老荠菜，根部饱满，就想到吃根。反正吃荠菜要的就是它这个味道，往下挖得越深根部就会越鲜嫩，味道越纯正。"

熊老四随意说出的话,让杨旭很有感慨。那句"你挖掘得越深,下部根的味道就越清香"的话让杨旭陷入深思。他从盘子里夹起剩下的那根荠菜根,慢慢地品嚼着,自言自语地说:"不错,有道理。"

　　村文书说:"杨书记,你是知道的,我们这一带传统的习惯就是爱吃蒸菜,爱蒸菜根吃。不然,一会我再带你们去看看,蒸什么菜根吃的都有。"

　　下午,杨旭他们在村书记、文书陪同下又接连走访几家非贫困户。当走进杨奶奶家时,一个意外发现让他们非常震惊。杨奶奶也喜欢吃蒸菜,她吃蒸菜的食材竟然是秋天别人家收获过大白菜之后,从大白菜地里刨来的大白菜根疙瘩。

　　刘生和小耿压根儿就没想到抛弃在地里的那段大白菜根也能吃。刘生扒开杨奶奶家的菜窖,掏出几段白菜疙瘩,抚摸着白菜疙瘩受伤组织部位的麻麻点点,一股酸酸的心痛拥堵在他心口。

　　当刘生的手插进口袋里想掏出二百元钱接济杨奶奶时,他突然有了一种感觉:杨奶奶的这一偏爱是穷所致还是另有缘由?他由此联想到:坝子村的长寿老人很多,他还以此写过一篇通讯报道呢。难道这些老人之所以长寿,和偏爱菜根有关系?

　　刘生放弃了给杨奶奶两百元钱的想法,他知道脱贫不是这二百元钱的问题。

　　从杨奶奶家里出来,杨旭对几名村干部说:"今天你们就各自回家吧,回家后好好考虑考虑熊老四、杨奶奶为什么喜欢吃菜根?明天没事时我们在一起议议这事。"

　　杨旭出门时要走了杨奶奶中午没有吃完的蒸白菜疙瘩,让晚饭时刘生和小耿尝尝蒸白菜疙瘩的味道。别说,那味儿还真不错,清爽、微甜,柔滑而细腻。

　　刘生突然隐隐约约地想起在哪本书里看到过关于大白菜根功效的介绍,似乎还有预防肠癌、治疗感冒的疗效呢。

　　吃了白菜疙瘩蒸菜,杨旭问刘生和小耿:"坝子村的群众是不是就像这荠菜和白菜一样,虽然普通,但每一棵身上都有尚未被发现和利用的营养价值呢?

"扶贫的关键不是为了脱贫而脱贫,脱贫的关键是如何继续开发、挖掘深层次的潜能并不断拓展其内涵!"杨旭继续说道。

杨旭的扶贫"菜根理论"句句紧扣扶贫主题,刘生和小耿像是听了一堂高级专家的扶贫知识讲座。两人突然明白杨旭今天一直围着菜根做文章的良苦用心了。原来是想以此启发大家在扶贫路上怎样才能走得更好、开发其潜能从而做出更大实效来。

晚饭后,刘生和小耿休息了。杨旭打开小木箱,借着"菜根理论"带给他的灵感,抓紧改写牛二的可行性分析报告。他要把牛二《关于承包坝子村岗子山发展生态养殖家兔的可行性分析报告》改写为《关于坝子村岗子山发展生态养殖家兔及传统禽畜喂养、农田耕作文化展示园暨利用闲置旧房构建农耕文化博物馆村的可行性分析报告》。这是坝子村完成脱贫攻坚任务后,走向小康村,走向美丽乡村的长远规划。

习总书记强调,要以社会主义核心价值观为引领,深入挖掘优秀传统农耕文化蕴含的思想观念、人文精神、道德规范,推动乡村文化振兴。

在杨旭第一次发现坝子村不少农户家里都还保留着传统的农耕器具时,他就有以农耕文化拉动乡村民俗旅游的构想。他把习总书记的这段指示,工工整整地抄写在笔记本上。

一段时间以来,杨旭每晚都在思考这些问题。牛二的养殖、加工、销售"一条龙"的生态养兔规划如果与在岗子山脚下设置传统禽畜展示区、还原传统的农田耕作方式结合起来,不但能通过乡村旅游让坝子村富裕起来,坝子村还有望成为乡村旅游的典范村呢。

"让牛拉铁犁铧耕起来,让驴拉耙具耙起来,让赶具的号子声响起来。"杨旭把这几句话写在笔记本上。他甚至还想到:固定一个区域,让孩子们把地窖烧起来,让传统游戏在岗子山脚下活跃起来。

"坝子村下属六个自然村,几乎村村都保留着古代建造村落时的寨海子，本身蕴含着丰富的民俗文化，如果再配置农业耕作器具及民俗物件，坝子村简直就变成了一座中原传统农耕民俗文化教育基地。"杨旭想。

杨旭越想越兴奋，越写越顺手，不觉到凌晨三点多钟。他把笔记本装入小木箱，低头躬身把箱子锁好。在他准备上床睡觉时，猛地抬头，突然感觉一阵眩晕，眼前有无数个小星星闪着金光在旋转。他顺势躺在床上，在一阵天旋地转地逆转中，昏昏沉沉地进入一种迷迷糊糊、是睡非睡状态。

清早，刘生和小耿相继起床。村部院子里很少如此清静，食堂里没有杨旭倒弄刀勺碰撞声，院子里没有杨旭拖着大扫帚扫地的身影，杨旭的屋门还紧紧地关闭着。

小耿拍了两下屋门，喊杨旭起床，只能听到杨旭嗯嗯的应声，却听不到他起身开门的动静。刘生急了，后退一步，奋起一脚，把杨旭的屋门踹开了。

两人走到床前，看到杨旭斜躺在床上一副痛苦、麻木的表情。"杨书记，你怎么啦？"小耿握着杨旭的手问道。

"我、我，头疼……头晕，起、起不来……"杨旭说话明显口齿不清，眼角里噙着泪花。

小耿把杨旭的手交到刘生手里，提醒刘生说："你感觉一下，他的手软弱无力。"

刘生握着杨旭那只温软的手，发现杨旭眼神呆滞、嘴角歪斜，马上向小耿高喊道："快，拨打120！"

几名村干部迅速赶到村部，人们在焦急地等待着救护车到来。杨旭那双暗淡无光的眼睛在不停地转动，那只软弱无力的手在不停移动，像是在寻找什么东西。

刘生循着杨旭手势，发现他的一串钥匙压在身子底下。刘生捡起来，装在杨旭提包里，并轻轻地揉揉他那被硌疼的部位，俯下身，轻声说："杨书记，您别难过，我们马上送您去医院，您很快就会好起来的。"

杨旭抖动嘴唇，半吞半吐想说什么，但他声音太低，在这空气近乎凝滞的环境中，大家还是没有听清。

救护车来了,拉着杨旭呼啸而去,去了县医院……

杨旭病了,得了脑梗。他是在距离退休还有两个月的这一天病倒在床上。不,确切地说,他是病倒在工作岗位上!

经过一个多月治疗,杨旭身体日渐康复,渐渐地能拄着拐杖下床走路。

今年的冬天似乎来得晚了些。两个月后的一天,秋日的暖阳温暖着人的心扉。杨旭在儿子搀扶下从摩托车上走下来,走进村部。

"杨书记回来了!"消息不胫而走。人们拥进村部,拉着杨旭的手嘘寒问暖。能叫出名字的还有叫不出名字的,对于杨旭来说都是一张张熟悉的面孔;而这熟悉面孔里,唯独没有熊老四和牛二。

送走来看望的群众,杨旭和村两委干部们坐在一起。儿子从杨旭床下抱出那个跟随他几十年的盛手榴弹小木箱,放在桌子上。杨旭颤颤巍巍地从口袋里掏出一串钥匙,把开小木箱的那把钥匙摘下来,然后慢慢地打开小木箱。

杨旭一边开木箱,一边问道:"牛二在做什么?"

刘生回应:"牛二为了大力发展生态养兔一条龙产业,带人到外地学习兔肉加工技术去了。"

杨旭点点头。

小木箱里放着十几个大大小小的本子,还有一个装钱信封。刘生一眼就认出来,那是他帮杨旭领回来的一千五百元的生活补助费。

杨旭说:"小木箱里是我写的贫困户帮扶措施及坝子村未来发展计划,供你们在工作中参考。"

说着,杨旭又从上衣口袋里掏出一卷钱塞进信封里,递给身边的村总支书记兼村主任,拜托他把钱交给牛二。杨旭告诉他说:"请你转告牛二,这两千多块钱是上级发的补助款,不是我杨旭自己的钱。既然有上级发放的钱,那两千多块钱就不该由他垫付,让他收下,他明白什么意思。"

打开木箱那一刻,杨旭的手抖动得厉害,可他的神情却是异常坦然淡定。杨旭慢慢站起身来,刘生跨出一步紧紧扶住他,心里有千言万语在翻涌,可刘生却说不出一句话来。

杨旭把小木箱的钥匙摁在刘生手里,刘生攥着钥匙觉得有千斤分量。

众人挽留不住,杨旭坚决要走。他说,他还要顺便让儿子带他去镇里办理退休手续。

走出村部院门,熊老四一手提着塑料袋,一手牵着马秀的手,站在院墙下。杨旭走过去抱住熊老四,拍拍他的肩膀,熊老四一个大男人竟然失声痛哭起来。马秀接过熊老四手里的塑料袋,放在杨旭手里说:"村里祖祖辈辈人都说岗子山的野生枸杞大补,这是他这段时间天天跑山上一粒一粒摘下来的。他说晾干了,送给您出院后泡茶喝。"

杨旭接过塑料袋,看了熊老四和马秀一眼,他感觉实在难以控制自己滚涌而出的那份情绪,只好猛地推开熊老四,扭过头,迈着沉重而蹒跚的脚步,向着儿子摩托车走去。

望着杨旭离去的背影,刘生突然明白了手里这把钥匙的价值。他在想:"杨旭不就是一把钥匙吗?他打开了熊老四的心结,他鼓励鞭策了牛二创业干事的勇气,他正在开启坝子村的美丽乡村之门……"